MEIJUNZHANFU — chaoxian zhanzheng huoxian jishi

程绍昆　黄继阳　著

美军战俘

—— 朝鲜战争火线纪事

华艺出版社

HUA YI PUBLISHING HOUSE

图书在版编目（CIP）数据

美军战俘：朝鲜战争火线纪事/程绍昆，黄继阳著. —北京：华艺出版社，2013.7

ISBN 978-7-80252-453-8

Ⅰ. ①美… Ⅱ. ①程… ②黄… Ⅲ. ①抗美援朝战争－战俘问题－史料 Ⅳ. ①E297.5

中国版本图书馆 CIP 数据核字（2013）第 173162 号

美军战俘
——朝鲜战争火线纪事

著　　者： 程绍昆　黄继阳

责任编辑： 郑再帅　郑　实　殷　芳

封面设计： 朱宏华

出版发行： 华艺出版社

社　　址： 北京市海淀区北四环中路 229 号海泰大厦 10 层

邮　　编： 100083

电　　话： 010-82885151

电子信箱： huayip@vip.sina.com

网　　站： www.huayicbs.com

印　　刷： 北京天正元印务有限公司

开　　本： 1/16

字　　数： 223 千字

印　　张： 16

版　　次： 2013 年 8 月第 1 版

印　　次： 2013 年 8 月第 1 次印刷

书　　号： ISBN 978-7-80252-453-8

印　　数： 2000 册

定　　价： 46.00 元

目　录

序　一

今年 7 月 27 日,是抗美援朝战争胜利暨朝鲜停战 50[*]周年纪念日。作为亲身参加抗美援朝战争和停战谈判斗争的老战士,我十分高兴地向读者推荐一部反映建国初期中国人民志愿军在朝鲜进行的一场伟大的抗美援朝、保家卫国战争中,我人民志愿军战俘营对以美、英军队为主的"联合国军"战俘实行人道主义的宽待政策的真实故事。

战俘,是战争带来的特殊群体,战俘的命运历来都是交战双方乃至全世界各国人民过去、现在、将来战争中关注的一个焦点问题。朝鲜战争一共打了 3 年 1 个月又 2 天,停战谈判谈了 2 年又 17 天,其中关于战俘问题就谈了 1 年 6 个月,并且,美国方面有那么极少数人,自始至终硬说"中国军队虐杀战俘",欺蒙美军官兵,促使他们在战场上卖命。

然而,事实终归是事实。中国人民志愿军继承和发扬我人民军队的光荣传统和政治优势,在战场上勇猛打击敌军的同时,对被俘的美、英等军官兵,严格遵循《关于战俘待遇之日内瓦公约》的原则精神,实行宽待俘虏的政策:保证战俘生命安全,保留战俘私人财物,对战俘不虐待,不侮辱人格,战俘有伤、有病给予治疗。美、英等国战俘从放下武器撤离火线,以及在志愿军战俘营生活的漫长岁月中,亲身感受到志愿军宽待俘虏的政策是真实的,中国人民是爱好和平的人民,中国人不是敌人,是朋友,中、美两国永远不再打仗。

---

[*] 此序言原为柴成文同志于 2003 年所作,故文中写作为抗美援朝战争胜利 50 周年。柴成文同志已于 2011 年在北京病逝。重刊此文以兹纪念。

中国人民志愿军宽待俘虏的政策传遍四面八方,为各国人民所热情称道。在志愿军战俘营里,在朝鲜战场上,在全世界各地,争取和平、反对战争的浪潮,一浪高过一浪。一位英军中校在遣返前夕感慨地说:"中国人民改写了世界战俘史。"

在志愿军战俘营里美、英等战俘受到宽待的情况,同美方战俘营虐杀朝、中被俘人员的惨状,形成了鲜明的对照,那些说"中国军队虐杀战俘"的谎言不攻自破。

中国人民志愿军广大官兵用自己的模范行动,严格执行人道主义的宽待俘虏政策,在这条特殊的战线上,奏响了一曲和平的凯歌。

本书作者程绍昆、黄继阳两位同志在抗美援朝战争中,均是中国人民志愿军政治部俘虏管理处的俘管工作干部,直接参与了战俘的收容、管理、遣返等各项工作,亲身经历和耳闻目睹了我志愿军认真贯彻执行宽待俘虏政策的许多感人故事,追忆所及,写成本书,借以纪念中国人民志愿军抗美援朝战争胜利暨朝鲜停战50周年。立意可感,特此为序。

序 二

　　我非常高兴地看到，从 50 年代初即与我同在一条战线上工作几十年、抗美援朝战争中一直在志愿军俘虏管理处从事对以美军为主的外国战俘管理工作的程绍昆、黄继阳二位同志写的这本书。

　　如何对待战争中的俘虏，是古今中外政治家、军事家和各国政府以及全世界人民所共同关注的问题。在我们国家、军队中，有独创的宽待俘虏政策，它是我人民军队的光荣传统，是我军政治工作重要原则，在抗日战争和历次革命战争中均发挥了重大作用。抗美援朝战争中，中国共产党党中央、毛泽东主席、周恩来总理非常关心战俘工作，指示一定要把宽待俘虏的工作做好。我中国人民志愿军在物质条件极其困难的情况下，模范地贯彻执行宽待政策的事实，远远地超过了《日内瓦公约》关于对待战俘的各项要求，在政治上，在配合对敌人的军事打击、停战谈判以及国际外交斗争中，又一次发挥了独特的作用。值此纪念朝鲜停战胜利 60 周年之际，回忆这段历史，仍有着重要的现实意义和深远的历史意义。

　　两位同志撰写的这本书贯彻了反对侵略战争、争取世界和平的主题，以无可辩驳的事实展现了中国人民志愿军是文明之师、仁义之师、威武之师的崇高形象，记叙了志愿军继承和发扬我人民军队的光荣传统，严格执行宽待俘虏政策的事实，讲述了中国人民同美、英等国人民友谊的不断发展，较全面地反映了志愿军俘管工作的历程。书中史料翔实，故事感人，文笔流畅，可读性强。

　　特以此为序。

杨斯德

纸弹——传单

　　笔者有两张60多年前的传单,它们约莫13厘米宽、19厘米长,白报纸印制,已经泛黄、发脆。其中的一张,上面印有一张照片:6个天真可爱的孩子,全都显出愁眉苦脸的样子,照片的下方印着:孩子们在家里问道:"我们的爹爹和哥哥在哪里?"——这是半个多世纪以前,在朝鲜战场上曾经拨动无数美军官兵心弦的、我中国人民志愿军散发的传单之一。

　　由这两张传单,笔者回想起了许多往事。

一

　　在抗美援朝战争中,中国人民志愿军继承我人民军队的光荣传统,一方面在战场上同朝鲜人民军密切协同,猛烈地打击穷凶极恶的敌军;另一方面展开强大的政治攻势,对敌进行宣传,瓦解敌军士气,而对放下武器、停止抵抗的敌军被俘人员,则实行人道主义的宽待政策。

　　当时承担对敌宣传任务的,是由刘川诗、张连仲担任正、副科长的对敌宣传科,它隶属于中央人民政府人民革命军事委员会总政治部宣传部。随着任务的不断增加,对敌宣传科扩编为对敌宣传处,刘川诗同志担任处长。1952年春,敌军工作部正式成立,部长由总政宣传部黄远副部长兼任,对敌宣传处即编入敌工部序列。

　　对敌宣传处的主要任务之一,就是编印对敌宣传的传单。刘川诗处长率领通晓中、英文的青年知识分子干部张宗安、汪向同、郭长虹,以及美术工作者周光珏、郭文玉、曹昌武等,一共十来人,承担这项工作。另外,还有三位国际友人担任特别顾问,他们是:外文出版

中国人民志愿军第 107 号传单

局的专家爱泼斯坦、夏庇若,新华社的专家陈志昆。这些同志和朋友,不避寒暑,不分昼夜,每周两三次聚集在一起,研究打着"联合国军"旗号的侵朝美军及其仆从军的思想动态、国际形势,以及朝鲜战况,等等,有针对性地定出各个时期的主题,高效率地编制成词语简明精练的英文传单。

新中国成立伊始,千头万绪,百废待兴,许多具体工作都受到很大的局限,印制传单也是如此。当时唯有外文印刷厂有条件印制外文印刷品,因此,印制对敌英文传单的任务就落到了外文印刷厂的头上。工厂领导和工人、技术人员把它当作一项十分重大的政治任务来对待,克服设备、技术甚至于纸张、油墨等诸多方面的困难,按时将传单印制出来,源源不断地运往朝鲜前线。

二

1950 年 6 月 25 日,朝鲜内战爆发,美国趁机纠集 16 个国家和地区的军队，打起"联合国军"的旗号，悍然发动了侵略朝鲜的战争。在这前后，美国在国际上以及在其军队官兵中进行了很多欺骗宣传，说什么美国出兵朝鲜是"执行联合国警察的任务"，是"帮助朝鲜独立统一"。"联合国军"总司令麦克阿瑟将军居然大言不惭地叫嚷："战争三个月即可结束"，美军官兵"可以回家过圣诞节"。他们还污蔑中国人民志愿军和朝鲜人民军"野蛮"，"被中、朝军队俘虏就意味着死亡"，如此等等。

我们初期的传单着重阐明美国发动侵朝战争的非正义性，指出美军官兵远离家乡，来到朝鲜，为何而战？为谁而战？启发他们争取和平，反对战争。

中国人民志愿军入朝参战后，彭德怀司令员即与朝鲜人民军最高司令官金日成联合签署关于宽待俘虏的命令，作出4项规定：

1. 保证战俘生命安全。

2. 保留战俘个人的财物。

3. 不侮辱战俘人格，不虐待战俘。

4. 如战俘有伤、有病，给予治疗。

此项宽待俘虏的政策规定，除向朝、中部队进行教育并要求严格执行之外，我们特地精制成传单，在前线广为散发，揭露美国的欺骗宣传，同时消减美军官兵的敌对情绪和恐惧心理，这就是深受美军官兵珍惜的、中国人民志愿军的"安全通行证"。

三

战争的进程并没有按照美国将军的主观愿望发展，陷入泥潭的美国侵略军，其官兵不仅未能在三个月内从朝鲜回国过圣诞节，三年也未能返回家园。中国人民志愿军以劣势装备和极其高昂的士气，与朝鲜人民军并肩战斗，给予了武器装备精良、自诩具有"海空绝对优势"的美国侵略军一次又一次沉重的打击，特别是经过志愿军发动的五次战役的连续打击，"联合国军"的嚣张气焰受到严重的挫败，在美国舆论界引起了一片惊恐。1951年4月23日，美国《时代》周刊刊登了一张"联合国军"墓地的照片,公布了美、英军队的死亡数字,惊呼"伤亡惨重"。美军士气严重低落,怀乡思家之情在军中蔓延。

此时,我们便将美国《时代》周刊的报道编制成传单,在朝鲜前线散发。传单的全文如下:

死者不再回家乡

他们被永远地埋葬在距其亲人5000英里之外的朝鲜。

【"联合国军"墓地的照片】

第一座联合国军墓地(永久性的)在朝鲜釜山附近,俯视着大海,如此遥远,这里躺着4715具战死者的尸体(4410为美国籍)。

——翻印自1951年4月23日美国《时代》杂志

联合国军在10个月的伤亡情况:(1950年11月至1951年9月5日)

总伤亡数	322,000
分项:	
美籍和英籍	140,000
(南朝鲜)李承晚军	182,000

联合国军士兵们:

那些关爱你们的人们,希望你们平安而健康地返回家乡。

不要被打死了埋进朝鲜那些永久性的坟墓里去。

过来吧!我们宽待俘虏,这是你们可靠的回家之路。

这就是中国人民志愿军著名的116号传单。116号传单之所以著名,一则因为它是援引美国媒体报道的事实做依据,美国当局再也不能说"这是共产党的捏造";二则因为美国《时代》周刊报道的是

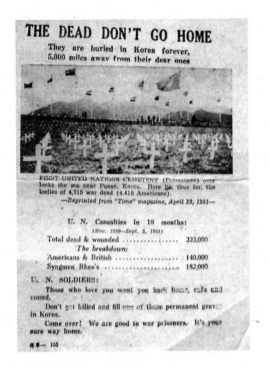

中国人民志愿军第 116 号传单

"第一座联合国军墓地"的死亡数字,实际上"联合国军"的伤亡数字要比这大得多;三则因为这份传单宣传了我们宽待俘虏的政策,指明了美军官兵的出路。因而这份传单在朝鲜战场美军前沿阵地散发,并发给中国人民志愿军碧潼俘虏管理处的被俘美军官兵阅览后,引起了很大的震动。有些被俘的美军人员公开表示,庆幸自己没有在战场上因顽抗被打死,而是当了志愿军的俘虏,这样回家也就有了指望。

四

总政领导对于敌军工作非常重视。萧华、甘泗淇、刘志坚副主任等领导同志即使在繁忙的工作中,也要经常抽时间到敌工部办公室走走、看看,与同志们一起研究工作中的问题。一次,萧华副主任看到大家在编制一批新的传单,就询问散发传单的方法。大家告诉他,在朝鲜战场上,主要是由部队战士、翻译、敌工干部在前沿阵地散发。他说,能不能多想些办法。

在萧华副主任的启发下,我们进行了一次用迫击炮散发传单的试验。

1952 年一个和煦的春日,在北京西苑的一片旷野里,承担试验任务的部队架起了 2 门射程最远可达 3500 米的八二迫击炮,指挥员一声令下,炮弹应声射出,如同实弹射击一般,但炮弹里装的不是炸药,而是传单。宣传弹在预定目标——假想敌军阵地上空裂开,传单散落开来,遍地都是,试验是成功的。

不久,我们又在北京香山地区进行了一次模拟对敌广播喊话试验。当时,器材、设备非常缺乏。由笔者经手,仅在北京灯市东口一家很小的电器商店里买到了一些导线、喇叭、话筒、扩音机等简单的器材,架设起来,我们就按传单中的简练语言进行试播:"中国人民志愿军宽待俘虏!""举起手来,缴枪不杀!"声音洪亮,传得很远,效果果然不错。

总政萧华副主任、敌工部黄远部长等领导同志,都亲临现场观看了这两次试验,称赞试验做得好,今后继续努力,精益求精。

莫道这些试验简单,但对敌军工作的不断开展创新,却是有意义的。由于停战谈判及其他种种原因,在朝鲜战场上,虽然用迫击炮散发传单做得不多,而多采用了一些喇叭筒实行火线喊话,后期用扩音器向敌方阵地广播,但是,在 50 年代末对国民党军的"金门炮战"中却用得很多,并且有很大的发展。我们用风筝、气球携带传单,在福建沿海向国民党军盘踞的金门、马祖岛散发,有的气球甚至于飘到了台湾岛的上空,在台湾引起人们很大的惊奇。

抓俘虏的佳话

早在 1950 年 1 月，美国国务卿艾奇逊就叫嚷，美国西部的"防务圈"在南朝鲜出现"缺口"。1950 年 6 月 25 日，朝鲜内战爆发，蓄谋已久的美国迫不及待地将其侵略魔爪伸了进来。第 2 天，美国总统杜鲁门命令其驻远东的空军"支援"南朝鲜李承晚军队作战。第 3 天，杜鲁门公开宣布武装干涉朝鲜内战的同时，命令其第 7 舰队侵入台湾海峡，霸占中国领土台湾，把台湾当作它的"不沉的航空母舰"。紧接着，美国就操纵联合国，纠集 16 个国家和地区派兵，大举入侵朝鲜，迅速将战火烧到鸭绿江边，严重威胁我国的安全。在这样极其严峻的形势下，党中央、毛主席果断地决定：派出中国人民志愿军，抗美援朝，保家卫国。

抗美援朝纪念日的由来

人们知道，中国人民志愿军是 1950 年 10 月 25 日入朝参战的。实际上，志愿军第 40 军 118 师作为先头部队于 1950 年 10 月 19 日就过江了。志愿军第 118 师在温井地区与敌遭遇，对敌实行分割包围，打了个漂亮的歼灭战，歼灭北犯的南朝鲜李承晚军"精锐"的第 6 师第 2 联队第 3 大队和一个炮兵中队，共毙敌 325 人、俘敌 161 人，缴获敌汽车 38 辆、火炮 12 门、各种枪支 163 件，活捉美军顾问奈勒斯少较。1950 年 10 月 25 日晚，我志愿军 118 师和 120 师在温井地区胜利会师，这是我志愿军第一批入朝部队在抗美援朝中打的第一仗和首次胜利。

在抗美援朝一周年之际，中央根据中国人民志愿军政治部的建议,决定将志愿军两个师在温井地区首战告捷和胜利会师的 1950 年 10 月 25 日,定为中国人民志愿军抗美援朝纪念日。

朝鲜战争中第一个美军俘虏

美军少校奈勒斯是南朝鲜李承晚军第 6 师第 2 联队的"顾问",他是我志愿军在朝鲜战场上捕获的第一个美军俘虏。

起先,志愿军战士们从在温井地区抓获的李承晚军俘虏口供中获悉,李承晚军第 2 联队里有美军"顾问",大家都很高兴,赶紧在俘虏中清查,看看美军俘虏是什么样子。但是查了一天多,也没有查出美军俘虏来,以为他在混乱中逃跑了。第 2 天即 1950 年 10 月 26 日凌晨,一名志愿军战士在山头放哨,听到草丛中有响声,他警惕地端着枪,往前拨开草丛一看,原来是一个人在那里窸窣作响——他就是美军少校"顾问"奈勒斯。

被俘的奈勒斯被带到志愿军几位干部面前,他扑通一下就跪倒在地,蓬头垢面,不停地哆嗦,显示出害怕而又可怜的样子。一位英语干部叫他站起来,向他讲解中国人民志愿宽待俘虏的政策,并给他一些压缩饼干充饥,他高度紧张的情绪这才松弛下来,连连说:"谢谢。想不到你们志愿军这样好。"问他:"美国军队为什么要不远万里开到朝鲜来打仗?"又问他:"美国第 7 舰队为什么开到台湾海峡? 美国为什么要霸占中国领土台湾?"这个被俘的美国少校军官顿时语塞,只是说:"我们错了。"

"一条龙作业"

高射炮部队是打敌机的,高射炮兵哪有工夫抓俘虏? 有。1951年 3 月 12 日,在志愿军某高射炮部队阵地就出现了这样一幕:高射炮兵既打敌机,又抓俘虏,战士们戏称这是"一条龙作业"。

那天上午,炮手们正在擦炮,观测所电话报告:有敌人喷气飞机飞来,战士们迅速各就各位。随着小队长的指挥旗一挥,炮声震天价响。1 架 F-84 型喷气式战斗机的尾巴被打掉一半,歪歪扭扭地向远方逃去,另外 3 架敌机无心恋战也跑掉了。

当日中午 12 点整,有 2 架 P-51 型螺旋桨战斗机飞来袭扰。这种号称"野马"式的飞机能低空飞行,能钻山沟,向地面胡乱扫射。战士们见了格外生气,炮手余如林首先开炮,接着大家一齐开火,2 架"野马"被交叉的火网包围住了,其中的 1 架被击中,一头栽了下来,飞行员跳伞降落了。

霎时,几位高射炮手从战斗岗位下来,带着枪,向降落伞坠落的地方冲去。刚刚着陆的美国飞行员举起了双手,他是美国空军第 35 战斗机联队第 4 中队少校副中队长卡尔·奥勃莱。友邻部队的战友们迅速赶来,将这个美国空军俘虏转送到了后方志愿军战俘营,他受到了志愿军的宽大待遇。

被志愿军击落的美军残骸(黄继阳 摄)

后来笔者路过这个高射炮部队阵地,将被击落的这架美国飞机残骸摄入了照相机镜箱。

一个通信兵抓到 80 个美军俘虏

每次战役或战斗结束后,我志愿军部队在加强警戒、防止敌人反扑的同时,立即打扫战场,能出动的人,包括通信兵、炊事员、文工团团员,都出动了。大家收集敌军溃逃时丢弃的武器弹药、辎重车辆,掩埋在战斗中被击毙的敌军官兵尸体,等等。最使大家兴奋的就是抓俘虏,由于美军官兵听了美国军方的欺骗宣传,对我志愿军宽待俘虏的政策不了解，因而美英军队被我志愿军击败后，许多来不及逃跑的敌军官兵，总是东躲西藏，企图蒙混脱逃。于是，志愿军官兵就在战场上想方设法抓捕俘虏，从而佳话频传。笔者在朝鲜与志愿军战友们接触中听到过许多这样的故事。

一次，一位志愿军通信兵在打扫战场时正忙着检查电话线路，突然发现有一群美军官兵龟缩在一个山沟里，他立即拔出手枪向天空开了两枪，以示警告，并且大吼一声："Hands up!"（举起手来）其实这位通信兵不懂英语，只不过在战斗间隙向敌工部门的英文翻译学了一两个英语短语，这次居然用上了。他这一喊还真灵验。但见那群美军官兵一个个举起双手，走了出来。随后战友们赶来一清点，整整80个美军俘虏。这些俘虏立即被押下战场，转送到了后方俘虏收容所。

三所里地区战斗结束以后，我志愿军部队不断从深山和草丛中搜出美军官兵。他们丢盔弃甲，面容憔悴。有的军官扯掉军阶章，乔装成士兵模样。他们几天没有吃喝，真是饥寒交加，不成人样。由于翻译力量不足，我方人员只能用手势比画着说明志愿军不杀俘虏，并把自己的干粮分给他们吃。对于受伤的俘虏，则给他们上药包扎。我志愿军官兵用自己的实际行动表明了我们对俘虏的宽大政策，从而使他们逐渐消减了惧怕心理。

但是仍然有个别的美军人员躲藏在山岩的缝隙中，不敢出来。在我志愿军的团后勤处附近山上，就有这样一个美军伤兵，他每天在山上趴着向下窥探，看看志愿军究竟是些什么样的人。他发现志愿军扫地打水，什么事都干；吃饭穿衣，都很简单，感到没有什么可怕的，于是他想下山向志愿军要点吃的，但已力不从心，爬不动了。在他生死攸关的关键时刻，几名志愿军战士出现在他跟前。战士们用担架将这个奄奄一息的美军士兵抬下山，给他水喝，给他食品，为他治伤。他苏醒过来，知道这一切后，百感交集。他伸出4个指头，又指指肚子，表示已经4天没有吃喝了。他对志愿军救了他的命连连表示谢意，原来害怕志愿军的思想情绪也随之消失。

两种截然不同的经历

许多美、英军官兵参加过第二次世界大战,当过日本军国主义者或纳粹德国的俘虏,这次则在侵略朝鲜的战争中,被中国人民志愿军俘获。笔者同他们中的一些人谈过话。这些人亲身有过两种截然不同的经历,感受极为深刻,美国俘虏约翰·L.狄克生就是典型的一例。

约翰·L.狄克生家住美国加州圣荷瑟城赫里生街 557 号,他 18 岁前在学校学补鞋和烤面包的手艺,但是找不到工作,做农场工人,收入也难维持生活,于是 1941 年 5 月 1 日入伍当兵。以下是约翰·L.狄克生的自述。

"在二次大战中,我们部队被派到菲律宾的巴丹岛。日本军队比我们强大得多,我们放下武器投降。1942 年 4 月 18 日,日本人把我们俘虏押送到奥丹奈尔营,开始了'巴丹死亡行军'。许多人患痢疾、疟疾,没有吃喝,倒在地上,日本兵就用脚踢,有的人被开枪打死,被刺刀刺死。我后面有个美军上校,走不动了,躺在路边,我亲眼目睹一个日本兵端着刺刀把这个上校刺死的惨景。我们走了 6 天后,被关进监狱,每 10 人一组。日本人说:如果有 1 人逃走,另 9 个人就要被枪毙或砍头。后来的确有人逃跑,小组的人都被处决了。在监狱里,我们每天吃两餐稀粥,加一点盐,得不到任何医疗。每天有 50~100 人因生活条件恶劣而丧命。

"两年以后,日本人将我们约 2000 名美军俘虏送到日本新潟一个煤厂做苦工。有些人累倒在地,日本卫兵抓着就打。我们晚上就挤在仓库的稻草上,相互靠体温取暖。一次,一个日本军官训话竟说我们战俘是'行尸走肉'。我前排有个俘虏动了一下,这个日本军官竟将他踢倒在地,拿出军刀将他活活砍死。我在日本人手里过了 3 年半的地狱生活,直到 1945 年秋天(日本战败投降),我才得到解放,回到美国的家中。

"我回国后,继续在美军中当兵。1948 年,我被派到日本的冲绳,1950 年 9 月到朝鲜参加所谓'警察行动'。我被编在美军第 24 师第 19 团第 3 营 L 连。在向北推进中,我亲眼看到北朝鲜人的家庭和城市遭破坏,看到美国飞机屠杀平民的情形,从而使我认识到朝鲜人民军英勇作战的原因,我开始认识到这不是什么'警察行动'。我们越过三八线,进入北朝鲜,把战争推进到了中国边界,真正威胁着中国。假如中国侵犯我们的邻国墨西哥,并轰炸我们的边界城市,我们会有什么反应呢? 我们会立即采取措施,消除对我国的威胁。中国人民志愿军参战就是为了保卫自己的祖国。

"我是 1951 年 1 月 1 日被中国人民志愿军俘虏的。志愿军作战英勇,正如朝鲜人民军一样。我们的部队被包围了,唯一的道路就是投降。志愿军和蔼地用英语对我们说:'不要害怕,志愿军宽待俘虏。'志愿军战士把我们带到温暖的屋子里休息,给我们热的食品。我们到达后方俘虏营时,领到了新的棉大衣和毯子。使我大为惊异的是,这个没有任何军事价值的偏僻山村,也遭到了美国飞机的轰炸。在我们自己的飞机炸成的废墟上,中国人民志愿军和朝鲜人民军建起了新房子给我们住。我们的环境不断改善,吃的东西越来越好,有猪肉、牛肉、鸡蛋、蔬菜、面包、水果,冬天屋子里都生了火,热烘烘的。我们有自己的俱乐部、图书馆,医疗条件也很好,有一所医院,病号需要时可以住院治疗,管理俘虏营的人员都非常和蔼,工作很辛苦。

"我在两次被俘中,受到了两种截然不同的待遇:一种是残暴、侮辱和虐待战俘,二战中日本军国主义者就是这样;另一种是真正的人道主义的宽待,这就是中国人民志愿军对待我们被俘人员所做的。"

火线纪事

在抗美援朝战争中，活跃在前线的战友们，在繁忙的工作之余，碰到一起，总是津津有味地谈论着在瞬息万变的战场上、在激烈的战斗中发生的情况和各自的亲身经历。听战友们讲故事，实在是一件乐事。下面是英文翻译方君、吴君等战友讲述的故事的一部分，也有笔者亲眼目睹的事实。

炕底或许是一只"猫"

朝鲜北部的冬天，冰天雪地，天寒地冻。老百姓的家里，一般都是利用烧水、做饭的余热，通过地炕引向炕屋取暖保温的。炕屋的另一端则是排烟的烟道口。

1951 年的一个冬日，经过激烈的战斗之后，美军部队由北向南溃逃了。村子里已没有人烟，老百姓早就疏散到深山老林去了。经过美国飞机的轰炸及战斗的洗礼，村里大多数房屋已只剩下一些断瓦颓垣，有两三间房子也是破损不堪。我志愿军战士进村打扫战场时，来到这几间破屋。一位战士弯腰向炕底望去，只见炕底深处似乎有什么东西，或许是一只猫吧。但又不放心。于是，这位战士找来一根长竿，伸进炕底，探个究竟。他捅了一下，没有动静；再一拨动，一声惊叫从炕底传出。

"什么人？快出来！缴枪不杀！"我志愿军战士端着枪，大吼一声。一个蓬头垢面的人从黑洞洞的炕底爬了出来，举起双手投降。原来这是美军败溃时来不及逃跑的一名黑人士兵，这个二等兵厨师就这样当了俘虏。

双双被俘

1951 年一个昏暗的夜晚，在朝鲜北部的一个丘陵地带，朝鲜人民军部队正警惕地注视着夜空。隆隆的飞机声响起，由远而近，但是没有轰炸扫射，机警的战士们意识到：可能是敌机空投特务来了。朝鲜军民立即出动展开搜寻，果然在树林中抓到了几名南朝鲜的空降特务和一名美军情报官，另外还有一台发报机。

这些角色都是经过特殊训练的，极其狡猾诡秘。那个美军情报官刚一着地，就觉察到自己已经陷入朝鲜军民的天罗地网，于是立即发报，说明自己已被发觉，处境危急，并给出联络信号和联系地点，要求美国军方立即派直升机前来营救。

不久，夜空中传来直升机的声音，一架直升机很快悬停在林边空旷处的上空。那个已被俘获的美军情报官顿时如箭离弦般地向直升机冲去，一把抓住直升机刚放下的绳梯往上爬。当时那个美军情报官和直升机都在朝鲜军民强大火力的严密控制之下，但是朝鲜军民还没有开火，直升机就翻了一个大跟斗，栽了下来。前来救人的那个美军中尉直升机驾驶员不仅没有把人救走，自己却受了伤，也当了俘虏。

事后，两个人互相埋怨：美军情报官埋怨直升机驾驶员技术太差，导致他第二次被俘；而直升机驾驶员则埋怨情报官过于慌张，致使直升机失去重心，机翻坠毁，双双被俘。

一名英军少校两次被俘的经历

无论是在志愿军后方战俘营，或是在前方收容所，都没有高高的围墙，或是铁丝网，警卫人员也不多。有少数美、英被俘人员就钻志愿军管理宽松的空子，抱着侥幸的心理，试图逃跑，一名被俘的英军少校情报官就是其中之一。

这个英军情报官是趁黑夜从一个临时战俘收容所逃跑的，目的地是东海岸，以便在那里等待美、英军方救援。他昼伏夜行，逃进了半山区地带,夜间就靠他的星象知识来辨别方向。时值深秋,山坡地里还有红薯,饿了就挖几个红薯充饥。经过几个昼夜艰难的跋涉,终于逃到了东海岸边。他看到大海深处似是美国军舰,但无法取得联系。也曾几次看到美国飞机从头顶掠过,他抱着一线希望,脱下衣服,拼命挥动,也无济于事。

这个英军少校情报官饥寒交加,疲惫不堪,最后发现他的,还是朝鲜老乡。他第二次被抓获,送回了志愿军战俘营。

一只金表的故事

1951 年 1 月间,侵朝美军在我志愿军的沉重打击下,连吃败仗,丢下许多伤员、尸体和军用物资,从朝鲜北部向南逃去,被我志愿军俘虏的美军官兵越来越多,前线临时战俘收容所大有"人满为患"的感觉。一时间副食供应非常紧张,香烟更是奇缺之物。

一名美军军官模样的战俘鼓起勇气向一位志愿军青年干部问道:"你说英语吗?"这位青年干部恰巧是一位翻译,他用英语说道:"你有什么事情,说吧。"那个美军战俘立即取下手腕上的金表,要求换几支香烟抽。

那位翻译正颜厉色地对这个美军战俘说:"你刚放下武器,对于我们志愿军的政策不了解,这是可以理解的。"他随即向这个美军战俘宣讲了志愿军宽待俘虏的政策,他说:"志愿军对俘虏不打,不骂,不侮辱人格,不要俘虏的私人财物,有伤有病给予治疗,这就是我们对俘虏的宽待政策。"年轻的翻译说:"你把表收起来吧,香烟,我可以给你一些。"

那个美军战俘听了这番话非常激动。

这件事很快在战俘中传开了,都说"志愿军官兵廉洁、严格,执行政策是认真的"。

一个美军战俘的自述

一个名叫亨利·C.柯尔勒的美军士兵,于 1951 年初被我志愿

军俘获后,曾记述了他被俘的经过和受到志愿军宽大待遇的感想。他写道:

"我小心翼翼地爬着。右腿阵阵剧痛,我受伤了,我停下靠在一个受伤的同伴身旁。战事总算过去了,一位志愿军走过来,取走了我的枪。我又冷又怕,不停地发抖。我和另一个伤兵战俘被送到山顶,一位志愿军战士过来和我们握手,并给我们看一本英文小册子,上面说宽待俘虏,并保障战俘的私人财物。

"志愿军又俘获了更多的美军战俘,多得令我吃惊。我们 7 个受伤的战俘同其他人分开,我们和志愿军伤员一同乘汽车到了一个村庄的临时医院。很快,大夫、护士就来给我们包扎伤口。我们享用了热气腾腾的早饭——米饭、猪肉、蔬菜,这时我一点也不害怕了。

"特别令我吃惊的是,志愿军并不把我们当敌人看待,这些中国人都非常愉快。我打算多弄明白一些关于新中国的事。

"临时医院给我发了一身中国式的冬衣,因为我们自己的衣服抵御不了朝鲜的寒冬。医院院长每天都来看望我们,他常给我们带来烟草,有时还带来点心,我们非常喜欢他。

"临时医院的伙食很好,我们吃大米饭,有时有面包,我们还吃了鸡肉和油饼。在离前线并不太远的地方,这是多么好的饭食啊!

"当我离开医院时,我很难过。我舍不得那些真切照顾过我的人们,但是至少我已经明白了一件事:朝鲜和中国的人民终归不是我的敌人。中国人民从未计划过侵略,也从未希望过战争,只是需要建设美好的国家,与世界各国和平共处。我抱有一个希望,我要更多地了解中国人民,了解他们政府新的工作方法、新的生活方式。"

火线释放俘虏

1951 年 4 月 7 日,美军陆战 1 师 1 团 2 营 4 连上等兵冈查里兹被志愿军俘获,他是美军溃逃时被遗弃在战场上的许多美军伤员之一。志愿军医护人员当即给他敷药治疗，并把他的手表、戒指等私人财物发还给他，又给了他一些食品、一张"安全通行证"，然后送他返回美军阵地。志愿军干部、战士都告诉他，如果美军方面不接纳他，他还可以回来。冈查里兹泪流满面，极为感动地说："我根本不愿离开自己的国家。到外国打仗，都因为是受了蒙骗。"

1951年10月23日晚上，志愿军又在火线释放了4名俘虏，他们是：美军第25师35团9连二等兵斯莫塞尔、荷特，一等兵无线电员派克，下士副班长波义尔斯。这4个美军士兵是1951年9月6日在中线西方山战斗中被俘的，他们在战斗中都不同程度地受了伤，美国侵略军在败退时，毫不怜惜地将他们丢弃在阵地上。他们被俘后，志愿军战士把他们送到战地医院治疗。志愿军将他们释放时，为了免遭美军炮火的杀伤，给了他们一面白旗，指点他们走比较安全的道路通过火线。斯莫塞尔说："我回国后，一定要告诉美国人民，中国人民是美国人民的朋友，他们是爱好和平的民族，他们不要战争。"他还说："我一定要将志愿军如何宽待俘虏的情形告诉亲友们。"波义尔斯说："你们救了我的命，我一辈子也忘不了。"

事实上，火线释放俘虏的事，远不止这两起。志愿军入朝参战不到一个月，即1950年11月17日，志愿军彭德怀司令员、邓华副司令员、政治部杜平副主任即向党中央、毛泽东主席请示关于火线释放俘虏的事，得到毛主席的嘉许。于是，第2天，即1950年11月18日，志愿军部队将第1批美、英等国俘虏103人在火线释放，此后在汉江前线又释放了第2批美、英等国战俘132人。在以后的各次战役中，志愿军都陆续释放过俘虏。

火线释放俘虏这件事情本身就说明，我志愿军对放下武器的被俘人员执行的是一条人道主义的宽待政策。志愿军在火线释放俘虏时，除发还其私人财物外，还发给他们食物、纪念品、"安全通行证"，有条件的还举行会餐。他们临走时，无不感激涕零,对志愿军的"安全通行证",如获至宝,当作"护身符"一样,极其珍惜。美军骑兵第1师7团1营3连士兵赫伯特·施维蒂说:"我们部队许多人都暗藏着志愿军的'安全通行证',以备在战场上寻求生路。"

火线联欢

抗美援朝战争期间,开展火线联欢活动,是我志愿军的政治攻势和敌军工作的一个组成部分。时间一般都选在重要的节日,或是战斗的间隙。首先由我方通过广播喇叭,邀请美、英等军官兵出来参加联欢活动,并且许诺:我方绝不打枪打炮,保证安全,也希望对方不要打枪打炮。美、英等军官兵打消顾虑后,陆续走出工事。我志愿军官兵有时唱一两首歌曲,或者是送些纪念品,放在对方前沿阵地,由美、英等军官兵取走。作为回应,对方有时也唱一首歌。这样的活动一般时间不长,却起到了减消敌对情绪、促进敌军官兵怀乡思亲和期盼和平的思想。

规模最大的火线联欢活动,要数停战协定签字后的那一次。

1953年7月27日,朝鲜停战协定签字,我志愿军前沿部队抓紧停战协定签字后72小时内,双方作战部队均撤出非军事区的时机,全线开展了以联欢为主要形式的、声势浩大的政治攻势。

笔者当时正在开城,准备参加双方遣返战俘的工作,亲眼目睹了火线大联欢的空前盛况。

当天晚上10点,停战一生效,我志愿军所有部队前沿阵地顿时锣鼓喧天,各色信号弹齐射,和平鸽、彩色气球齐放,有的志愿军部队还在前沿扎起了彩门,插上了彩旗。扩音器里不停地广播停战消息,宣传我志愿军遵守停战协定、坚决维护和平的诚意和决心,祝愿美、英等军官兵回家团圆,一路平安。热闹的情景,犹如庆祝盛大的节日。

这次短暂的政治攻势,主要是以庆祝停战为由,积极主动地在

作者黄继阳在朝鲜前线

前沿与敌军官兵进行联欢活动。停战协定签字后的72小时内,我志愿军部队共与美、英等军官兵联欢73次,每次短则几分钟,长则达到5小时,参加联欢活动的美、英军官兵计有950余人。我志愿军鼓动起来的双方火线联欢,对方参加人员之多、规模之大、情形之热烈、影响之深远,是抗美援朝战争以来所没有过的。

到前线去

美国入侵朝鲜后,我国广大的知识青年用实际行动,热烈响应党中央的号召:"抗美援朝,保家卫国"。踊跃报名参军、参干的运动,在全国各地风起云涌,如火如荼。许多大专院校的学生被批准参军、参干后,戴上大红花,由同学、老师、校长以及人山人海的欢送群众簇拥着,在高昂的《歌唱祖国》的乐曲声中,加入到了中国人民志愿军的行列。他们穿上中国人民志愿军军装,立即随部队雄纠纠地跨过鸭绿江,奔赴抗美援朝的最前线。

一

罗劲烈、冯江涛、谭丕绍、陈昆才、苏善智等,都是本书作者之一黄继阳在广西大学外文系的同学。这些同学,还有许多来自全国各地大专院校被批准参军的学生,是第一批参加志愿军部队、从安东(今名丹东)入朝的青年知识分子,笔者则是稍后一些时候才过江去的。青年同学们在朝鲜相会后,总是激情地谈论起上前线的情景。

朝鲜北部的冬天,白雪皑皑,气温达零下三四十摄氏度。为了避开美国飞机的狂轰滥炸,志愿军部队一般都采取夜间急行军的办法上前方,途中都不休息。饿了就从自身斜背着的细长米袋里倒一把炒米、抓一把雪来吃。累了即使累得打瞌睡,也要抓着战友的衣角,迷迷糊糊、懵懵懂懂地跟着往前走。大地上北风呼号,而每个人的身上却大汗如雨,内衣全都汗湿了,甚至于浸透了外面的棉衣。在这个时候,绝不能掉队,也不能坐下来歇一歇。公路上人多、车挤,稍一疏忽,就会找不到自己所在的队伍。如果在路边坐下来一打盹,就会落伍,甚至有被冻僵、冻死的危险。

1950 年 11 月 16 日首批志愿军俘管处干部在京合影,后排右四为作者黄继阳

　　情况紧急,条件极其艰苦,然而,从四面八方汇集在一起、刚刚参加志愿军部队的知识青年,热血沸腾,没有一个叫苦叫累。他们怀着赤诚的爱国之心和报国之情,紧紧地跟上了前进的队伍,经受住了最初的考验和锻炼。这些青年学生,尤其是专修外语、谙熟英语的学生,几乎全都编入了志愿军部队各级敌军工作部门。他们在战场上开展瓦解敌军的工作,收容俘虏,宣传并严格执行志愿军宽待俘虏的政策,从前线将放下武器的被俘人员一批又一批地转移到后方,以及在对俘虏管理等大量的工作中,成了敌军工作战线上最活跃的生力军和骨干力量。

二

　　从 1950 年 10 月 25 日起,至 1951 年 6 月 10 日,我志愿军和朝鲜人民军肩并肩地战斗,向以美国为首的"联合国军"接连发动了五次大的战役,歼灭了敌军大量有生力量,抓获了大批俘虏。

1950 年 10 月 25 日至 11 月 5 日，我志愿军部队锐不可挡地发动第一次战役，一举将敌军从鸭绿江边驱赶到清川江以南，毙、伤、俘敌军官兵 1.5 万余人。首战大捷，有力地挫败了敌人妄想侵占全朝鲜并把战火烧向我国的企图。

1950 年 11 月 25 日至 12 月 24 日，我志愿军发动第二次战役，乘胜追击，将敌军驱回至三八线以南，毙、伤、俘敌军官兵 3.6 万余人，迫使敌人从进攻转入防御。

1950 年 12 月 31 日至 1951 年 1 月 8 日，我志愿军和朝鲜人民军一道，发动第三次战役，突破敌军三八线阵地，毙、伤、俘敌军官兵 1.9 万余人。

1951 年 1 月 25 日至 4 月 21 日，我志愿军和朝鲜人民军在第四次战役中，共毙、伤、俘敌军官兵 7.8 万余人。

1951 年 4 月 22 日至 6 月 10 日，我志愿军和朝鲜人民军发起第五次战役，毙、伤、俘敌军官兵 8.2 万余人。此后，战线基本上在三八线附近稳定下来。敌我双方均转入战略防御。

在这五次战役以及历次战斗中，我志愿军捕获的敌军俘虏，经报请党中央、毛泽东主席批准，分批地在火线释放了一些，大部分都陆续从前线运送到了后方志愿军俘虏营。

三

周道是 1950 年底第二次战役结束时，随部队从吉林省通化市进入朝鲜的，他在志愿军第 9 兵团俘管团担任英文翻译。笔者在同他长时间相处的日子里，多次听他谈到了他在第二次战役后以及第五次战役中，亲身参与收容和接送美、英等军被俘人员的详细经历。

第二次战役东线作战是在长津湖地区进行的，因而又称"长津湖战役"，志愿军第 9 兵团的对手是美国的"王牌部队"海军陆战第 1 师。战斗一打响，我志愿军很快就将该师包围。由于我军武器装备不足，一部分残敌丢下很多尸体和伤员，突围逃跑了，有几百名敌军官兵被我志愿军俘获。当时最低气温达到零下 40 摄氏度，加上美国飞机疯狂地进行轰炸扫射,情况极为恶劣,尽管如此,我志愿军官兵仍然严格地执行宽待俘虏的政策,在严重缺医少药的情况下,志愿军医护人员仍然千方百计地对伤病战俘悉心救治,挽救了不少被俘人员的生命。

在第五次战役华川地区战斗中,志愿军第9兵团俘管团参谋长带了一个警卫排到离火线1.5公里处驻扎,准备收容和接收俘虏,周道是随队的唯一一名英文翻译。我志愿军阵地上空升起了3颗红色信号弹,战斗开始了。不一会儿,一位志愿军警卫员对着周道喊道:"周翻译,抓到俘虏了。"几名志愿军战士押着20多名俘虏从战场下来,其中有的人还想挣扎,周道大声喝道:"我们是中国人民志愿军,你们被俘了,必须服从我们的命令!"并宣布了我志愿军宽待俘虏的政策。被俘人员们听到周道一口流利的英语,顿时安静下来。在向后转移途中,以及通过金化地区——美国飞机一天24小时重点封锁的"空中封锁区"时,没有一个俘虏掉队、逃跑,或者是不服从管理的。

周道多次执行收容和接送俘虏的工作,每次都克服了重重困难,到达预定地点,将俘虏交给接收单位,圆满地完成了任务。

周道的经历是众多的青年外语干部活跃在抗美援朝前线中的一例。

四

志愿军部队在战场上捕获的俘虏,国籍不同,语言各异。在第二次战役中,除美、英等国军队的俘虏外,还有土耳其军俘虏。在第五次战役中,志愿军部队歼灭土耳其军一个营,一次就俘获其官兵100多人。以后历次转移、汇集到后方志愿军俘虏营的土耳其军俘虏,达到200多人。新中国成立之初,外语人才极其缺乏,少数语种翻译尤为难得。志愿军部队的翻译干部,绝大多数是英文翻译。到处寻觅懂土耳其语的人才,笔者也曾参与在国内多方物色,都没有结果,这给对土耳其军俘虏的管理教育工作带来了诸多困难和不便。

寻找土耳其语翻译的工作在继续进行,好不容易从新疆找到一位名叫马立克的俄罗斯族人,但他虽懂土耳其语,却不懂汉语;这样,不得不为他配备一名既懂俄语又会汉语的翻译协同他工作。后来又从新疆物色到一位维吾尔族干部,他虽懂汉语,但土耳其语却有限,因此,他们互相配合进行工作,情况才稍好一些。好在土耳其军俘虏健康状况较好,情绪基本稳定,比较起来,管理工作也容易一些。

在志愿军俘虏管理处,翻译人员同志愿军干部、战士一样,实行供给制。伙食分大、中、小灶,大多数英文翻译都享受大灶和中灶,极少数英语水平和级别较高的翻译享受小灶,而土耳其语翻译则享受小灶待遇。对此大家都表示理解,没有意见。

五

志愿军各级部队领导、干部和战士,对敌军工作都很重视和关心,对敌军工作人员和翻译干部都很爱护和照顾。他们每到前沿阵地散发传单、分送圣诞礼物,或进行火线喊话时,部队领导总是要派全副武装的战士一同去执行任务,与此同时,并组织火力戒备,以保障他们的安全。

1952年10月初,参与编制对敌传单的美术工作干部周光玠等二人,经批准从志愿军总部所在地桧仓出发,前往金化以北上甘岭地区前线了解敌军工作开展情况,体验战地生活。他们到了志愿军部队的军部,有关领导告知,敌人即将发动"金化攻势"(即上甘岭战役),只能前往师部看看。于是,周光玠二人由二名警卫战士护送到了师部。师部的有关领导对周光玠二人说:"战斗一旦打响,战场形势将会变化很快,那时恐怕部队很难周全地照顾你们。你们是领导机关派来的,我们必须对你们的安全负责。因此,绝不能再往前去了。"一席话把他们说服了。为了避免给战斗部队增加负担,整个上甘岭战役期间,周光玠二人不仅没有深入到连、排、班,就是团、营指挥所也没有去成。

六

在抗美援朝战争中,志愿军敌军工作干部、翻译人员历尽艰险,但都平安,唯独有一位同志在执行任务途中牺牲了,他就是中国人民志愿军碧潼俘虏管理处的干事王玉瑞同志。

王玉瑞,山西省离石县人,1950年底入朝。一入朝,他就和我们在一起共事。他办事认真负责,热情诚恳,心胸开阔,充满乐观主义情绪。笔者在碧潼俘虏管理处时,经常同他谈天说地,听他讲故事。

故事之一:志愿军入朝初期,美国空军飞机极为猖狂,到处狂轰滥炸,超低空飞行扫射。一天下午,志愿军部队一位首长带着警卫员在上前方的途中,在一个隐蔽处防空休息。几架美国飞机来了,又投弹,又扫射,几次飞过头顶,比树梢高不了多少;警卫员实在气愤不过,端起美国造的卡宾枪,朝着飞临头顶的美国飞机就是一梭子。打中了油箱!敌机冒着黑烟,在不远处栽了下来。但是,这位警卫员返回部队后,却因此受到了坐禁闭的处分。因为部队有规定,没有得到命令,不能随意开枪,他违犯了纪律。出人意料的是,禁闭结束后,部队另给这位警卫员评功授奖,戴大红花,因为他创造了用卡宾枪击落敌机的奇迹。

故事之二:志愿军部队在一次冬季的战斗中,遭到敌军密集的机枪火力猛烈射击。我部队将敌人的机枪阵地一个个摧毁了,唯独还有一挺机枪不时从工事里向我方阵地喷吐火舌。部队指挥员当即派出二名战士,迂回地爬到敌人工事后面,往里一看,原来一个美国兵躺在睡袋里,手里握着一根绳子,绳子的另一端系在机枪的扳机上,不时拉动绳子扣扳机射击。于是,二位志愿军战士轻而易举地从睡袋里活捉了那个美国机枪手。

这些传奇式的故事曾经广为流传,它们从一个侧面反映了美国侵略军"纸老虎"的虚弱本质,它不是不可战胜的,同时也鼓舞了我军干部战士勇猛打击敌人、战胜敌人的信心和决心。半个多世纪过

俘管处在碧潼为王玉瑞烈士举行追悼会(程绍昆 摄)

去了,这些故事至今仍然不时在脑海中浮现。每每忆及这些故事,就想起了王玉瑞同志。

在碧潼志愿军俘虏管理处,王玉瑞同志的任务之一就是负责接收、分发和转送俘虏们的信件。原来,1951年3月13日,中国人民志愿军和朝鲜人民军同中国人民保卫世界和平委员会商定,愿为"联合国军"被俘人员与其亲属间沟通信件往来,以缓解他们相互之间的忧虑和思念之情。1952年6月24日,王玉瑞同志奉命携带大批美、英俘虏的家信,乘一辆吉普车,从碧潼出发,前往板门店,打算交由我方谈判代表团转交美方谈判代表团。车行至沙里院时,遭遇美国飞机轰炸扫射,王玉瑞同志当场牺牲,年仅27岁。车上装载的美、英等被俘人员给其在国内父母妻儿及其他亲属的所有信件,也都被美国飞机炸毁了。王玉瑞同志为了忠实地执行中国人民志愿军宽待俘虏的政策,为了沟通美、英等国被俘人员同其亲人家属的联系,为了中朝两国人民同美英及世界各国人民的友谊,为了世界和平与正义的事业,光荣地献出了年轻的生命。他牺牲后,俘管处的领导如干部、战士,在驻地召开了追悼大会。我们为有这样英勇、坚强的同志和战友而感到骄傲,我们永远怀念着他,王玉瑞同志!

七

停战协议签订之后,活跃在抗美援朝战场上的外文翻译干部,胜利完成了对俘虏的管理、停战谈判、战俘遣返等一系列繁重而艰巨的工作任务,陆续凯旋回国。

总政治部敌军工作部特地在北京市东南郊的马驹桥镇举办了一个短期学习班,名为"马驹桥外文干部训练班",这个训练班是为重新给他们安排工作的一个过渡措施。从朝鲜光荣归来的200多位外文翻译干部,在这里学习国内外形势和时事政策。学习结束后,他们纷纷走上了新的工作岗位。一部分人原来来自政府机关,仍然返回原机关,大多数人都分配到全国各地工农商学各行各业,只有极少数人留在解放军机关和部队。这些经受过严酷的战争环境锻炼和考验、从事敌军工作的外语干部,思想觉悟、工作能力、外语水平都大为提高,他们迅速成长起来,成为国家的一批极为难得的宝贵财富。他们中的许多人都立了战功,有些人还得到了朝鲜授予的功勋章。他们走上新的岗位后,继续兢兢业业,做出了新的贡献,成了各条战线上的专家、学者、教授、领导干部,许多人成了外交战线上的骨干。

20世纪60年代初,在我国西南部地区发生了一场边境战争,大批的外国俘虏需要英文干部进行管理。有关部门紧急从全国各地商调当年参加抗美援朝、从事敌军工作的英文干部回部队,但是有些人则调不回来了。有的单位表示:"这样的干部是我们单位的得力骨干,我们也非常需要,不能离开了。"这时,人们就深感:如果当年对这些从抗美援朝前线回来的外文干部不做"遣散"式的处理,让他们分散到四面八方、各行各业,而是用战略的眼光看待,将这批干部保留在部队就好了。为了吸取这个经验,总政治部萧华主任作出一项决定:对分散在全国各地、各单位的在抗美援朝中担任敌军工作的外文翻译干部普遍进行调查,登记造册,以备一旦国防需要时,紧急征调。但是这样的需要,后来一直还未出现。

一所特殊的"国际大学校"

在朝鲜北部的碧潼,有一所特殊的"国际大学校",它就是志愿军的战俘营,全称为"中国人民志愿军政治部俘虏管理处"。

一

碧潼地处平安北道的碧潼郡,濒临鸭绿江南岸,三面环江,环境幽静。原来这里居住着 200 多户人家,美国入侵朝鲜以后,对朝鲜北部的城镇乡村,疯狂地进行轰炸,到处都是一片瓦砾和废墟,像碧潼这样的山村小岛也没有幸免。

"使我大为惊异的是,这个没有任何军事价值的偏僻山村,也遭到了美国飞机的轰炸。在我们自己的飞机炸成的废墟上,中国人民志愿军和朝鲜人民军建起了新房子给我们住。"这是美军第 24 师第 19 团第 3 营 L 连士兵约翰·L. 狄克生述说的。他于 1951 年 1 月 1 日第三次战役中被我志愿军俘虏,他所说的"没有任何军事价值的偏僻山村",就是碧潼。

志愿军入朝参战,经过第一、第二次战役后,抓获的俘虏逐渐多了起来,俘虏多了怎么办? 经过批准,在火线陆续释放了一些,以表明我志愿军宽待俘虏的政策,用事实揭穿美方污蔑志愿军"虐杀俘虏"、蒙骗其官兵的伎俩。许多被俘的美、英等军官兵在转运途中被美军炮火打死,或被美国飞机轰炸扫射死了。大部分俘虏则由志愿军警卫部队和敌工干部、翻译人员历尽艰辛分批地带下战场,转送到了离火线不远的俘虏收容所。于是,在后方组建战俘营,就成了刻不容缓的紧迫任务。

鸭绿江南岸的志愿军碧潼战俘营

1950年12月初,志愿军政治部保卫部于忠智科长奉杨霖部长之命,到碧潼进行选址和筹组俘虏营。他率领干事李仲苏(朝鲜族、黑龙江省哈尔滨市人)、陈捷,英文翻译蒋凯、赵达(女,天津南开大学学生),带着在前线捕获不久的美国俘虏,乘车来到碧潼。他们刚刚在朝鲜居民家中住下,就遭到美国飞机轰炸,燃烧弹把残余的破旧民房大部分都烧毁了。此后,不断从前线送来俘虏,由40多人,很快就激增到1000多人,一下子聚集这么多人,吃、住、穿,都是大问题。

碧潼虽与我国辽宁省宽甸县境隔江相望,但交通不便,运输阻隔,供应渠道尚未建立,补给极为困难。初期运输车辆只能由安东(丹东)——新义州——昌城——碧潼,沿鸭绿江而行。这段路程约700多公里,昌城至碧潼约340公里。笔者多次行车走过这条路线,途中险象,亲身感受。由于沿途都是高山峻岭,蜿蜒曲折,特别是隆冬时节,气温达零下40多摄氏度,冰雪封冻,路面奇滑,大小车辆轮胎上虽装了防滑铁链,车子前后轮都有驱动器,遇到陡坡,往往前轮缓慢地往上爬,后轮却滑得左右摇摆,爬不上去。这时如果驾驶员稍微一松油门,车子就会倒退下滑,坠入万丈深渊。笔者当年虽年轻气盛,血气方刚,但是遇到这样的险境,也不敢冒险犯难,赶紧把方向盘交给经验丰富的司机杨德山同志,从而一次又一次渡过了险道难关。此类困难虽是短暂的,但却是令人难忘的。

针对美国飞机连续不断的袭扰,有十来个美国俘虏自发地在田间地头用高粱秆一捆一捆地摆成"POW"(战俘营)字样。他们这样做,动机各不相同。有人想以这种方法表示美国飞机前来搭救他们(事后俘虏自己交代),另外有人则是想昭告美国飞机:这里是战俘营,是自己人,不要来炸了。但是这些都没有用,既没有召唤到美国飞机前来搭救他们,也没能阻止美国飞机前来轰炸扫射。当时境况是严峻的,生活是艰苦的,除了这些因素之外,参加俘虏营筹建工作的人手太少,对俘虏的管理工作没有走上正轨,惊魂未定的俘虏有很多空子可钻,有两名俘虏就乘警卫战士不备,从山上逃跑了。但是,崇山峻岭,水网交错,跑到哪里去!后来被朝鲜老百姓捉住送了回来。他们没有受到伤害,志愿军俘管领导正面地对他们进行了批评教育,没有另外给他们处罚。在当时的情况下,筹组俘管机构困难之大,可想而知。

承担战俘营筹组工作任务的先遣人员尽了一切努力同后勤部门联系,从我国东北运来砖瓦、木料、水泥、石灰等建筑材料,在朝鲜人民军和当地政府的协助和配合下,在碧潼城里的废墟上,将被美国飞机炸坏了的房子能修的都整修了,又盖了一些新的简易房子,足可容纳1000多人居住,这才将陆续送到碧潼的俘虏们安置下来。吃的问题,更是困难,娇生惯养的美国俘虏有人竟发牢骚说:"你们志愿军养不起我们就不要抓我们来!"志愿军有的基层干部和战士听到这话,气不打一处来。但是碍于宽待政策和纪律,又不能骂他们,更不能打他几下,生活问题还得设法解决。

二

1951年1月18日,军委总政治部组织部徐元圃处长率领来自部队、机关和外国语院校的60多名干部和翻译抵达碧潼,从而加速了俘虏管理机构的组建,笔者就是这一批到碧潼参加俘虏管理工作的。1951年4月24日,中国人民志愿军政治部碧潼俘虏管理处正式成立,东北荣军工作委员会副主任、原东北军区政治部生产部部长王央公被调任志愿军俘管处主任,徐元圃、席一为副主任。随着从前线送来的俘虏不断增多,俘管机构也相应地做了一些调整和扩大,并增加郭铁、高占功、尚学文、孙峰为副主任。1952年初,王央公同志因公回东北军区,总政临时派文化部文艺处处长李伟同志到俘管处任代主任,代理工作两个多月,直至王央公同志返回。

总政敌工部黄远部长(前排中)、志愿军政治部俘管处王央公主任(前排右一)等在碧潼(黄继阳 摄)

中国人民志愿军政治部俘虏管理处的组织机构如下:

中国人民志愿军政治部俘虏管理处(碧潼)

秘书科、登记科、文娱科、组织科、调研科、新闻科、保卫科、文化科、供给处、卫生处、总医院、文艺工作队、电影队、运输大队、警卫营

俘管1团(昌城)、俘管2团(零时)(南朝鲜李承晚军俘虏)、俘管3团(田仓)、俘管4团(渭源)、俘管5团(碧潼)(原俘管1大队)、俘管2大队(碧潼郊区平场里)、第1俘虏收容所(遂安)、第2俘虏收容所(成川)

各俘管团、俘管大队的机构设置不完全相同,主要的有:登记股、文娱股、供给股、修建股、文艺工作队、电影队、医院、警卫连等。各俘管团、俘管大队下设5~10个中队,每个中队配有中队长1人、分队长3人、翻译兼教员1人。分队长以上人员由志愿军干部担任,副分队长和班长由俘虏选任。

美国拼凑的"联合国军",数它出兵最多,达1个集团军、3个军、8个师、2个团,共计37.35万余人;其次是英国,派了2个旅;加拿大和土耳其各派了1个旅;澳大利亚、荷兰、法国、希腊、比利时等9个国家各派了1个营;卢森堡只出了1个由50人组成的步兵排;南非派了1个空军中队,号称中队仅有4架飞机;菲律宾、泰国、哥伦比亚、埃塞俄比亚等国都只象征性地出了一点人;南朝鲜不是独立主权国家,更不是联合国的成员国,但它出兵最多时达49.1万余人,美方总兵力达到90.48万人。

中国人民志愿军入朝,同朝鲜人民军成立中朝联合司令部后,曾有一个约定:志愿军主要收容管理美、英等外国军队的俘虏,南朝鲜李承晚军俘虏次之;朝鲜人民军主要收容管理南朝鲜李承晚军俘虏,美、英等外国军队的俘虏次之。

志愿军俘虏管理处共收管了14个国家和地区军队的俘虏5000多人,主要是美国俘虏,达3000多人;次之为英国俘虏,将近1000人;土耳其俘虏240多人;菲律宾、法国、哥伦比亚、加拿大、澳大利亚等国的俘虏,各有几十人、十几人不等;南非、希腊、比利时、荷兰等国的俘虏,则只有几个人,或者一两个人;日本为二次世界大战的战败国,其宪法禁止它派兵出国,此次它虽没有派兵参加"联合国军"入侵朝鲜,但仍然在美国军队中抓住了3个日本俘虏;零时郡的俘管2团全是南朝鲜李承晚军的俘虏,有700多人。

三

中国人民志愿军政治部俘虏管理处的正式成立,以及王央公主任和一批志愿军干部、敌军工作精英、翻译骨干的受命到职,是志愿军俘虏管理工作的一个转折点,也是俘管工作开始走上正轨的重要标志。

王央公毕业于北京辅仁大学。1938年赴延安参加抗日战争,在部队长期从事敌军工作。曾任东北军区政治部敌军工作部部长,有丰富的敌军工作经验。他到碧潼任职时,正好40岁,年富力强,温文尔雅,沉着冷静。他谙熟英语,但平时并不用英语同俘虏谈话。一次,王央公主任在战俘大会上破例地直接用英语发表讲话,他说:"同学们! 请原谅,我不明白到底是上帝还是魔鬼促使你们来到这个穷乡僻壤的……"战俘们极为惊讶,他们不仅对战俘营的最高领导一口流利的英语十分赞佩,而且对他幽默的语言,特别是他对战俘称"同学"这个称谓而感到新奇。王央公进一步说:"我之所以称呼你们为同学,是因为这里不是监狱,不是集中营,不是流放地,这里是学校。在这所特别的学校里,让我们一起学习,共同来追求真理……"接着,王央公主任从鸦片战争到八国联军列强侵略中国的历史,从志愿军抗美援朝到宽待俘虏的政策,说明朝、中人民反侵略战争的正义性质和必胜的道理,说得战俘们不断鼓掌,频频点头表示称赞。从此,战俘们为了表示对这位战俘营的"最高行政长官"的尊重和敬佩之意,都称呼他为王将军。

军委总政治部及时发出指示,要求俘管部门搞好伙食,指出俘虏的伙食搞得好不好,直接关系到俘管工作的成败。王央公主任及各级俘管单位对于此项指示非常重视,采取了种种有效的措施,打通供应渠道,创造运输条件,使给养和各种补给品源源不断地运往俘管处及各俘管单位,从而迅速扭转了初期因战事激烈、敌机轰炸袭扰、运输供应极为困难、俘虏生活一度很差的情况。

随着俘管机构的逐步完善,一些规章制度也陆续建立起来了。每个俘管中队为一个伙食单位,由中队俘虏自办食堂。俘虏自己选举产生了"伙食管理委员会",自己选出炊事员,自己管理伙食。为了照顾俘虏们的生活习惯,特地从国内运来了面包烤箱;对信奉伊斯兰教的土耳其俘虏,还从国内运来了活牛羊。俘虏的伙食标准是每人每天粮食 875 克,白面、大米取代了初期的玉米、高粱,食油 50 克、肉 50 克、鱼 50 克、蛋 50 克、白糖 25 克。普通灶每人每天伙食费 1545 元(人民币旧币),轻病号灶 2313 元、重病号灶 3634 元。俘虏的伙食一般相当于我志愿军团职以上干部的中、小灶伙食标准,比志愿军一般干部、战士的伙食标准高出很多。被服标准是:冬春季每人 1 套崭新的蓝色棉衣、棉裤、棉帽、胶底大棉鞋、手套,1 件灰色的棉大衣等,每人 1 条棉被、1 条毛毯。夏秋季每人 2 套单衣、2 件衬衣,还有毛巾、牙刷、牙膏、肥皂、鞋袜等日常生活用品。

有些基层干部一时想不通,他们是战场上的敌人,刚刚放下武器的俘虏,在激烈的战争环境里,在物资供应极其困难的情况下,为什么他们的生活待遇要比我们一般干部、战士都好。这是为了抗美援朝的胜利,为了人民军队宽待俘虏的政策,为了维系战俘们的生存与健康,为了用事实驳斥敌人对我志愿军"虐杀战俘"的造谣污蔑。于是,思想不通的人很快明白了这些道理,解开了思想疙瘩,愉快地、不折不扣地按政策和规定尽力做好俘虏管理工作。

与此同时,志愿军俘管处领导大力加强医药卫生机构,增加医护人员,从而挽救了不少重伤重病俘虏的生命,一些轻伤病战俘也得到了及时的治疗。各俘管团、队均竭力创造条件,使生活、作息正常化的战俘们开展文化娱乐和体育活动,丰富生活,锻炼身体。除了俘管团的文艺工作队经常演出之外,俘虏们还自编自演文艺节目。各俘管团、大队、中队都建有俱乐部、电影院、图书阅览室、自办墙报园地,经常举办各种项目的体育比赛,开运动会。战俘中有信奉基督教、天主教的,也有信奉伊斯兰教、佛教的,他们可以自由地学习圣经、做祷告、礼拜等宗教活动。每逢圣诞节、开斋节等大的宗教节日时,俘管团、队都为他们提供充分的物资供应和便利条件,战俘们极为感动。特别是,志愿军俘管领导还千方百计地疏通渠道,让战俘们同其亲属通信联系,这是又一件令战俘们终生难忘的大事。

四

1951 年的春天,志愿军战俘营里生机勃勃,充满了希望、欢乐和期待。与 3 个多月前筹组初期那种困难重重,战俘情绪消极、沉闷、悲观的情况,形成了鲜明的对照。在战俘营,没有铁丝网,没有狼犬,没有碉堡,除了战俘营大门口有两个卫兵站岗值勤之外,没有荷枪实弹的大批军警到处巡查监视。这里不分国籍,不分种族,不分肤色,不分宗教信仰,均一视同仁,平等对待。一名黑人俘虏感慨系之地说:"我有生以来,只有在志愿军战俘营里,才真正享受到平等。"美国俘虏弗兰特把中国人民志愿军的战俘营称为"世界上一等战俘营"。

被俘的美英战俘

从志愿军战俘营成立之日起,就不断有国际知名人士、外国新闻记者和社会团体的领导人来访。他们先后参观了战俘营中俘虏的住室、食堂、俱乐部、阅览室、运动场、医院、卫生所等等,广泛地同俘虏们进行交谈或座谈。世界和平运动理事会理事、著名的妇女领袖、英国的莫尼卡·费尔顿夫人于1952年9月间来到战俘营住了几天,深入参观访问,仔细了解战俘营的情况,并同英、美等国俘虏座谈后,感慨地说:"简直是奇迹!这里真的不是战俘营,而是学校。"9月24日,费尔顿夫人离开碧潼时,对给她送行的英、美战俘们说:"我认为,中国人民和中国人民志愿军确实是爱好和平、反对战争的。他们在极端困难的情况下,为你们做了所能做到的一切,就是证明。我要将在战俘营看到的一切,告诉英、美等国人民,让他们知道你们安全、快乐地生活在中国人民志愿军的国际大学校里。"

五

本文写到这里，还想再写几句。中国人民志愿军战俘营是在被美国飞机轰炸成一片废墟的基础上建立起来的，建成以后，我方将战俘营所在地点在板门店停战谈判时通知了美方，并且在营地设置了两块长 12 米、宽 6 米，漆成红色的木板，一块写有英文字母"POW"（战俘营），另一块用朝文写上"战俘营"，作为醒目的标志。但是美国公然违背《日内瓦公约》，美国飞机仍多次前来轰炸、扫射、袭扰，造成俘虏伤亡。只有当年轻的中国人民志愿军空军飞机出现在朝鲜北部的天空时，美国空军飞机的猖狂行径才有所收敛，志愿军战俘营的安全和运输供应也才有了保障。

1951 年 1 月，刚刚组建起来的志愿军空军在朝鲜北部安川上空与美国空军飞机首次交锋，一举击落美机 1 架、击伤 2 架，我志愿军空军飞机没有损伤。初战告捷，大长了我方的军心士气，大灭了美方的威风。我志愿军空军迅速发展壮大，频频出现在从鸭绿江至清川江一带空域，形成一条"米格走廊"，使美国空军闻风生畏，惊恐不已。初生之犊不怕虎，我志愿军空军主动出击，捷报频传，连美国空军的什么"王牌飞行员"、"双料王牌"也被打下来了。每当美国喷气式战斗机在空战中被我志愿军的米格式喷气战斗机击中、拖着黑烟一头栽下去的时候，观看空战的我志愿军干部、战士莫不欢欣鼓舞，连美、英等国的俘虏们也情不自禁地鼓掌喝彩，跳跃欢呼。此情此景，在志愿军战俘营形成了一道奇特的"风景线"。

他们发动了一场"肮脏的战争"

美国侵略者没有打赢这场战争,它想用武力毁灭朝鲜民主主义人民共和国,并将诞生不久的中华人民共和国扼杀在摇篮里的图谋没有得逞,而它自己却付出了极其高昂的代价,被迫从鸭绿江边撤回到三八线,终于不得不在板门店坐下来,同朝、中方面的代表进行停战谈判。

一

朝鲜停战谈判从 1951 年 7 月 10 日开始,至 1953 年 7 月 27 日停战协定签字,在历时 2 年零 17 天的漫长过程中,停停打打,边打边谈,军事较量和政治斗争互相交织在一起,复杂而尖锐。美国侵略者黔驴技穷,竟冒天下之大不韪,对朝鲜发动了大规模的细菌战。

朝鲜北部的冬季,冰天雪地,天寒地冻,然而就在 1952 年 1 月 28 日这天,在雪原里,在山坡上,却发现了许多异样的情况:到处散落着许多桔杆、羽毛、烂鱼、臭肉、用纸盒子装的活昆虫,包括苍蝇、跳蚤等,经过检测,发现这些东西都带有病毒和病菌,这是美国侵略者进行细菌战的铁证之一部分。

二

在碧潼志愿军战俘营里,许多美国空军俘虏对我志愿军的宽待政策已有亲身感受,因而打消了顾虑,交代了参与细菌战的罪行,首批做出交代的是美国空军被俘飞行员奎恩和伊纳克等。

奎恩原是一个孤儿,靠年近花甲的老母打工将他抚养长大。中学毕业后,进入美国空军航校学飞行,随后被派到朝鲜执行"特殊任务"。奎恩交代说:"投下的炸弹容器里装有花蝇、黑跳蚤、其他昆虫。每个炸弹长137厘米,宽36.4厘米,由两瓣组成,内分4格,弹壳为钢皮,厚0.15厘米。炸开后分为完整的两瓣,驾驶的是P-51型战斗机。头一次低空投掷在宁远郡宁远面马上里,第二次在博川郡龙西面星里山地上空盘旋,正准备投弹,飞机被地面高射炮击中,于是跳伞着陆被俘。"奎恩还说,当时他腿部被树枝划破,鲜血把裤子都染红了,是志愿军用担架将他抬到卫生所上药包扎,换了新衣服,然后才送到俘虏管理处的。

继奎恩和伊纳克之后,一共有20多人陆续交代了他们分别驾机投掷细菌弹、参与细菌战的详细经过。笔者在碧潼志愿军俘虏管理处同奎恩、伊纳克以及美国空军俘虏中的许多人进行了多次谈话,亲眼目睹他们在书面交代材料上签字、录音。他们在办完这些事情之后,感到俘虏管理处并没有加罪于他们,没有对他们施加惩罚的意思,一个个显得很轻松的样子。许多人感到后悔、愧疚,说不该参加这场"肮脏的战争"。

三

对于美国发动大规模细菌战的罪行,朝、中两国政府当即提出了严正抗议。1952年5月,朝、中两国专家记者组成的联合询问团前往碧潼,其中包括我国细菌学专家张乃初、昆虫学家陈景锟、北京各主要新闻单位的记者、电影摄制组,还有英国《工人日报》记者阿兰·魏宁顿、法国《人道报》记者贝却敌等50多人。他们分别询问了投掷过细菌弹的美国空军被俘人员,进行了详细的调查研究,写出了书面报告。周恩来总理接阅报告后连夜审批,并决定连同美国空军被俘人员的书面交代材料以及他们的录音,于1952年5月17日分别在北京和平壤同时公布。为此,我国空军总部特地派了一架专机,由总政敌工部干事宋杰携带钢丝录音带及相关材料,飞赴平壤,送交朝鲜的有关单位。我们印制的、揭露美国进行细菌战的传

1952 年 4 月 8 日,美国空军被俘人员伊纳克发表广播讲话,交代自己奉命在朝鲜北部地区投掷细菌弹的事实

单,也及时运到朝鲜前线散发。

四

一石激起千重浪。此事一经公布,全世界舆论纷纷谴责,一致声讨。尽管美国当局遮遮掩掩,矢口否认他们进行过细菌战,然而事实俱在,铁证如山,狡辩和抵赖只能是徒劳的。

事隔半个世纪,加拿大的历史学家还在出书加以印证。据英国《新政治家》周刊 1999 年 10 月 25 日刊载彼得·普林格尔的文章报道,多伦多的约克大学的 2 名历史学家斯蒂芬·恩迪科特和爱德华·哈格曼出版了一本书,题为《美国与生物战:来自冷战初期的秘密》,该书援引大量事实证明,美国曾在朝鲜战争中使用生物武器。报道还说:"这是迄今为止证明美国使用了生物武器而作的最有说服力的尝试。"

五

在朝鲜战争中,美国为了扭转败局,竟不顾国际公法,悍然对朝鲜军民、中国人民志愿军,以及中国的部分地区发动细菌战,妄图残害朝、中两国人民,削弱朝鲜人民军和中国人民志愿军的战斗力。

美国不仅用飞机投掷细菌弹,还用火炮发射细菌弹以布撒细菌。1952 年 1 月 28 日,首次发现美国空军飞机在朝鲜铁原郡外远地、龙沼洞地区投掷细菌弹,此后,美军投掷细菌弹布撒细菌的范围扩大到朝鲜北部的 7 个道 44 个郡,甚至于连志愿军战俘营驻地也发现大量的带菌毒虫。

笔者当时正在志愿军战俘营工作,大家都对美国惨无人道地发动细菌战而感到震惊和愤慨,战俘营领导当即派出秘书冯宝龙带领军医和几名志愿军战士,在战俘营周围地区仔细寻找,结果在五世面战俘 5 团所在地发现 1 枚已裂开的细菌弹,弹壳下面有许多死苍蝇、老鼠等,以后在附近又陆续发现了一些。战俘营把细菌弹片收集起来,把美军飞机布撒细菌的现场以及带菌昆虫等拍成照片,在营区展出。许多战俘看了这些实物和图片,都相信这是事实;但又表示担心,美国这样干,战争将会愈演愈烈,长期拖延下去,回家的希望也就更加渺茫了。

战俘营紧急从国内运来预防疫苗,给全体志愿军官兵、所有战俘,以及周围的朝鲜群众打防疫针。有我志愿军官兵带头注射,大多数战俘也都注射了;但是极少数战俘就是不相信,说什么“美国是民主国家,不至于违反国际法使用细菌武器、干出这种蠢事的”。一个名叫道斯曼的美国战俘,不仅不肯打防疫针,还调皮地故意从路边找到一只蚂蚁丢到嘴里吃了。结果,第 2 天,道斯曼发起了高烧,上吐下泻,他焦急地向我志愿军军医哭诉道:“我是不是感染细菌了? 快救救我吧,让我活着回家去!”这个战俘立即被送到了战俘营医院紧急救治。

事情至此并没有了结。高度警惕的中国人民发现,从 1952 年 2 月下旬至 3 月上旬,美军还在中国的东北以及青岛等城乡地区投掷了细菌弹。从 1952 年 1 月至 3 月,已经发现美军在朝鲜北部地区和中国境内投掷和发射的细菌弹,共达 804 颗。

六

随着朝、中方面防空力量的不断加强,以及我年轻的志愿军空军飞机升空并主动出击,越来越多的美国空军飞机被击落、击伤,许多美国空军的飞行人员和空勤人员被生擒活捉。1952 年 4 月初,志愿军前线部队送来 4 名美国空军战俘,这 4 名 B-29 型轰炸机的飞行员是从日本基地起飞,来到朝鲜北部地区上空进行空袭的。他们交代他们所在部队投掷过细菌弹,轰炸过志愿军昌城俘管 1 团驻地;他们自己也投掷过"特型炸弹"(即细菌弹),轰炸过志愿军战俘营。

美国空军飞行员伊纳克是在平壤地区执行轰炸任务时,被我志愿军部队击落俘虏的,他承认自己曾在朝鲜北部和中国东北边境地区投掷过细菌弹。伊纳克是首批交代参加过细菌战的美国空军被俘人员之一。

先后交代投掷过细菌弹、参与细菌战的美国空军被俘人员有:奎恩、伊纳克、克尼斯、鲁利、奥尼尔、许威布尔、布莱等 25 人,其中有美国空军上校军官 3 人。他们都写出了详细的交代材料,在交代材料上亲笔签名,并且进行了录音。朝、中双方同时在 1952 年 5 月 17 日、9 月 16 日和 1953 年 2 月 22 日,通过新闻媒体公布了他们的交代材料和录音。

七

美国发动细菌战的罪行,激起了全世界爱好和平与主持正义的国家和人民的极大愤慨。世界和平理事会、世界工会联合会、国际妇女联合会,以及世界民主青年联盟、国际学生联合会等众多的国际组织和群众团体,纷纷发表声明,进行严厉谴责。中国政府派出了以李德全、廖承志为正副团长的"美国细菌战调查团"前往朝鲜进行调查,由奥地利、意大利、英国、法国、巴西、比利时、波兰等国著名的法学家组成的"国际民主法律工作者协会调查团",以及世界和平理事会理事、加拿大的国际知名人士文幼章先生等,专程前往进行实地调查。国际法学家调查团团长布兰魏纳在调查后举行记者招待会,发表调查报告书,列举事实和物证,认定美国空军对朝鲜北部和中国的东北等地投掷了细菌弹,发动了细菌战。

八

根据中央军委、总政治部、志愿军政治部历次的指示精神,为了保障细菌战俘的人身安全,防止发生其他意外,细菌战俘一律由1952年5月29日在朝鲜成川郡大富里成立的志愿军政治部俘管处第2俘虏收容所管理。1952年12月初,第2俘虏收容所撤消,细菌战俘迁移至碧潼,同其他战俘一样,均归志愿军政治部俘虏管理处统一管理。

与此同时,对细菌战俘均实行宽待政策,不因他们投掷过细菌弹、参与过细菌战而加以歧视和虐待。在物质生活照顾、医疗保健、文化娱乐、与亲友通信联系等等诸方面,均同其他战俘一样,享受同等待遇。

在我志愿军宽待政策的感召下,美国空军细菌战俘除交代了他们的所作所为之外,并表示忏悔,决心做一个新人。美国空军细菌战俘伊纳克在1952年4月8日《给中国人民志愿军的一封公开信》中说:"现在,我做了中国人民志愿军的俘虏,你们待我像朋友一样。我吃得很好,穿得暖和,受到医疗照顾,有烟抽,有糖吃,还享受着许多其他的仁慈待遇。"他表示:"我已下定决心,要为争取和平而奋斗,来洗刷我良心上的过失。我满怀决心,要加入爱好和平者的行列,重新做一个新人。"

美国空军细菌战俘鲁利曾16次驾机投掷细菌弹,但他的飞机被击中,他跳伞被俘后,同样受到了志愿军的宽大待遇。他激动地说:"志愿军对我们和善而宽大的待遇,使我们感到出乎意料。我们曾到过不同的管理营地,但每到一处都受到良好的待遇,我生病时受到及时的医疗照顾。我希望我能为大众与和平做些有价值的事。"

朝鲜停战协定签字后,朝、中方面将所有细菌战俘同其他战俘一道,及时予以遣返,使他们实现了返回美国与亲人团圆、过和平生活的愿望。

三个美国将军的不同命运

第一个被俘的美国将军

美国趁朝鲜内战爆发之机,大肆调兵遣将,入侵朝鲜,遭到朝鲜人民军毫不留情的打击。朝鲜人民军趁势挥戈南下,势如破竹,迅即攻占了南朝鲜李承晚政权的"临时首都"大田。1950年7月9日刚从日本调到南朝鲜18天的美军第24师被朝鲜人民军打得落花流水,溃不成军。师长迪安少将在山沟草丛里东躲西藏达一个多月,终于在1950年8月25日被一个13岁的砍柴小儿郎发现,从而被朝鲜人民军俘获,成为在朝鲜战场上第一个被俘的美国将军,也是军阶最高的美国俘虏。

美国在它入侵朝鲜50周年之际,搞了一个为期3年的纪念活动,回顾和"庆祝"它的"胜利"。然而,美国的一家报纸于2000年6月26日的"专题报道",却记述了当年战争一开始美军就连吃败仗的惨景。"专题报道"说:"1950年7月19日至22日的大田会战,美军伤亡惨重。"并说:"指挥官迪安将军被北韩部队所俘。34装甲团、24步兵师及第8军伤亡惨重,几乎只剩下部队番号,余部编入第19装甲兵团。尤其34装甲团伤亡殆尽,余部还编不满一个连的兵力。"

美国第24师被誉为"常胜军",第二次世界大战结束后,作为占领军驻扎在日本,在美国拼凑起"联合国军"之前就到达朝鲜。他们万万没有料到,这样一支"精锐部队"刚一上阵,就一败涂地,损兵折将。这次大田战役,美国第24师连同南朝鲜李承晚军第1、第2军都遭到朝鲜人民军的毁灭性打击,总共被毙、伤、俘 3.2 万余人,损失火炮 220 门、坦克 20 多辆、各种枪支 4640 件、汽车 1300 多辆。

事情既已发生,由美国总统杜鲁门任命为兼"联合国军"总司令的美国远东军总司令麦克阿瑟上将极为震惊,他自日本东京紧急命令于 1950 年 7 月 13 日刚刚接任的侵朝美军第 8 集团军司令沃克中将立即查找迪安少将的下落。沃克将军采取一切手段,四处搜寻,毫无踪影,于是,一纸报告向麦克阿瑟上将和美国政府复命:"迪安将军接任第 24 师师长仅 18 天,但该部队有高度责任感。大田被围时,将军临危不惧,指挥若定,亲自组织队伍突围,不幸以身殉职。"美国当局为了表彰迪安将军对美利坚合众国的忠贞和功绩,特地举行极为隆重的仪式,授予他代表美国最高荣誉的"国会荣誉勋章"。

然而,没有多久,就从朝鲜方面传出一条惊人的消息:美军第 24 师师长迪安少将没有"阵亡",而是在大田战斗中被朝鲜人民军捕获,并且在朝鲜北部战俘营中受到人道主义的宽大待遇,身心都很健康。美国舆论一片哗然,而正直的美国人民则感到自己受到了欺骗和愚弄。

被俘的美国将军迪安究竟在哪个战俘营,很少人知道。为了防止美国想方设法将他救出,或者是将他炸死、消灭掉,朝、中方面采取了严格的保安措施。笔者作为志愿军的一员,长时间在志愿军碧潼俘房管理处工作,并且经常穿梭于前线、后方——开城、板门店、碧潼、昌城、渭原等地,但也不知道迪安被押的具体地点,只知道迪安受到了朝、中方面的宽待和尊重。用迪安将军自己的话说:"我现在受到和善而周到的照顾,吃得很好,住得很舒服,穿得很暖和,我愿对我受到的照顾表示由衷的感激。"

迪安可以进行体育活动,锻炼身体,给国内的亲属写信。他在战俘营写了一本题为《在朝鲜被俘历险记》,1953 年春,美国一家出版社出价 5 万美元要出版他这本书。

迪安,这位在第二次世界大战中建立过赫赫战功的美国将军,刚从日本踏上朝鲜的土地 18 天就被俘,至 1953 年 9 月 4 日被遣返

美军陆军第24师少将师长威廉·迪安被俘时(左)和被俘一段时间后(右),体重增加了三十斤

回美国,他在朝鲜北部战俘营里整整度过了三个春秋。朝鲜停战协定签字之后,迪安对采访他的法国巴黎《今晚报》记者贝却敌说:"我感到(美国)越早离开这个地方越好。征服朝鲜是一个没有希望完成的任务,没有希望实现的使命,没有希望达到的目标。"

迪安被遣返的前一天晚上,遣俘委员会朝中方面的代表特地在开城为他安排了一次告别便宴。在酒宴上,迪安非常激动,眼眶有些湿润。他举杯畅饮后动情地说:"愿美国同中国和朝鲜永远不再打仗!"遣返那天在军事分界线临别时,迪安紧紧地握着我志愿军代表的手,久久不放,并再次说:"要和平! 中美两国再不要打仗了!"

迪安被遣返回国后,继续在美国军队中服役,后来还由少将晋升为中将。

他惨死在美军自己的车轮下

再说说美国的沃克中将。

沃克将军是侵朝美军第8集团军司令,他一上任就接到麦克阿瑟上将紧急命令他查找"失踪"的迪安少将这样一件棘手的差事,上演了"美国将军——活烈士"这样一出可笑的闹剧。但是,沃克中将自己绝没有想到,仅仅相隔160天,即1950年12月23日,他所率的部队在同中国人

沃尔顿·沃克将军

民志愿军的一次较量中惨败,沃克中将命归黄泉。这是美军在侵略朝鲜的战争中惨死的一名将军。

沃克官拜陆军中将,是侵朝美军的总头头,无论是军衔,还是职务,都比少将师长迪安要大。同样都是吃了败仗,对于沃克的死,美国当局却不像迪安"失踪"那样,赞誉他是"以身殉职","隆重授勋";这一次,美国当局没有怎么声张,媒体也没有大肆渲染,人们只知道沃克是在败退途中死的。半个世纪后,美国"庆祝"它侵略朝鲜"胜利"50周年纪念活动时,一家美国出版的报纸才披露,当年沃克中将是在溃败中,因极度混乱,所乘的吉普车被自己部队的军用大卡车撞毁而丧生的,沃克将军死得并不"光彩"。

沃克中将死后,侵朝美军第8集团军司令一职由李奇微将军接任,但是"善后"并未到此为止。由于侵朝美军连连惨败,内部意见纷乱,矛盾加深,美国当局不得不频繁地易帅换马。1951年4月11日,麦克阿瑟上将奉召回国,"联合国军"总司令一职由李奇微将军接任,而范弗里特将军则继李奇微任美国第8集团军司令。

俘虏的俘虏

在另一个战场上,一场尖锐的斗争在激烈地进行。为拖延和破坏停战谈判,以达到其扣留我方被俘人员,将他们送往台湾的目的,美军除了在军事上向朝、中方面发动一次次的进攻,诸如夏季攻势、秋季攻势、"绞杀战",还使用种种残暴的手段,在美方战俘营中对朝、中被俘人员进行极其野蛮的迫害和虐杀。对要求回国者则施加酷刑,有的人被割掉耳朵、砍掉手脚,有的人身上被刺上"反共抗俄"字样或台湾国民党党旗。坚决要求遣返回国的志愿军被俘人员蒋子龙,甚至被混进战俘营冒充我方被俘人员的台湾特务分子杀害,挖心掏肝,煮食人肉,其残暴程度,达于极点。美军随意对朝、中被俘人员进行血腥屠杀,大批我方被俘人员惨死在美军及特务分子的枪口或屠刀下。

美军的残暴行径激起了美方战俘营中我方被俘人员的无比愤怒,他们忍无可忍,奋起反抗,英勇斗争,巨济岛朝、中被俘人员还巧妙地将美军战俘营最高司令官杜德准将加以诱捕,扣押在战俘营里,使这位美国将军成了俘虏的俘虏,这是发生在 1952 年 5 月 7 日的事件。

在国际上及美国国内的同声谴责和强大压力下,美方被迫同意用和平的方式解决其战俘司令被扣事件。美国军方炒了杜德准将的鱿鱼,撤消了他的职务,新上任的美军战俘营总管柯尔逊准将同意我方被俘人员提出的 4 项条件:(1)美方立即停止对战俘的一切暴行。(2)停止搞所谓"自愿遣返"。(3)停止搞强迫"甄别"。(4)承认战俘代表团的合法性,并予以合作。柯尔逊将军并发表声明说:"今后我将尽最大努力防止暴行和流血事件。如果今后再发生这类事件,由我负责。"

1952 年 5 月 10 日,美方宣布上任仅 3 天的柯尔逊准将被撤换,由波特纳准将继任巨济岛美军战俘营总管,关于释放杜德准将的谈判最终达成协议。据此,朝、中被俘人员代表团随即释放了杜德准将,波特纳准将在收条上签了字。收条如下:

今收到由朝、中战俘代表送还的一名美国将军——杜德准将。

经检查,杜德将军阁下确实没有任何受侮辱与受损害的迹象。特此证明。

美国巨济岛司令官

海顿·L.波特纳(签字)

1952 年 5 月 10 日

这就是发生在南朝鲜巨济岛美军战俘营的、震惊世界的"杜德事件"始末。

三个美、英俘虏的传奇经历

一位志愿军医生与英国俘虏的故事

　　首先需要说明的是,当年活跃在朝鲜战场上,有两位黄远:一位是军委总政治部敌军工作部部长黄远,另一位是中国人民志愿军俘虏管理处昌城俘管1团的医生黄远。这里忆述的是医生黄远与一名英国俘虏的故事。

　　彼得·劳雷是英国陆军第29旅的一名坦克兵,在美国发动侵略朝鲜的战争中,英国派出了2个旅。1950年11月,彼得·劳雷随部队开赴朝鲜战场。1951年1月4日,在中国人民志愿军发动的第三次战役中,英国第29旅在汉城以北地区与志愿军部队遭遇,该旅奥斯特来复枪团第1营和第8坦克团直属中队被全歼,34辆坦克、24辆装甲车和汽车被志愿军击毁或缴获,一批英军官兵当了俘虏,19岁的彼得·劳雷就在其中。

　　经过战斗的洗礼和美国飞机的轰炸扫射,彼得·劳雷和一批英国俘虏总算存活下来了,他们被转送到了距鸭绿江南岸约20公里的昌城志愿军俘管1团。用俘虏们自己的话来说:"来到这里,终于有了安全感。""一只脚跨出了地狱之门。""不必再端着枪去为一个不可理解的目标送命了。"然而,彼得·劳雷没有想到,死神又一次来到他的面前,威胁着他的生命。

　　1951年初夏,彼得·劳雷病了,他病得不轻。经志愿军俘管1团卫生所的黄远医生检查,体温高达41℃,是急性肺炎。当时卫生所缺医少药,仅有的10瓶青霉素是全团志愿军官兵及俘虏的救命药,是不能轻易使用的。怎么办? 这可难为了医生黄远!

黄远医生出生于广东省汕头,长于福建省厦门,在香港英文中学念高中,在内地的医学院学医。在抗美援朝运动中,正在福建省泉州医院担任医生的黄远,积极响应祖国的召唤,奔赴朝鲜战场,被分配在昌城俘管1团担任医生兼英文翻译。黄远医生深知,当时急性肺炎是很危险的,他赶紧同卫生所钱华所长一同去向张芝荪团长请示。团长明确回答:"你们是医生,救死扶伤是我们的责任。根据病情需要,10瓶青霉素,该用就用!"

随着10瓶青霉素按时注射完毕,加上医护人员的精心护理,彼得·劳雷的高烧退了,病情有所好转,身体逐渐康复,他又一次从死神手里回到了人间。笔者同彼得·劳雷谈话时,他深有感触地说,是黄远医生、卫生所的医护人员、俘管1团的领导,给了他第二次生命。他激动得热泪盈眶。彼得·劳雷出生在伦敦附近的一个小镇。1949年高中毕业后,抱着"周游世界"的幻想,报名参军。没有想到这个幻想没有实现,却被送到了朝鲜战场。他说:"幸亏遇到了中国人民志愿军,我才能够获得新生。"

为了便于帮助彼得·劳雷巩固医疗效果和身体完全康复,黄远医生报请领导批准,让彼得·劳雷搬离俘管中队,来到黄远医生的小屋,同黄医生住在一起。从此,一个英国少年俘虏,同一个比他大12岁、救过他命的志愿军医生,同住一屋,亲如兄弟。

话说回来。英国陆军第29旅的惨败,使西方世界大为震惊。英国政府和军方不得不承认"损失惨重",并向彼得·劳雷及其他英军官兵的亲属发出"阵亡通知书"。彼得·劳雷的双亲及女友获此"噩耗",悲痛不已。正在这时,英国《工人日报》记者阿兰·魏宁顿自北京发出报道说,一批英军官兵已被中国人民志愿军俘虏,其中就有彼得·劳雷,他们在志愿军战俘营很安全。此事使英国当局十分恼火,指斥阿兰·魏宁顿和英国《工人日报》"造谣生事",还威胁要查封英国《工人日报》。于是,彼得·劳雷究竟是"阵亡"了,还是仍然活着,就成了一个严肃的政治问题。

阿兰·魏宁顿请求中国相关部门帮助核查彼得·劳雷的情况，得到了肯定的回答。不久，他亲临昌城志愿军俘管1团采访，亲眼看到彼得·劳雷不仅活着，而且受到志愿军的宽大待遇。他的报道，连同彼得·劳雷同黄远医生合拍的照片，一起刊登在英国《工人日报》上，一时间在英国引起了极大的轰动。

板门店的停战谈判关于双方交换伤病战俘的问题，于1953年4月10日达成协议。1953年4月20日开始，双方实施伤病战俘的交换、遣返工作。头一天，彼得·劳雷作为伤病战俘之一，依依不舍地惜别了志愿军的朋友们(此时黄远医生已先期回国治病)，离开昌城志愿军俘管1团，到达开城。5月3日办完交接手续后，彼得·劳雷从军事分界线进入南朝鲜，随即回到英国，同久别重逢的双亲、弟弟及女友欢聚一堂，极为高兴。

彼得·劳雷活着并被遣返回国这一事实表明，中国人民志愿军是严格执行宽待俘虏政策的，同时此事也宣告了英国《工人日报》及该报记者阿兰·魏宁顿的胜利，英国当局及军方则极其尴尬。

彼得·劳雷回到家乡后，同等待他多年的女友芙尼达结婚，生了两个女儿，他在伦敦附近一家电力公司工作多年，已从一名普通工人升为电气工程师。他念念不忘的是救命恩人黄远医生，千方百计地打听到了黄远医生回国后仍在福建泉州医院担任医生，并且同黄医生取得了联系。

1988年的中秋节，彼得·劳雷终于同黄远医生在厦门机场重逢了。他们紧紧地拥抱，有说不完的离别之情。彼得·劳雷坚持不住宾馆，像当年在朝鲜昌城一样在黄远医生的家里同住一室。黄远医生陪同他到泉州、厦门、桂林、广州等地参观游览，他们在一起极其愉快地度过了21天。

十年之后，彼得·劳雷再次来到中国看望黄远医生，仍然住在黄远医生家里，这一次他是偕同夫人一起来的。他向夫人介绍说："这就是我的救命恩人黄远医生。"夫人激动地对黄医生表示感谢。夫妇二人诚挚地邀请黄远医生去英国访问，到他们家做客。临别时,彼得·劳雷对黄远医生说:"我是半个中国人,我要用我的有生之年为英国和中国的友谊而努力。我要让我的子孙后代记住黄远医生,记住中国。"

一名特殊的美国俘虏

在志愿军战俘营里,一批新到的战俘排着长长的队伍,等待办理登记手续。有一个名叫弗兰克·诺尔的战俘,个子不高,瘦瘦的脸,神态自若,傲气未消。他填完战俘登记表后,对年轻的志愿军俘管人员说:"先生,我想你们不会把我当作战俘看待吧?"他接着说,他是美联社记者,美联社不是军事机构,他也不是军人,因此,不应把他当作战俘放在战俘营,而应把他当作平民处理。志愿军俘管人员严肃地问道:"你是不是在战场上被俘的?你是不是穿着军装、带着武器、佩戴上尉军阶章?你没有宣传过侵略朝鲜的战争?再说,美军连吃败仗溃逃的时候,抓走了数以万计的朝鲜无辜平民百姓,还有大批支援前线的中国民工,硬把他们当作战俘,强行关押在美军战俘营里,非人道地虐待、杀害和折磨他们,你知道这些吗?"志愿军俘管人员继续说:"你待在志愿军战俘营里并不是坏事,你的生命安全从此就有了保障。你可以同其他战俘一样,享受志愿军的宽大待遇。"一席话说得弗兰克·诺尔无言以对。他说了一声:"好吧,长官。"就再也没有提过把他"当作平民处理"这类要求了。

弗兰克·诺尔,美国纽约州人,当年52岁,美联社的同事们昵称他为"诺尔老爸"。作为美国"王牌部队"海军陆战第1师的随军记者,弗兰克·诺尔头戴钢盔,全副武装,胸前挂着名牌照相机,叼着烟斗,开着军用吉普,车上还载有一只猎犬,好不威风!然而,这一切都未能帮助他阻止改变自己的命远。

由中国人民志愿军发起的第二次战役东线作战于1950年11月27日至12月24日在东线长津湖地区激烈地进行,战斗打响的第3天即11月28日,弗兰克·诺尔和他所在的美国海军陆战第1师被我志愿军第9兵团的部队团团包围。12月17日,在美国海、空军的大力支援下,陆战1师的指挥机关及一部分残敌丢下很多尸体和伤员,突围从海上窜逃,一起逃掉的还有诺尔的猎犬。然而,猎犬的主人弗兰克·诺尔和几百名美军官兵却没能逃掉,当了志愿军的俘虏。

笔者频繁地来往于前线后方、各俘管团队,没有承担摄影任务。但是,出于业余爱好,平时总是随身携带一架崭新的莱卡照相机。一次在俘管队同俘虏谈话,其中有弗兰克·诺尔。他对笔者的照相机显出很感兴趣的样子,于是,笔者将照相机交给他,让他看看,告诉他也可试试。他端详了很久,又试拍了几张。他动作敏捷,专业娴熟,照片冲洗出来一看,效果不错,用光取景,恰到好处,从这一个侧面也印证了弗兰克·诺尔不是个冒牌的摄影记者。

1951年圣诞节即将来临。美联社亚洲总分社在板门店的几个编辑记者得知弗兰克·诺尔还活着,在志愿军战俘营过得不错,就想通过活跃在板门店、同我方友好的英国《工人日报》记者阿兰·魏宁顿和法国《人道报》记者威尔弗雷德·贝却敌,给弗兰克·诺尔送一架照相机去,作为圣诞礼物,也好使他拍些志愿军战俘营的新闻照片来。魏宁顿和贝却敌认为,如果诺尔拍些志愿军战俘营的新闻图片在西方发表,将是对美方污蔑志愿军"虐杀战俘"的有力揭露和批驳。他们两位的想法得到了香港《大公报》记者朱启平的赞同和帮助,此事很快上报并得到了志愿军谈判代表团领导李克农、乔冠华批准,于是,一批摄影器材转到了弗兰克·诺尔的手中。不久,一批由诺尔拍摄的志愿军战俘营中战俘生活活动的照片转到美联社亚洲总分社,该社挑选出7张战俘们在志愿军战俘营欢度圣诞节的照片,发往美国,美国各大报刊竞相在显著版位刊登,立即在全美引起极大的震动。

不久,志愿军俘管处新闻科(科长田志洪)成立了一个3人报道组,新闻科的摄影记者江宁生为组长,组员有一位通讯员,另有一个特殊的成员,就是弗兰克·诺尔。他们穿梭于鸭绿江南岸各战俘团队,拍摄了大量关于俘虏生活的照片。1952年11月13至11月26

日,志愿军俘管处在碧潼举办了一次别开生面的"中国人民志愿军战俘营奥林匹克运动会",参加这次体育盛会的有志愿军各战俘团队选拔出的运动员 500 多人。弗兰克·诺尔作为报道组的一员,带着照相机,以他娴熟的摄影技艺,活跃在运动场上,大显身手。

弗兰克·诺尔拍摄的照片一批又一批在西方报刊上登出,战俘亲属的信件也雪片似的飞来,他们从照片上了解到自己的亲人在志愿军战俘营里平安而健康,感到极大的欣慰。美国俘虏罗伯特·伍德的妻子在报纸上看到丈夫的照片后给伍德来信说:"看到你快乐的面容,知道中国人民志愿军待你很好,我就放心了,只盼你早日归来!"战俘们的亲属对诺尔大加赞赏,对志愿军的宽待政策无限感激,弗兰克·诺尔也因此名声大噪。在志愿军战俘营内,在西方,尤其是在美国,诺尔简真成了一个传奇式的人物。而最为高兴的是诺尔的妻子,她给丈夫来信除表示思念之情外,还告诉诺尔美联社给他的稿费累计起来已经有了多少。有人问诺尔具体数字,诺尔洋洋得意地说,买一辆小轿车后,再买一幢别墅应该是没有问题的。

也有好心的战俘同伴提醒诺尔:"你拍那么多照片登在报纸上,就不怕回去后美国政府和联邦调查局找你麻烦,说你替共产党搞宣传?"弗兰克·诺尔理直气壮地回答说:"为了真理与和平,我怕什么!"朝鲜停战谈判达成协议后,弗兰克·诺尔于1953年8月被遣返回国。

如今,弗兰克·诺尔早已离开了人间。如果他能活到现在,算来应该是 105 岁了。

巧遇,巧遇!

朝鲜停战以后的几十年间,笔者多次到美国,无论是访问、参观,或是参加国际会议、游览名胜古迹,总是密切关注着那些同自己年龄相仿的美国人中,是否有当年在志愿军战俘营谈过话、见过面或者是认识的人,遗憾的是,一个这样的人也没有碰到过。

然而,当年的翻译刘禄曾却有过这样的巧遇。她经手收容和问讯过的美国战俘詹姆斯·柏特纳,20多年后,竟和她在纽约不期而遇。

1951年4月22日至6月10日,中国人民志愿军和朝鲜人民军在华川地区发起了第五次战役,此役共毙、伤、俘敌8.2万余人。一批又一批战俘从火线上被押解下来,詹姆斯·柏特纳就是在这次战役中被志愿军俘获的。

在志愿军第9兵团俘管团收容所,战俘们分别填完登记表后,翻译刘禄曾就同战俘们逐一谈话,核实情况。

詹姆斯·柏特纳是美国海军陆战第1师的一名新兵,他是佛罗里达州人,22岁,高中文化程度,父母离异,入伍前在一家餐馆做洗盘子的工作。

"你为什么要入伍当兵?"刘禄曾问。

"我喜欢旅游,但是没有钱买车。因偷了别人的车,被抓住了,要判刑。正在这个时候,朝鲜战争爆发。政府和军方都说,参军去朝鲜,可以免除牢狱之苦。还说,朝鲜的女人很漂亮,苹果很好吃,在军队里,有喝不完的美酒,薪酬也高,这就是所谓'3W'(工资、醇酒和女人3个英文词的第一个字母都是'W',所以叫'3W'),我还多一条,即可免'牢狱之苦'。我听了很乐意,就答应了。"詹姆斯·柏特纳回答说。

"美国同朝鲜远隔重洋,美国派那么多军队来干什么?"刘禄曾又问。

"军方说是'执行联合国的警察任务'。随军牧师也说:'上帝与你同在。我每天都为你祈祷,你在朝鲜战场上将是平安的。'哪知道我们美国军队和志愿军刚一交手就遭到惨败,我头一回上战场就当了俘虏。"詹姆斯·柏特纳继续答道。

正准备往后方战俘营转送时,詹姆斯·柏特纳病了,发高烧。刘禄曾请来军医,诊断是感冒,给他吃了药,病情很快好转。刘翻译还请示领导,批准在后送途中让他乘车。从此,詹姆斯·柏特纳对中国人民志愿军和刘禄曾翻译初步有了一个好的印象,感到刘翻译和她的同事们态度和蔼,办事认真负责,对战俘也不歧视。

但是,在到达碧潼志愿军战俘营后的一段时间,詹姆斯·柏特纳思想波动起伏很大。一想起什么"周游世界"、"工资、醇酒、女人",已统统化为泡影,就怨气冲天,甚至对志愿军俘管人员有时也有对立情绪。在志愿军宽待政策的感召下,战俘营中现实生活的方方面面,使他深受教育,并逐渐明白了许多道理。他感到上帝也太不公平,有受骗上当的感觉,美国军队到朝鲜不是什么"执行联合国的警察任务",而是不折不扣的侵略。他庆幸自己没有在朝鲜战场上送命,而是当了志愿军的俘虏。他还不断在俘管队的墙报和小刊物上投稿、写文章,表明自己对一些事情的观点和思想变化,感谢志愿军的宽待政策。

刘禄曾于1947年考入上海东吴大学法学院国际法专业。美国发动侵略朝鲜的战争后,她积极报名参军去到朝鲜,被分配在志愿军第9兵团政治部敌军工作部担任英文翻译,随后被调到碧潼志愿军俘虏管理处。她在战俘的收容、转送、管理等各项工作中,屡屡完成了艰巨的任务,受到领导和战友们的称赞。著名作家魏巍在他的《谁是最可爱的人》一书中,对刘禄曾从一个娇生惯养的城市小姐、大学生,经过战争环境的考验和锻炼,成长为志愿军管理战俘的女翻译和军官,大加表场。

从朝鲜回国后,刘禄曾转到南京国际旅行社担任经理。

1979年4月下旬,86岁高龄的中国著名女教育家吴贻芳博士应她的母校密执安大学妇女校友会的邀请,到美国进行为期两个多月的访问,刘禄曾经理陪同吴老前往。这个校友会从1972年起设立了一种"母校智慧女神奖",每年颁发一次,专门奖给在某个专业方面有杰出成就或对社会服务有重大贡献的密执安大学女毕业生。校友会决定,把1979年这个荣誉奖授予中国女教育家吴贻芳,并邀请她到美国领奖。在密执安、佛罗里达、华盛顿、纽约、旧金山等许多地方,吴贻芳博士在刘禄曾经理的陪同下,会见了不少老朋友,结识了许多新朋友,为促进中美两国人民的相互了解和友谊做了大量的工作。

　　一天,吴老由刘禄曾经理陪同,参观纽约曼哈顿白罗克伦博物馆,并应馆长之邀,参加他们的会餐晚会。在晚会上,来自美国各方的宾客很多。一位高个儿男士走到刘禄曾经理跟前,很有礼貌地问:"请问你是从中国来的吧! 如果我没有记错,你姓刘,是刘禄曾翻译。"刘禄曾也记起来了:"你是詹姆斯·柏特纳。"两人的手紧紧地握在了一起。

　　詹姆斯·柏特纳含着激动的泪花,对刘禄曾说:"在朝鲜战场上,在志愿军战俘营里,你和你的志愿军同志们对我这个美国战俘很和气,很友善。你发给我的一个圣诞礼物——红纸上写着'和平'字样的小别针,我至今还保存在家里。"这次意想不到的重逢,勾起了他们对许多往事的回忆。詹姆斯·柏特纳被遣返回国后,不再给别人打工,而是自己当了老板。他开了一家餐馆,生意兴隆。詹姆斯·柏特纳邀请刘禄曾到他家做客。刘禄曾感谢詹姆斯·柏特纳的盛情邀请,但因公务在身,路途也远,未能应邀。她对詹姆斯·柏特纳说:"真没想到,我们会在纽约相遇,真让人高兴,人类本来就应该这样友好交往的。"詹姆斯·柏特纳说:"我现在过上了和平生活,但是我没有忘记战争给我和我的家庭带来的不幸。"他深情地说:"现在我懂得了,中国人民是真正热爱和平的,是真正的朋友。"

为了世界和平

来自家乡的民间大使

1951 年 11 月,北京的初冬,天气还没有转冷,一次特别的聚会正在进行。客厅里灯火辉煌。亲友们济济一堂,从家事到国事,谈得十分热闹。国家副主席宋庆龄和她在海外的几位亲属,中央人民政府华侨事务委员会主任何香凝、副主任廖承志和夫人经普椿等,参加了这次聚会,廖承志副主任并兼任中国人民保卫世界和平委员会副主席。他在谈到朝鲜战争时说,经过几次大的战役,俘虏越来越多,绝大多数都是美军官兵。但是,俘虏们受了欺骗宣传,对志愿军的政策不了解,心怀恐怖,怕杀头,怕受虐待,想家想亲人,思想苦闷,精神上的压力很大。

宋庆龄副主席听了这番情况介绍,转身对在座的晚辈陈志昆说,志昆可不可以去朝鲜看看这些美国俘虏,作为一个普通身份的旅美华侨,去关心一下这些美国战俘,他们都是受骗去朝鲜打仗的;志昆去到战俘营,向他们介绍美国的情况、美国人民争取结束朝鲜战争所做的努力,缓解他们怀乡思亲的苦恼,提高他们生活的勇气;同时,向他们解释志愿军的政策,志愿军是不会虐杀他们的,使他们宽下心来,放下思想包袱,战争结束后,是会让他们回美国去同家人团聚的;希望他们健康、平安,等待这一天的到来。在座的亲友们一致赞同宋庆龄副主席的意见,都说这是一个"好主意"。

这位"普通身份的旅美华侨"陈志昆,40 来岁,年富力强。祖籍广东,在美国长大,侨居檀香山,是孙中山先生的亲属,说一口流利的英语和带浓重广东口音的普通话。新中国的成立,标志着孙中山先生的理想终于实现,陈志昆先生兴奋不已。他从美国来到北京,一心想为新的共和国做些事情。新华通讯社邀请他担任专家顾问,他欣然接受。但是,美国悍然发动朝鲜战争,并迅速把战火烧到鸭绿江边,严重威胁着成立仅8个月的中华人民共和国的安全。此时,陈志昆先生的思绪是极其复杂的。他认为,经历了两次世界大战,全世界人民渴望和平,不希望战争。于是,他同外文出版局的专家爱泼斯坦、夏庇若一起,应邀出任军委总政治部宣传部对敌宣传处的特别顾问,专门编审供朝鲜前线散发的英文传单,大力宣传志愿军的政策,争取和平,反对战争。

宋庆龄副主席的一席话,使陈志昆受到很大启发。他相信,作为一个旅美华侨,有着天然的媒介作用,是很有说服力的。由他去向美国俘虏介绍一些情况,讲解志愿军宽待政策,对战俘本人及其家属都有好处,并且必将会有成效的。

肩负着长辈的嘱托和亲友的希望,陈志昆先生进行了仔细的安排和周全的准备,在总政治部宣传部对敌宣传处两位年轻女翻译吕斌和袁善如的陪同下,从北京出发,经过安东,跨过鸭绿江,前往朝鲜碧潼——中国人民志愿军战俘营总部。笔者当时也是总政治部宣传部对敌宣传处的成员,同陈志昆先生等特别顾问一起工作,恰好奉命去碧潼战俘营另有任务,于是与陈志昆先生等一道结伴同行。

在志愿军俘管处,陈志昆先生受到了王央公主任等俘管领导的热情接待和欢迎。他在美国战俘比较集中的碧潼俘管5团和昌城俘管1团停留了两个多月,听取了俘管团领导关于战俘情况的介绍,参观了战俘的生活起居、文娱活动、医疗卫生等设施,同许多战俘进行了个别交谈,召开了几十次战俘座谈会,给战俘们拍了许多照片,进行了录音。有时美国空军飞机飞到战俘营上空袭扰,他就同战俘们以及志愿军工作人员一起钻防空洞;警报刚一解除,就从防空洞出来继续工作。陈志昆先生用从北京带来的糖果、香烟、咖啡等招待战俘们,他平易近人,态度和蔼,战俘们都很乐意同他说话,进行思想交流。

在同美国战俘们的接触和座谈中,陈志昆先生同他们就以下几个方面进行了交流和沟通。

1. 作为一个旅美华侨,介绍自己的情况、经历、家世、理想、爱好、人生理念、幸福观、追求的目标等等。

2. 介绍美国政治、经济、文化、教育以及社会各方面的最新情况,影坛动态,体坛赛事,各个篮球队、橄榄球队、棒球队等的比分胜负,等等。战俘们听得津津有味,兴趣盎然。

3. 深入浅出地讲解朝鲜战争的起因、性质、战况、趋势,美国政府、两党各派、各群众团体、各阶层民众等,对朝鲜战争的不同态度,反战的呼声,各国人民争取和平的斗争浪潮,等等。

4. 述说中国人民100多年来遭受侵略、压迫、凌辱的痛苦,今天获得解放的喜悦,渴望过和平幸福生活、建设自己美好国家的真切愿望。

5. 阐述人民军队的性质,志愿军实行宽待俘虏的政策,绝非权宜之计,也不是宣传,而是继承和发扬人民军队的光荣传统,化敌为友,争取和平。希望战俘们放下思想包袱,争取早日停止战争,实现和平,返回美国和亲人团聚。

6. 征询意见和要求,允诺将所拍照片、录音钢丝带、亲笔信件,转寄给在国内的亲友,帮助战俘们与亲友联系、沟通。

陈志昆先生的谈话受到了美国战俘们的热烈欢迎和尊敬,他们交谈时,欢笑阵阵,不绝于耳。有的战俘说,听了陈先生的谈话,消除了心头很多不必要的疑虑。有的说,知道了很多自己所不知道的情况,增加了很多新的知识,开阔了胸襟,真正是获益不浅。还有的战俘说,见到陈志昆先生,大有"他乡遇故知"的感觉。美国战俘们感激陈志昆先生,给了他一个美好的称呼:"来自家乡的民间大使"。

拳拳赤子之心

广大的海外华人华侨以各种不同的方式,声援"抗美援朝,保家卫国"的正义斗争,他们之中的许多知识青年,更是像陈志昆先生一样,怀着拳拳赤子之心,踊跃报名,参加中国人民志愿军,去到朝鲜战场,运用他们熟练掌握英语的优势,参加了收容、转运、管理战俘以及停战谈判、释俘遣返,等等,用自己的实际行动严格执行宽待俘虏的政策,对以美国为首的"联合国军"战俘进行从敌到友的感化工作,争取和平,反对战争。

跟随父亲冀贡泉、大哥冀朝鼎侨居美国的冀朝铸,在山西省出生,在美国成长、受教育,从小学、中学,一直到大学。他在哈佛大学化学系念二年级时,朝鲜战争爆发。为了抗击美国的侵略,他毅然放弃了哈佛大学的学业,于1950年10月初启程返回中国。冀朝铸到达北京后,插班进入清华大学化学系三年级学习。1952年4月,正当他忙于撰写毕业论文时,他要求参加抗美援朝的申请得到批准。他领到了毕业证书,参加了中国人民志愿军,在志愿军停战谈判代表团担任英文速记、打字和翻译工作。

风华正茂的冀朝铸具有很多突出的优点:他怀抱着报效祖国的坚强意志和决心,熟悉对手美国的情况,精通英语,英文打字速度也很快。但是,他也面临着一些新的问题:在整个停战谈判过程中,关于战俘的安排,即双方遣返战俘问题,是一个关键问题,因此,需要熟悉战俘概况和在谈判中战俘问题的方方面面;他英语娴熟,而华文、华语水平相对较弱;至于英文速记,他一点也不会。在战争环境里,在紧张的工作中,他利用各种机会和点滴时间,勤学苦练,在干中学习,各方面都进步很快。就以英文速记来说,他从一点都不会开始,很快就学会了,最高速度达到每分钟160个字。因此,在谈判桌上,美方代表的发言连同谩骂、无理取闹,都能一字不漏地速记下来,供我方代表研究,针锋相对地提出对策。正因为如此,他很快成为我代表团翻译组的主力和骨干之一。

冀朝铸在我方停战谈判代表团工作中的出色表现,受到领导和同事们的一致称赞,荣立了三等功,并获朝鲜民主主义人民共和国功勋章一枚。

抗美援朝胜利结束后，冀朝铸回到北京，已是 1954 年春季，他被分配在外交部工作。1949 年春他在美国参加了美国共产党，1951 年 5 月在北京加入中国新民主主义青年团，1956 年 3 月 3 日在外交部被批准加入中国共产党。从 1957 年开始，冀朝铸担任周恩来总理的英文翻译达 17 年，并从事有关中、美关系的研究工作。1970 年时，他已 40 岁。周总理说："口译在 40 岁后就应该转行。"并说："口译非常辛苦，年纪大了，身体也受不了。另外，当了一段时间的翻译，也可以做更多的事情了。"但是，正在这个时候，中、美关系有了转机。1971 年 7 月美国国务卿基辛格访华、1972 年 2 月美国总统尼克松访华等一系列的大事，毛泽东主席、周恩来总理等中央领导人的翻译工作，都是由精通英语又熟悉中、美关系的冀朝铸担任的。

1973 年，周总理亲自安排 43 岁的冀朝铸不再当翻译，而是去当外交官，担任我国驻美国联络处的参赞，嗣后回外交部担任副司长。

1979 年 1 月 1 日，中国和美国建立外交关系。同年 1 月 28 日至 2 月 5 日，国务院邓小平副总理应邀访问美国，这是新中国成立以后国家领导人头一次去美国访问，备受瞩目。翻译仍由冀朝铸担任，并全程陪同，美国新闻媒体对于邓小平用冀朝铸这个哈佛大学的高才生当翻译，格外注意。《纽约时报》以"不可缺少的冀先生"为题，发表社论，感叹"美国缺少这样的人才"。

此后，冀朝铸又做了许多促进中、美关系和两国人民友谊的工作。1982 年，冀朝铸被任命为中国驻美国大使馆公使衔参赞。他的夫人汪向同是上海复旦大学外文系 1951 年的毕业生，她在联合国担任翻译几年，1984 年合同期满后，也到我国驻美大使馆工作，担任一等秘书。1985 年冀朝铸被调任我国驻斐济、瓦努阿图和基里巴斯三国大使，1987 年任中国驻英国大使，任满后，1991 年 1 月 29 日，联合国秘书长德奎利亚尔任命冀朝铸为联合国主管技术合作促进发展的副秘书长，一直到 1996 年 3 月 15 日离任。从此，冀朝铸结束了他 44 年的外交生涯，和他的夫人回国。现在虽已退体，仍担任中华全国归国华侨联合会副主席。

　　时隔半个多世纪,2002 年 10 月 23 日,参加过抗美援朝的志愿军老战士 20 多人,在北京举行了一次聚会,其中有当年陪同陈志昆先生访问志愿军战俘营的青年女翻译吕斌、袁善如,印度尼西亚归侨李白麟,美国华侨冀朝铸和他的夫人汪向同,主编《志愿军战俘营的"奥运会"》画册的女翻译应琳,碧潼战俘营主管文娱活动的李正凌,碧潼俘管 5 团政委周柏生,在火线向美、英军前沿阵地发送圣诞礼物袋的翻译朱履谦,以及俘管处女翻译周善群、钱美德、赵达、郝展君、汤民先、周丽娜。笔者作为俘管干部,也凭添末座。这些老战士中,年长者已 81 岁,最年轻者也已 67 岁。大家欢聚一堂,谈笑风生,回首往事,晃如昨日。放眼今日中国,国家欣欣向荣,综合国力不断增强,国际地位显著提高,人民生活大为改善,正齐心协力奔小康,老战士们感到无限欣慰。

　　席间,谈到中、美关系时,大家的目光很自然地转向了冀朝铸。当年他主动放弃哈佛大学的学业,投入到抗美援朝的战场;作为主力翻译之一,参加在板门店停战谈判的翻译工作,在谈判桌上,双方展开唇枪舌剑,针锋相对,经过政治和军事的反复较量,终于达成停战协议;半个世纪过后,整个世界的格局以及中、美关系,都发生了很大的变化,冀朝铸见证了中、美两国关系从不断发展到正常化的全过程,并成了两国人民的友好使者。有战友问冀朝铸对此有何感想,他说:"半个世纪以来,中、美两国关系不断得到改善,尽管弯弯曲曲,跌宕起伏,但是中、美两国关系和两国人民的友谊,将不断向前发展。只要美国方面遵守中、美三个联合公报的原则,那么这个总的趋势是不会改变的。"

　　另一位战友问冀朝铸和他的夫人汪向同:"当年朝铸在板门店参加停战谈判的翻译工作,向同则同陈志昆先生以及另两位国际友人爱泼斯坦、夏庇若等,编制供朝鲜前线对美、英军队散发的传单。你们在两个不同的地方,是怎样走到一起的?"冀朝铸微笑着坦诚地回答说:"朝鲜停战后回到北京,我们两人都参加了一个法语学习班,1957 年 2 月在学习班上相识,两人相互间都一见钟情,大有相见恨晚的感觉。我们俩是 1957 年 5 月结婚的,那时我 27 岁,向同 26 岁。"冀朝铸的话引得大家哈哈大笑。他们夫妇有两个儿子,都在美国上大学,毕业后,现在美国工作。老战友们祝愿他们身体健康,家庭幸福,并互道珍重。

立功喜报往哪里送?

英国青年归侨白国良,报名加入志愿军时刚好 18 岁,是上海复旦大学新闻系一年级的学生。他是瞒着家里去参加抗美援朝的,他在碧潼志愿军战俘营担任对战俘的管理工作。由于工作有成绩,他立了功,朝鲜政府授予他军功章,但是领导机关无法将他的立功喜报寄给他家,只好寄存在亲戚家里。

白国良家三代侨居海外,母亲家族在印度尼西亚,父亲家族在菲律宾,后转到英国侨居,家庭生活富裕安定。白国良有兄弟姐妹 8 人,他是长子,父母对他寄予殷切的希望。家里亲人们事后得知他参加抗美援朝的光荣事迹后,无限惊喜,一点也没有责怪他隐瞒不告诉家里的意思。弟妹们也都一致称赞他做得好,做得对,要向他学习。

白国良从朝鲜回国后,被分配在中国新闻社上海分社任记者,担负对海外的宣传工作。1956 年由本单位推荐,他参加了中国共产党第八次全国代表大会的翻译工作。1963 年 11 月 10 日至 22 日,根据万隆亚非会议的决定精神,第一届新兴力量运动会在印度尼西亚首都雅加达举行,来自世界四大洲 48 个国家和地区的 2200 多名运动员参加了这次运动会。白国良受中国新闻社的委派,参加了这次运动会的采访报道。他在停战回国后近 50 年的工作中,不断做出了新的成绩。

2002 年,白国良因病在上海逝世,我们失去了一位好战友、好同志!

越南归国华侨青年黄亨思参加志愿军时 26 岁,他是福建省厦门市人,精通英语,曾在上海铁路局担任外事工作。上海解放时他进入华东革命大学学习，同他一起加入志愿军行列的一共12人。他们换上志愿军军装，在安东向后勤部门领了一些干粮，跨过鸭绿江，向碧潼进发。没有汽车，不懂朝鲜语，仅靠一张地图，徒步行军，沿鸭绿江南岸，在崇山峻岭间，向东北方向日夜兼程，有时还要躲避美国飞机的袭扰。就这样，原来安排10天的路程，只用了8天就赶到了目的地，他们经受住了在艰苦的战争环境里的第一次考验。

志愿军战俘营刚刚在碧潼建立，迫切需要外语人才。黄亨思一行12人全都是懂英语的知识青年，他们的到达，给战俘营增添了又一批新的翻译力量，他们立即投入到了对战俘的管理工作中去。

如前所述，陈志昆、冀朝铸、白国良、黄亨思等知识青年，只不过是华人华侨中活跃在朝鲜战场上的代表人物的一部分，还有很多华人华侨知识青年，为了一个共同的目标——抗美援朝，保家卫国，从五湖四海，四面八方，走到一起来了。例如：新加坡华侨青年林诗仲（1997年在北京病逝），印度尼西亚归侨青年李白麟，马来西亚归侨青年苏祯祥，在香港英文中学念高中、在内地医学院毕业的黄远医生，等等，他们都运用自己精通英语的专长，在朝鲜战场上，在战俘管理等项工作中，做出了突出成绩，许多人立了战功，受到嘉奖。

志愿军战俘营的"奥运会"

一

朝鲜战场的硝烟散去半个世纪之后，一个特殊的代表团——"美国朝鲜战争老战士访问团"于 2001 年 1 月中旬来到北京访问，中国人民志愿军老战士代表接待了他们。当年在碧潼志愿军俘虏管理处工作的中方老战士代表程绍昆（本书作者之一），拿出一本关于志愿军战俘营中战俘生活活动情况的画册，请美方老战士哈利·库恩阅览。程绍昆对哈利·库恩说："你也许能在画册里面找到你认识的人，说不定还能找到你自己。"

原来 1952 年 11 月下旬，在志愿军碧潼战俘营里，举行了一次别开生面的"奥运会"——"中国人民志愿军碧潼战俘营奥林匹克运动会"。哈利·库恩作为一名美军战俘，在志愿军战俘营里生活了 33 个月。他是橄榄球运动员，参加了志愿军战俘营为战俘们举办的这次"奥运会"。

二

谈到志愿军战俘营的"奥运会"，还得从早些时候说起。

中国人民志愿军入朝参战后，经过头三次战役，"联合国军"被俘人员逐渐多了起来。于是，碧潼作为志愿军战俘营的营址一经选定，一批又一批美、英及其他国家的战俘便陆续转送到了这里。

但是，地处穷乡僻壤的碧潼，也无一例外地遭到美国空军飞机的狂轰滥炸，成为一片废墟。这个在瓦砾堆上建立起来的战俘营，

在中国人民志愿军战俘营的奥运会上，战俘们在激烈竞争着

一下子几千名外国俘虏聚集在这里，后勤供应渠道一时尚未建立，吃穿住用都是问题。特别是战俘营即使按国际惯例设置了"POW"（战俘营）标志，仍然不断遭到美国飞机的轰炸袭扰；战俘被从火线往碧潼转运的途中，也遭到美国飞机的追逐扫射。战俘们刚刚脱离战场，捡了一条性命，到了志愿军战俘营，生命安全仍然受到他们自己一方的严重威胁。这种情况，使战俘们极为恼怒。

一天夜里，美国飞机来袭昌城战俘1团。这一次显然是预先选定目标直奔美、英战俘比较集中的昌城战俘营而来的，炸弹从空中呼啸泻下。惊恐万状的战俘们在志愿军俘管人员的引导下，迅速进入防空洞隐蔽。当他们了解到又是美国飞机来炸时，许多美国战俘怒火中烧，破口大骂："我们是美国人，婊子养的！（Son of bitch!）你们往哪儿扔炸弹！这里又不是志愿军的阵地！"一个美国战俘骂道："我们侥幸没有在战场上被打死，来到志愿军战俘营，麦克阿瑟（"联合国军"总司令）你这个老家伙又派飞机追杀我们，美国人民不会饶恕你，上帝也不会饶恕你的！"一个英国战俘说："美国空军连我们这些当了俘虏的人也要轰炸，在战场上没有死，在这里（战俘营）也不安全了，只有疯子才干得出这样的事来。我要写信给英国政府，向美国当局提出抗议。"

战俘们有些话也骂得粗鲁了一些，但这恰恰反映了他们对美国当局及军方极端愤懑的情绪。这次轰炸,3名美国俘虏被炸死,2名被炸伤,此后美国飞机又连续来炸了4次。在那样的情况下,在那样的氛围里,哪里谈得上开展文娱体育活动,哪有条件举办运动会啊!不过,美国飞机对志愿军战俘营一而再、再而三的轰炸,却给他们自己帮了"倒忙"。谁要战争、谁要和平、谁是疯子,美国的炸弹终于使众多的美、英战俘们头脑清醒多了。

三

随着我志愿军在战场上的节节胜利,美、英等军一次又一次惨败,特别是经过五次大规模的战役后,美方已处于守势,战线基本上沿三八线稳定下来。在对空作战方面,美国空军飞机遭到我志愿军防空部队的沉重打击,我年轻的志愿军空军于1951年春出现在朝鲜北部上空,并且主动出击,打得美国空军惊恐不已,许多有几千小时飞行纪录的老牌飞行员被只有几十小时飞行纪录的年轻志愿军飞行员击落俘虏,连美国"双料王牌"飞行员戴维斯少校也被击落毙命,美国飞机在朝鲜北部上空肆无忌惮、横行猖獗的日子已一去不复返。渐渐地,沿鸭绿江南侧一线已可白天行车。交通畅通了,运输条件大为改观,战俘营的物资供应充足起来,战俘们的生活随之大大地改善。从1951年春夏间起,志愿军战俘营各俘管团队逐渐活跃,各种活动都陆续开展起来了。

一贯对战俘实行宽待政策的志愿军战俘营,非常重视战俘们的文化娱乐生活。1951年5月,志愿军战俘营文艺工作队成立,经常在战俘营巡回演出歌舞、戏曲、音乐、魔术等文艺节目,并指导和活跃战俘营的文化活动,战俘们也自编自演节目。文艺活动的广泛开展,促进了战俘俱乐部的诞生。各战俘团、队、中队先后建立起了俱乐部,具体组织战俘开展文娱体育活动,改善福利生活,反映战俘的意见和要求。与此同时,电影队、图书阅览室、墙报(板报)园地、有线广播等,也陆续办起来了。

这些组织机构的建立和健全,为在战俘中开展群众性的体育运动打下了坚实的基础。各战俘团、队、中队都为战俘们购置了大量的体育器械,战俘们也自制了一些,修建了82个篮球、排球、足球、滑冰等运动场地,战俘们可在规定的作息时间内自由地参加各种体育活动,各俱乐部委员会经常组织篮球、足球、排球、橄榄球、乒乓球、冰球、网球、拔河、棋类等的友谊比赛和小型运动会。由志愿军俘管处主任王央公、科长王奈庆参加的俘管干部篮球队,经常同战俘篮球队打球,场面激烈而友好。夏天,战俘们可到鸭绿江游泳,在江边钓鱼;冬天,可在江面滑冰、打冰球。战俘们进行这些室外活动时,没有武装哨兵跟踪监视。只要符合规定,保证安全,就没有限制。对此,战俘们非常感动,非常满意。

四

物质生活条件的改善,群众性体育活动的开展,加以美国空军飞机的袭扰已被遏制,安全有了保障,从而使得战俘营具有了举办一次颇具规模的运动会的条件。志愿军俘管处领导充分考虑了战俘俱乐部委员会的意见和要求,批准于1952年11月15日至27日在战俘5团驻地碧潼举办一次大型运动会。

运动会的筹备委员会迅速成立。筹委会以俘管干部为主,选取对体育运动比赛事项有经验的战俘参加。筹委会第一次开会讨论的第一个问题,就是运动会的名称。有的说称"碧潼运动会",有的说叫"战俘营运动会"。黑人战俘雷奇说,这次运动会将有10多个国家的战俘运动员代表参加,像一个大型国际盛会,就叫作"中国人民志愿军碧潼战俘营奥林匹克运动会"吧!与会者一致鼓掌赞成,于是运动会的名称就这样定下来了。筹委会还决定成立后勤、竞赛、裁判、秘书4个组,分工负责进行筹备。经过近两个月的精心筹备,一切就绪,运动会如期举行。5个俘管团、两个俘管队均选出了运动会代表队,14个国家和地区的战俘运动员代表共500多人参加。这是一次史无前例的运动会,一次特殊的运动会,也是一次别开生面的运动会,一切均按照国际奥林匹克运动会的模式进行。

五

运动大会会场设在碧潼中学操场,由松柏树枝扎起来的巨大彩门上方悬挂着运动大会的会徽,上面是一只展翅欲飞的和平鸽,下方是一块用中、朝、英文书写的"和平之门"巨匾。主席台上方挂着"中国人民志愿军碧潼战俘营奥林匹克运动会"横幅,"运动会是通向友谊之路"、"和平是人们共同的目标"等巨幅标语在会场上高高挂起。碧潼城里,彩旗迎风招展,人们喜气洋洋,好一派节日景象!

在中国人民志愿军战俘营的奥运会上,战俘们奋勇争先

运动大会举行了隆重的开幕式。大会主席团主席由志愿军俘管处主任王央公亲自担任,运动场上奏起了《友谊进行曲》、《保卫世界和平》等乐曲,运动员、裁判员列队入场。美国战俘小威利斯·斯通手持火把跑步进入会场,将火把呈交大会主席王央公。王央公主席点燃了主席台上的火炬,奥林匹克五环旗在运动场上冉冉升起。王央公主席致词说:"为了体育运动的发展,为了有一个幸福和安全的环境,和平是必需的和最基本的。未来终将属于和平。"他预祝大家把运动会开成一个增强体质、增进友谊、拥护和平的大会,祝大家赛得愉快,赛出好成绩。随后,运动员、裁判员举行了宣誓仪式。开幕式结束,各项比赛正式开始,一切都是按计划有条不紊地进行的。

运动大会共进行了田径、球类、体操、拳击、摔跤、拔河等27个项目的比赛,水上运动项目由于没有游泳池等设施,未能举行。参加篮球、排球、足球、垒球、橄榄球等项目比赛的战俘运动员有359人,其中以美国战俘居多,比赛场上的表现最为突出。裁判员、计时员、发令员有29人。参加文娱节目演出的战俘有202人,由26人组成的战俘啦啦队不停地敲锣打鼓,呐喊助威。

经过12天紧张而热烈的比赛,战俘5团获团体总分优胜第一名,战俘1团获第二名,战俘3团获第三名。个人总分第一名为德尔马·G. 米勒,他获得了全能冠军、障碍赛冠军、撑杆跳高第一名。个人总分第二名为诺曼·克拉夫德,他获得了全能第二名、套袋跑第一名、100米跑亚军、跳远第三名;他还是战俘营中橄榄球队的教练和队长。个人总分第三名为安东尼·P. 伊格尔斯,他获得了全能第三名、跳远冠军、400米跑冠军。

在中国人民志愿军战俘营的奥运会上的跳高项目

比赛结束时,举行了隆重的发奖仪式,奖品都是从北京、上海、沈阳等地购买的景泰兰花瓶、丝质雨伞、檀香木扇子、玉石项链、丝巾和手帕以及其他精美的手工艺品,这些奖品总共花了6亿元人民币(旧币,约合新人民币6万元)。每个优胜者都得到了奖品,每个参赛的运动员也都得到了一份纪念品和一枚纪念章。发奖时战俘们的情绪高涨,处处都是欢声笑语,歌声、呐喊声此起彼伏,一浪接着一浪。有的获奖运动员在领奖时激动地高呼:"中国人民志愿军万岁!""毛主席万岁!"

运动大会期间,有7个晚上志愿军战俘营文艺工作队和各战俘团、队的战俘们演出了精彩的文艺节目,有5个晚上放映电影。美军战俘还演出了话剧《金色的男孩》,英军战俘演出了话剧《哈特雷的假日》。伙食也调剂得好,运动员们吃得香,睡得足。大会期间,每天会餐一次。一天三餐,都是由战俘推选出的厨师自己精心烹调的。战俘巴贝·R.狄格罗给壁报投稿写道:"我们吃的有炸鸡、炸鱼、卷心菜、火腿、色拉、肉包、水果等,还有白酒和啤酒。"

在志愿军战俘营奥运会上,一场拳击赛在紧张地进行中

整个运动大会自始至终,从制订计划、组织竞赛、比赛裁判,到新闻报道,都是战俘们自主办理的,志愿军工作人员为运动大会提供全面服务和充分协助。

运动大会的闭幕式是在激动、热情、和谐、友好和欢快的气氛中举行的,许多战俘抑制不住内心的激动,争相登上主席台发表热情洋溢的讲话。战俘们普遍认为,战俘营举办这样盛大的运动会,是"前所未有的创举",这次运动会"将载入史册,令人永远难忘"。

战俘5团一位美国战俘深有感触地说:"任何国家、任何时候,从来没有举办过这样好的战俘运动会,我们几乎忘记了自己是战俘。"

一位美军中校战俘说:"以前我们总以为社会主义(国家)是没有自由的,可是从这个运动会上,我们看到的是充分的自由,不同的国家、不同的肤色的人们,没有成见地在一起竞赛,我确信中美两国是可以友好相处的。"

美军战俘克莱伦斯·B. 康文顿说:"凡是头脑健全、具有理智的人,都不会说这里的战俘没有得到最好的照顾,这次运动大会是争取和平与美好未来的一种真诚友谊的体现。"

美军战俘理查德·A. 皮特逊说:"在健康、友好的竞赛与合作中,我们亲身感受到了真正的国际主义精神。在被战争严重破坏的朝鲜,举办这样的奥林匹克运动会,会被当作所有国家、民族可以和平共处的见证,永远留在人们的记忆中。"

美军战俘威廉·A. 康姆顿在主席台上高声朗诵了如下的诗句:

为了什么,究竟为了什么,

战争依然还在打个不停?

为了什么,究竟为了什么,

世界的今天,

还不见和谐战胜?

许多战俘给家乡亲友写信,告知运动大会的盛况。战俘德尔马·G. 米勒给他母亲的信说:"我在朝鲜志愿军战俘营参加了有十几个国家运动员参加的运动会,这是世界上从来没有过的事。我得了障碍赛冠军、撑杆跳高第一名,得了全能冠军,我在这里出尽了风头,你们一定为我高兴。我得的许多奖品都是中国精彩的手工艺品,我非常喜欢,我回去时将送给你们,让你们分享我的荣誉。"

六

战俘5团的84名战俘,联名写了36封信,给美、英等国的新闻媒体和社会团体,呼吁和平,制止战争。中外新闻记者们对这次运动大会的盛况作了充分的报道,影响传遍了全世界。

在运动大会上,有两个众所瞩目的人物。他们不是运动员,却在运动场上十分活跃。一个是被俘的美军第 24 师随军上尉摄影记者、美联社的弗兰克·诺尔,他经过特别批准,在运动大会时进行摄影。他拍摄的许多精彩镜头,通过板门店停战谈判渠道,交给美联社,转发美、英及其他许多国家,在新闻媒体发表后,引起了很大的轰动。另一个是志愿军战俘营里战俘们自己办的《走向真理与和平》小报的主编、美军战俘普里斯顿·瑞奇,他参加了运动大会的采访,进行了大量报道。普里斯顿·瑞奇采写的一篇题为《战俘营的奥林匹克运动会》的报道如下:

"闻所未闻的事正在发生……"这是艾伯特·C. 贝奥西姆中士发出的欢呼,他所指的就是在北朝鲜志愿军各战俘营的战俘们参加的战俘营奥林匹克运动大会。此时此刻,这些奥林匹克运动项目的举行,真可谓在世界战俘史上是史无先例的!

整个比赛是从 1952 年 11 月 15 日到 27 日举行的。开幕式那天,鸭绿江畔的碧潼运动场上彩旗迎风招展,500 名运动员进行了入场式游行,四周观看的人们纵情向他们欢呼友谊。这座小小的山城,处处都张灯结彩,搭起了拱门,街道上拥挤的人群欢声笑语不断。

游行队伍中,有美国人、英国人、澳大利亚人、加拿大人、土耳其人、法国人、南朝鲜人、荷兰人、希腊人和波多黎各人等,他们的姓名也各种各样,这真是一次国际性的运动大会。

所有运动员都是从各战俘营预赛的获胜者中挑选出来的,各战俘营常年举行各项比赛活动。现在他们都聚集在这个高山之间的幽静山谷里,升起"奥林匹克"会旗,背诵"奥林匹克"誓词,紧接着展示力量与技巧的各项比赛就开始了。

比赛项目有田径、足球、橄榄球、棒球、排球、篮球等，还有拳击、摔跤和体操。经过一轮轮预赛、淘汰，最后决出各项冠军，许多项目都取得了优异的成绩。

所有项目的冠军都不是轻而易举就可取得的，从激烈的竞赛中，可看出运动员的身体素质和技术水平都是很高的。

英国的贝尔·史密斯说："中国人民志愿军和朝鲜人民军给予我们的合作，真是太好了。不管我们要求什么，都可得到满足。尽管有人吹嘘说这个国家的运输完全瘫痪了，但是运动会的设备却都是崭新的，全是由中国运来的。"

七

中国人民志愿军战俘营"奥运会"胜利结束了，参赛的战俘运动员代表队、裁判员、啦啦队以及为运动会提供各种服务的战俘们，从碧潼陆续回到了各自的营地。这次特殊的"奥运会"的成功举办，在所有战俘中留下了极其深刻的印象。在很长一段时间里，战俘营"奥运会"的盛况成了人们难以忘却的话题，战俘们一直沉浸在兴奋和欢快的氛围之中。

应战俘们的要求，志愿军战俘营管理处专门印刷、出版了一本碧潼战俘营"奥运会"纪念册。这本纪念册是由女翻译应琳主编的，笔者保存了一本。经过整整半个世纪之后，打开这本纪念册一看，仿佛其中展示的一切，就在眼前。

这本纪念册收录了109幅照片，以及战俘们自己撰写的26篇专题报道、文章和诗歌。它详细而生动地记述了这次大型运动会的全过程，紧张而热烈的比赛场景，以及战俘们发自内心的激情和赞叹。

八

运动会经过 12 天激烈的角逐,战俘运动员们在田径、球类、拳击、摔跤、体操等 27 个项目的比赛中,许多项目都取得了很好的成绩。35 页的纪念册,以 22 页的篇幅用图片和文字报道,记述了竞争激烈的比赛情况和成绩。

在田径比赛场上,精彩纷呈,佳音频传,一个又一个选手显现了他们的运动技巧和实力。在 200 米跑中,被誉为"常胜将军"的威利·P. 克林顿一路领先,他用 27 秒的成绩赢得了冠军,而他的田径运动生涯仅仅是在他成为中国人民志愿军的战俘之后才开始的。

在 1500 米的竞走中,乔治·E. 格林以 8 分 46 秒的成绩夺得冠军。达德利获亚军,成绩是 8 分 50 秒。

在 3000 米跑的比赛中,南朝鲜的李相根获得第一名。在 400 米跑中,南朝鲜队员有 4 人超过了所有参赛队员,进入半决赛。

800 米接力赛的冠军是:英国人肯尼斯·威廉姆斯与美国人约翰·L. 托马斯、比利·A. 布朗以及威廉·M. 艾伦。

在中国人民志愿军战俘营的奥运会上,战俘们在篮球场上打得火热

德尔马·G. 米勒以 14 分 5 秒的成绩获得了障碍赛的冠军,撑

杆跳高他也是第一名,德尔马·G. 米勒因此被誉为"双料冠军"和"全能冠军"。从纪念册刊登的一幅图片显示:雅克·W. 博普雷高兴地把他背了起来,劳伦斯·P. 达姆斯和格伦·D. 哈蒙德从两侧予以协助。他们戏说:"这就是我们给予米勒的'冠军待遇'。"

托尼·伊格尔斯赢得了跳远冠军,在 400 米跑中,他又以 1 分 2 秒的佳绩获得第一名,从而成了又一名"双料冠军"。

战俘 4 团的运动员代表、来自美国佐治亚州哥伦布的诺曼·克拉夫德是成绩最好的"明星运动员"之一,他自 1936 年起就参加田径比赛。他以前的纪录是 100 米跑为 9.8 秒,比当时的世界纪录只差 0.4 秒,1949 年是陆海空三军运动会 100 米跑的冠军,他的跳远纪录是 23 英尺 8 英寸,与世界纪录仅差 2 英寸,他还是橄榄球队的教练和队长。29 岁的诺曼·克拉夫德在这次运动会上,获套袋跑第一、100 米跑第二(冠军为 20 岁的美国黑人选手约翰·L. 托马斯获得)、跳远第三,他还是 800 米接力赛的 4 名队员之一,他获得了个人全能第二名。纪念册中的一幅图片显示:诺曼·克拉夫德和他的好友、英国人乔治·E·格林撑着他们各自获得的精美奖品——丝绸遮阳伞,格外开心。

英军战俘帕却克·瑞安参加了 100 米、200 米、400 米跑和 110 米跨栏比赛,又参加了跳远赛,还是代表队的队员,因而成了又一名全能选手。

人们对土耳其摔跤都不很熟悉,但看得津津有味。当土耳其选手展现他们精湛的摔跤技能和战术时,观众报以热烈的掌声。在土耳其摔跤比赛中,土耳其战俘尼亚兹·卡亚把美国战俘厄尔丹兹勒摔倒在地。在另一场比赛中,土耳其人卡迪尔·乌祖梅让美国人威廉·D. 霍姆斯也招架不住了。这是土耳其的民族运动项目,他们取胜是很自然的,最终土耳其人阿里夫·格克切和长济梅·奥维克双双成为土耳其式摔跤冠军。

在体操表演赛中,单杠和双杠项目格外引人注目。美国人约翰·桑顿的表演,特别是他的高难度后空翻,博得了观众热烈的掌

在中国人民志愿军战俘营的奥运会上的体操运动员

声。约翰·桑顿是第 40、41 和 46 届美国业余体育联合会（AAU）的单杠冠军，1948 年他还在全美奥运会选拔赛中进入了半决赛，被称为"体操明星"。桑顿特别欣赏南朝鲜 3 名战俘运动员的双杠表演，南朝鲜战俘们所做的一些难度系数很高的体操规定动作，赢得了观众阵阵喝彩。

参加运动会的战俘们都说，1952 年 11 月 21 日是属于战俘 1 团的，因为这一天他们夺走了篮球比赛冠军的奖旗，冠军队的队员是：克莱德·R. 法莫、亨利·E. 里夫斯、卡尔·R. 黑德、尤·B. 亚伊纳、克莱德·D. 布思、理查德·K. 戴维斯、托马斯·H. 麦克默特里、雷蒙德·J. 麦考利夫、托米·B. 盖利茨、佩里·F. 伍德利。

足球比赛的桂冠为战俘 1 团代表队夺得。亚军为多国队员组成，其中土耳其 3 人、英国 4 人、法国 1 人、荷兰 1 人、美国 2 人。

橄榄球一共进行了三场比赛，参赛的有战俘 3 团代表队、4 团代表队、5 团 AB 两个代表队。第三场比赛是在战俘 4 团代表队和 5 团 B 队之间进行的。5 团 B 队在于队员们精湛的断球术，跑得快，扔得远，打得好，但由于进攻时手球犯规而多次被罚在 15 码线以外。比赛终场时,双方仍为0:0,因而不得不以掷硬币的方式来决定胜负,结果还是5团B队胜出。至此,战俘5团AB两队均获冠军。在整个比赛过程中,5团两个代表队均表现出了优良的运动员风范和团队精神。

九

战俘运动会的成功举办和胜利结束,使所有参赛的战俘们兴奋不已。许多战俘都拿起笔,写成文章或感言,主动向战俘营的报纸或墙报投稿。收录在纪念册中的26篇报道、文章和诗歌,异口同声地赞扬这次运动会开得好,感到极为高兴。

比利·J.莱斯曼以《史无前例》为题撰文说:"作为一名战俘,能参加1952年的战俘营奥运会,我感到非常愉快。战俘营被允许举办真正意义上的营际奥运会,这在历史上是第一次。"

肯尼斯·L.西尔科写的感言题目是《感觉真好》,他写道:"我刚到碧潼战俘营的时候,无论如何也没有想到在碧潼会有如此快乐的时光。看到这么多国家的战俘在这里参加各种运动项目的比赛,我感到非常惊讶。我天天微笑着入梦,微笑着醒来。"他写道:"我感到我又回到幸福的世界了,我感觉非常好。我抱着对中国人民志愿军的无限感激,我将永远记住他们是如何善待我们的。"

艾伯特·C.贝洛姆在一篇题为《奥运主题》的文章中写道:"碧潼,在这里我们以营际战俘奥运会的形式改变了历史,在人类历史上这是第一次。这个大型的国际比赛是在饱受战争摧残的国家朝鲜举行的,然而,就在这里,在鸭绿江畔,在崇山峻岭之下,来自各国的人们举行了自己的奥运会。但在头顶上飞机仍在盘旋,在这个国家还在进行着战争。"他还写道:"在北朝鲜举行的战俘奥运会将永远记在我心中,它将时刻提醒我这样一个事实:人类和各个国家是可以和平共处、共享安宁的。"

小勒鲁瓦·卡特以《奥运颂》为题,写了一首长诗,记述运动会的盛况和人们欢乐的情景,他深有所感地写道:

战争中的俘虏,除非是在梦中——
谁能见到这样的场面?
各个国家的人来测试他们的能力,
不是在战争的杀戮中,而是在体育竞赛中。

他写道:

运动会在进行,
我们的友谊在成长。
大家欢乐地在一起,
我们不是朋友吗?

威廉·A. 康姆顿在运动会闭幕式上满怀激情地朗诵了他的即兴诗句,会后,他又以《对比》为题,续写了他的诗篇:

为什么战争仍在继续,
人们还在失去生命?
为什么和谐不能
成为当今世界的主旋律?
在这里,比赛是那么有趣,
在那里,与死亡的抗争在进行……

乔治·R. 埃特金斯把这本纪念册称之为"真正的、珍贵的纪念品",他写道:"能够举办这一令人难忘的盛会,一个极为重要的因素,就是朝鲜人民军和中国人民志愿军的积极态度。没有他们的努力,如此宏大之举是不可能完成的。俘虏我们的人们自始至终表现出无可挑剔的协作、宽容、热情与无私的精神,对于我们每一个被俘者来说,宽大政策早已超出了宽大的界限,而被兄弟之情所取代。为运动会提供充足的物资和丰富而精美的奖品,足以证明朝鲜人民军和中国人民志愿军为成功举办这次战俘营营际奥运会所做的一切，是真心实意的。"他动情地写道："多年之后，无论何时拿起这本纪念册，都将难以抑制那种激荡在心头的复杂感情。因为这里面所拥有的是难以用金钱买到的，是真正的纪念品，是不会随时间而消失的宝贵财富。"

关于圣诞的故事

圣诞节是基督教纪念耶稣诞生的节日,时间是 12 月 25 日,按照西方的风俗,为庆祝圣诞节,要用杉、柏类塔形的常青树,装点成彩色缤纷的圣诞树,一位白须红袍的圣诞老人,给人们分送礼品,并且举办各种宗教仪式和庆祝活动,隆重而热烈。如同中国的农历春节一样,圣诞节是欧美等西方国家一年之中最重要的节日。

麦克阿瑟"神话"的破灭

正因为如此,在美国入侵朝鲜的战争中,美国就有人利用圣诞节大做文章。首先,利用圣诞节做文章的就是美国的麦克阿瑟将军。

1950 年 6 月 25 日,朝鲜内战爆发,这本来是朝鲜内部的事,但蓄谋已久的美国决策者迫不及待地将手伸了进来,同时扯起"联合国军"的旗号,为美国紧急拼凑侵朝军队,任命美国远东军总司令麦克阿瑟上将为"联合国军"总司令。1950 年 9 月 15 日,侵朝美军 7 万余人,在 260 多艘舰艇、将近 500 架飞机的配合下,在朝鲜西海岸仁川登陆。美国侵略军不顾中国警告,悍然越过三八线北犯,并把战火推进至鸭绿江边,直接威胁着新中国的安全。

就在这个时候,麦克阿瑟将军大言不惭地宣称,"朝鲜战争将在 3 个月内胜利结束,美军官兵可以回家过圣诞节"。他说这大话的目的在于,给侵朝美军官兵打气,促使他们在战场上卖命。另据美联社 1950 年 11 月 24 日报道,麦克阿瑟在发动所谓"3 个月结束战争,回家过圣诞节"的攻势时,还曾乘飞机到鸭绿江上空,并且"视线及于对岸二三十英里处",一副鹰派架势溢于言表。

然而,这位一向高傲自大的美国将军过高地估计了自己,以为武装到牙齿的美国军队是天下无敌的,其他任何军队都不放在眼里。并且,这位将军和美国的决策者们并没有估计到中国人民会出兵,他们对朝、中人民军队也太不了解了,不知道这两支威武之师、仁义之师的厉害。

美国陆军上将麦克阿瑟(右一)等在朝鲜前线视察

中国人民志愿军为了抗美援朝,保家卫国,雄赳赳地跨过鸭绿江,抗击美国侵略者。从 1950 年 10 月 25 日至 1951 年 6 月 10 日,我志愿军以迅雷不及掩耳之势连续发动了五次大规模的战役。在 7 个半月的时间里,歼灭了以美军为首的"联合国军"大量有生力量,计毙、伤、俘敌 23 万余人,其中美军 11.5 万余人。美军陆军副参谋长魏德迈哀曰:"朝鲜战争是个无底洞,看不到联合国军胜利的希望。"

还没有等到第五次战役打完,由于美军连吃败仗,损兵折将,代价惨重,从而引发美国统治集团内部、美国及其盟国之间的矛盾和争吵加剧,在这样的背景下,麦克阿瑟上将被美国总统杜鲁门炒了鱿鱼,遗缺由上任仅 3 个多月的美国第 8 集团军司令李奇微将军接替。丢了乌纱帽的麦克阿瑟将军在发表那通著名演说"3 个月内回家过圣诞节"之后,仅半年多一点时间,自己倒是回家去了,可是侵朝美军官兵们却一直苦挨了 3 年零 1 个月又两天之后,才得以回家去过圣诞节。

被俘的美军官兵论麦克阿瑟

1951 年 1 月 23 日下午,一位志愿军干部在汉江北岸一个临时战俘收容所,与在第三次战役中被俘的美军第 24 师第 19 联队中尉排长卡斯特尔·W. 凡欧曼、汤姆·D. 特里勒、乔治·E. 陶尼,士兵恩瑞勒·M. 斯特尔、旦尼尔·M. 莫裴等人进行了谈话,当谈到"麦克阿瑟总司令说你们能够挡住中、朝人民大军"的问题时,被俘的美军士兵斯特尔说:"谁相信他的鬼话!如果真行,还连连吃败仗吗?"

"麦克阿瑟就是好吹牛,爱扯谎。1950 年他曾告诉我们:圣诞节前要结束朝鲜战争,我们可以回国过圣诞节,可是我们许多人都到你们这里过圣诞节了。"被俘的美军士兵莫裴接着斯特尔的话说。

"在我们退守三八线的时候,麦克阿瑟还说:'我们一定要把共军阻挡在三八线以北。'可是你们一进攻,三八线防线就垮了。否则,我们怎么会这么快就被俘哩!"被俘的美军排长凡欧曼说。凡欧曼同另外两名美军排长在麦克阿瑟说大话要"在圣诞节前结束朝鲜战争"的时候,他们 3 人都还在纽约,可是几天之后他们便接到命令"增援"朝鲜。1950 年 12 月 1 日刚到朝鲜,1951 年 1 月 3 日就在三八线上被志愿军俘虏了。

专栏作家的"灵感"从何而来

无独有偶,美国一位名叫保尔·勒特的专栏作家,从与麦克阿瑟不同的另外一个角度做起了圣诞节的文章。美国明尼苏达州的一家报纸 1953 年的一天刊登了保尔·勒特先生一篇关于美军俘虏在志愿军战俘营生活的文章,文中有如下一段"绝妙"的描述:

"战俘的灰色制服上刻印着大的黑字,武装的中共哨兵的脚步声可以不停地听到。在严密的铁丝网围绕的战俘营中,战俘们不敢低声说'恭贺圣诞'。"

一位美军战俘的母亲把保尔·勒特的这篇"奇文"从报纸上剪了下来,附在信里,从美国寄给在志愿军战俘营的她的儿子。战俘们阅读了保尔·勒特的"妙文",不禁捧腹大笑。他们给保尔·勒特先生写了一封信,冷讽热嘲地说他的"专栏文章"的"灵感"必定是从美国拥挤喧闹的酒吧间里得来的,并且认为,这位专栏作家未能参加志愿军战俘营中战俘们欢度圣诞佳节,倾听他们齐声高唱"恭贺圣诞"的歌曲和相互祝福的欢乐情景,未能与他们共享丰盛的圣诞美味佳肴,而感到惋惜和遗憾。

至于志愿军战俘营有没有重重的铁丝网,有没有荷枪实弹的武装军警四处巡查,战俘衣服上有没有什么"大黑字",等等,访问过志愿军战俘营的国际知名人士、社会团体等有目共睹;中外媒体记者也做过反复报道,众所周知。专栏作家保尔·勒特先生戴着有色眼镜,视而不见,也就不足为奇了。

一年两次欢度圣诞

一贯执行宽待政策的中国人民志愿军,对战俘们的宗教信仰和风俗习惯是尊重和支持的。1951 年,战友王维源在前线战俘收容所担任队长兼翻译。他的任务是,收集前方送来的战俘,分批转送到碧潼志愿军战俘营管理,他讲述了这一年安排一批战俘两次欢度圣诞佳节的故事。

1951 年 12 月上旬,正准备将一批战俘北送。敌机不断袭扰,加上天寒地冻,路途是艰难的。在最顺利的情况下,估计也要 20 多天才能到达鸭绿江边的碧潼志愿军战俘营。这样,战俘们的圣诞节很可能是在行军途中,没法过了。怎么办?领导层经过紧急研究,决定安排战俘们提前过圣诞节,于是,立即派人兼程到安东(丹东)采购节日食品和礼物。北上的头一天傍晚,战俘们聚集在一间大屋子里,兴趣盎然地做游戏,然后每人得到一袋食品和礼物,其中有糖果、饼干、花生、香烟及工艺品等。俘管领导宣布:今天提前简单地过一个圣诞节,争取 12 月 23 日以前到达碧潼,过一个像样的圣诞节。全场情绪高涨，大家用圣诞树和彩纸，自己布置场地，自演节目，尽情欢娱，直到深夜。

第二天一早，一名被俘的美军少尉来问王队长兼翻译："中国人也过圣诞节吗？""不。"又问："你们是教徒吗？""不是。""那为什么你们这样重视圣诞节？""因为你们重视，所以我们重视。"这个美军少尉战俘听了连声道谢。北上途中，没有一个战俘掉队。

北上的战俘队伍，终于在圣诞节的前一天抵达碧潼。这时，碧潼战俘营已是张灯结彩，装饰一新，高大的圣诞树在广场上耸立，各个项目的体育预赛在进行中，室内外都有人在排练文娱节目，好一派节日景象。刚刚到达的战俘们兴奋地大声喊道："我们来过第二个圣诞节啦！"

志愿军战俘营的圣诞节丰富多彩

1951年冬季来临，意味着圣诞节也就为期不远了，这是志愿军战俘营建立之后的第一个圣诞节。当时笔者刚好在碧潼志愿军战俘营工作，亲身经历、亲眼目睹了战俘们欢度圣诞的热闹场景。

其实，越是临近圣诞节，战俘们的思绪越是错综复杂，有的人愁容满面，叹息不知道什么时候战争结束，什么时候才能回家同亲人一起过圣诞节。有的人骂麦克阿瑟，说是3个月就可结束战争，回家过圣诞节，看来恐怕3年也回不去了。有的人回想起1950年圣诞节时在战场上的紧张、可怖情景，至今仍心有余悸。更多的人则是面对现实，庆幸自己没有在战场上送命，认为能在志愿军战俘营里度过圣诞节的平安之夜，是一件天大的好事。

一车队又一车队的物资运到了战俘营，这是俘管后勤部门专门从中国采购的圣诞节用的食物和礼品。顿时，战俘们高兴起来了。在碧潼俘管5团，人们纷纷动手在广场上搭起彩色牌楼，竖起了一棵大大的圣诞树，上面披挂着战俘们自己制作的饰品，到处张贴着用英文书写的"恭贺圣诞，新年快乐"、"争取和平，反对战争"、"美国军队从朝鲜、从台湾撤回去"等标语，准备参加圣诞演出的音乐、戏剧小组的战俘们在认真地排练节目。

志愿军战俘营的美、英战俘欢度圣诞节

　　圣诞平安之夜降临,圣诞晚会开始。由战俘中的随军牧师戴维斯主持,战俘们聚集在俱乐部大堂内点燃蜡烛做弥撒。由美军战俘贝斯装扮的圣诞老人为大家祝福,给每个人分发糖果和圣诞礼物,慰问住院治疗的伤病战俘。志愿军俘管处的文艺工作队演出歌舞节目,战俘们自编自演的节目也登台表演。战俘们还特地向我俘管人员演唱圣诞歌曲,感谢志愿军的宽大待遇。

　　圣诞节晚餐会更将圣诞节的庆祝活动推向高潮,晚餐会的菜肴丰富多彩:有牛排、鸡肉、馅饼、炸面包、苹果卷饼、色拉等,一共有8道大菜,还有啤酒、白酒、糖果、苹果、香烟,平均每个人有猪肉1斤、鸡肉5两、白酒4两。菜谱是由战俘伙食管理委员会拟订、全体战俘讨论通过,由战俘厨师烹饪制作的,因此,大家都非常高兴,非常满意。席间,战俘们频频举杯,恭贺圣诞,新年快乐。志愿军俘管干部参加了战俘们的餐会,与他们同餐共饮,向他们表示良好祝愿。俘管领导讲话说:"我们并不信教,但是为了你们的宗教信仰和风俗习惯,特地为你们安排了圣诞庆祝活动,对你们未能回家同亲人团聚,共度圣诞节,表示同情。"战俘们听了激动不已,战俘中有人振臂高呼:"中国人民志愿军万岁!"志愿军俘管干部程冠法主管文娱工作,他安排各中队布置圣诞活动场地,装饰圣诞树,订制圣诞老人的衣帽,筹办礼品,并且陪同圣诞老人到各中队去分发礼物,祝贺圣诞快乐。程冠法受到战俘们的热烈欢迎,战俘们称他为"我们的好朋友",他先后收到了 50 多名美、英战俘自己制作、赠送给他的圣诞贺卡。

各俘管团、队、中队都分别在驻地举行了隆重的圣诞庆祝活动,昌城俘管 1 团的战俘代表还在圣诞之夜陪同圣诞老人到碧潼战俘 5 团向战俘们祝福,使战俘们深为感动。圣诞节一共放假 3 天,战俘们各自安排念《圣经》、做祷告、进行游乐等活动。

战俘中信奉天主教、伊斯兰教、犹太教、佛教等的教徒也不少,他们在基督教徒的圣诞庆祝活动中,也一起参与热闹;而在开斋节、古尔邦节等他们各自的节日中,还要另外举行庆祝活动,都要会餐。志愿军战俘营同样给予支持和帮助。

兴奋,激动,感慨万千

隆重而热烈的圣诞节活动,使战俘们兴奋,激动,感慨万千。美军战俘史密斯激动地说:"二战时,我在德国法西斯的战俘营,他们信奉基督教,却不让我们过圣诞节,还虐待我们。中国人不信基督教,却为我们安排了这样丰富多彩的圣诞节活动,给我们极好的待遇。我深深感到,中国是世界上最文明的国家之一。"另一战俘在二战时当过日本军国主义者的俘虏,他说:"那时生活在恐怖之中,整天提心吊胆,平日连饭都吃不饱,说不定什么时候就会被拉出来枪杀,还想过什么圣诞节! 志愿军使我们在异国他乡过了一个使人终生难忘的圣诞节,我们从心底里感谢中国人民志愿军!"美军随军牧师理查德说:"在战俘营,我亲眼看到中国人是尊重宗教信仰的。说中国迫害宗教,那不是事实。"另一个战俘说:"在志愿军战俘营过这样欢快的圣诞节,这是世界战争史上的奇迹,我要写信告诉所有的亲友们。"

从圣诞节到新年前后约半个月的时间,美、英战俘共给他们的亲友写了 1700 多封家信。

事实胜于雄辩

从"好打不好抓"到"好打又好抓"

中国人民志愿军战士不仅在战场上英勇善战,而且善于抓美、英军的特点,及时总结经验。对武装到牙齿的美军作战,这在我人民军队的历史上还是头一回,经过第一二次战役,志愿军歼灭了敌军大量有生力量,迫使美国侵略军从鸭绿江边溃逃至三八线以南,并从进攻转入防御,从而扭转了朝鲜战局。我志愿军广大的战士亲身感到"老虎屁股不是摸不得的",同时"摸"到了两点:一是美国军队的特点是"四多一快",即"飞机多,大炮多,坦克多,汽车多,逃得快",他们在吃败仗后,逃得比谁都快。二是美国军队"好打不好抓"。朝鲜战争初期,就出现了这样的情况:最初几次战役、战斗中,毙、伤敌军的数量是俘获敌军官兵数量的 3 倍以上。

这是什么原因呢?原来美国发动侵朝战争前后,对其军队官兵进行了大量欺骗宣传,其中最主要的就是污蔑志愿军"虐待俘虏",被共产党俘虏了是要"砍头"的。这类谎言在美军官兵中曾一度产生一些迷惑作用,在战场上,在同我志愿军部队交锋中,美军部队扔下许多官兵的尸体和伤员,能跑就跑,跑不掉就藏,很少有放下武器举手投降的,因为他们误信了军方的谎言,怕死、怕"砍头"。

我志愿军部队在给予敌人以沉重的军事打击的同时,大力开展瓦解敌军的工作和宽待俘虏的宣传。随着志愿军宽待俘虏的政策影响扩大,情况逐步有了变化,不仅美军俘虏多了起来,在战场上打起白旗,或者是举手投降的也多了。曾几何时,我志愿军战士还感到美国军队"好打不好抓",此时,战士们的这种感觉很快就变成了:美国军队"好打又好抓"。

一封劝降信和投降的队伍

由中国人民志愿军和朝鲜人民军发动的第三次战役,是在1950年12月31日至1951年1月8日进行的,因此,又称"新年攻势"。此役突破了三八线敌军阵地,占领了汉城,歼敌1.9万余人,俘获了大批敌军官兵。宽待俘虏,我志愿军干部战士不仅是这样宣传的,而且贯穿到行动之中。即使战事再紧张,条件再艰苦,也要按照宽待政策精神,做好俘虏管理工作,千方百计地稳定他们的思想情绪,解除他们害怕"砍头"的恐惧心理,给他们食物,给他们饮水,对伤病战俘予以包扎治疗。这些事实使战俘们深为感动,他们亲身感受到志愿军宽待俘虏是真的,同第二次世界大战中纳粹德国和日本军国主义者残害战俘的情况根本不一样。美国政府和军方所说志愿军"虐杀俘虏"、"被俘后要砍头",等等,则不是真实的,他们感到自己上当受骗了。

一个被俘的美军士兵在志愿军宽待俘虏政策的感召下,主动给美军官兵写信劝降。信如下:

美军官兵们:

这是一个被俘的美军士兵写给你们的信。我相信你们如向中国人民志愿军投降,就可避免无谓的牺牲,志愿军对待我和其他被俘的人都非常宽大。

美国骑1师麦克道弗拉尔

1951年1月1日

然而,这封劝降信还没有来得及发出去,美军第24师第19联队200多人,就打着小白旗,向我志愿军部队走来投降,这种情况使得美国军方恼羞成怒,美军的大炮、飞机竟向这支投降的美军队伍猛烈开火。即使这样,也未能阻止他们向志愿军投降,除了将近一半人被美军大炮、飞机炸死、炸伤者外,仍有 109 人突破美军自己的火力网到达志愿军战俘收容所,他们的一个共同目的就是保全自己的生命。美军第 24 师第 19 联队 1 营 2 连一个被俘的中尉排长说,他妻子非常担心他的生命安全。他说:"如果我妻子知道我已到了中国人民志愿军方面来,她一定会由悲痛转为庆幸的。"

"我们声明……"

1951 年 1 月初,一批到达志愿军后方战俘营的美、英军被俘官兵经过讨论,联名发表声明,一致表示感谢志愿军给予的宽大待遇。他们说,他们在被俘后已有机会了解到有关朝鲜战争的各种事实。在声明上签名的共有 29 人,其中少校 1 人、上尉 2 人、中尉 7 人,被俘的美国海军陆战第 1 师上尉、美联社记者弗兰克·诺尔也在声明上签了名。他们的声明如下:

> 我们在此签名的人们,愿在此,对朝鲜人民军和中国人民志愿军表示感谢,因为他们人道地、有礼貌地、仁慈地对待我们。我们居住在温暖的屋子里,而且吃得很好。我们受到真切的照顾。我们期盼和平,热望朝鲜问题早日得到解决。
>
> 29 人签名

宽待政策的感召力

由于我方给予被俘人员同其亲属之间以通讯联系的便利条件,许多美、英军被俘官兵给他们的亲属写信,报平安、健康,并且用亲身经历的大量事实说明自己受到了志愿军宽大政策的良好待遇。我志愿军宽待俘虏的政策在美、英等国的群众中产生日益广泛的影响,美方的所谓志愿军"虐杀俘虏"的谎言不攻自破。

被俘的美军第 3 师第 7 团第 7 连士兵格利戈里写信对其在美国的兄弟姐妹们说："我很幸运,仍然活在人间,身体非常健康,因为中国人民志愿军和朝鲜人民军待我很好,给我很好的医疗。他们不把俘虏看成敌人,而是当作他们的朋友。他们想尽办法给俘虏治病,还发给肥皂、毛巾、烟叶、白糖、衣服、牙刷、牙膏一类的生活用品,我们这些俘虏吃的东西也和中、朝军队一样,甚至还好些。"格利戈里在信中说："我们在朝鲜进行的战争是一场非正义的战争。我们亲眼看到美国飞机炸射城市、学校,甚至于轰炸志愿军战俘营,炸死炸伤被俘的美国兵。我们从火线下来,到志愿军后方战俘营的途中,就遭到美国飞机的轰炸、扫射,我们中的 7 个美国兵被炸死。"他还说："圣诞节快到了,志愿军俘管方面要给我们开一个盛大的晚会,我们正在组织节目,准备祝贺圣诞节。"

美军战俘纳赛尔给其家人的信中写道："我一被俘,就感到恐惧,我想志愿军会像日本人一样虐待俘虏。令我惊奇的是,志愿军带我到离战线几英里的地方,检查我身上的物品,然后又全部还给了我。以后中国人许多次和善行为使我自动地改变了对他们不正确的推测,志愿军对待俘虏是真正良好的和宽大的。"他在另一封信里又写道："我们得到了最好的待遇,这个新鲜说法就是'宽大政策'。我在这里 3 个月了,从来没有听到有一个俘虏受到虐待。"

被俘的美军中士奥堤斯・坎・汤姆斯给他母亲的信中说："你和爸爸一定为我担心,因为你一定听到过朝、中军队把俘虏杀掉。不要相信这些话,他们已经尽了他们的力量来照顾我们,关心我们的健康。"

美俘史密斯的妻子弗罗拉・史密斯自美国加州圣迭哥来信说："我知道你平安并受到宽待,我接到过你的一张照片,并读过你签字的声明,说中国人民志愿军对待美国俘虏是如何好,我认识你的字迹。这个声明和你的照片圣迭哥的报纸已经刊登了,这里的人民都为中国人民给予你和你的同伴俘虏们的仁慈行为所感动,我非常感谢他们。希望你被释放后回家来,把你从中国人民那里得到的仁慈待遇告诉美国人民,中国人民永远是美国人民的朋友。"

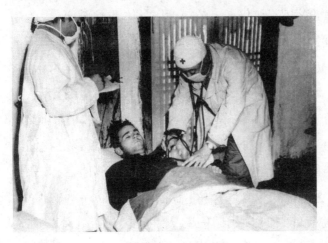

中国人民志愿军医生为伤病战俘检查治疗(中国人民志愿军俘管处新闻科 摄)

美俘威廉的母亲自西雅图给他来信说:"得到通知说你已失踪时,我们最大的希望就是你做中国人的俘虏。因为我们确信,任何人被俘一定会得到宽待的。亲属和朋友们都有同样的认识,这种信任在这里是非常普遍的。"

军法处处长先生"想干什么"!

尽管如此,仍然有那么一种人,抱着花岗石的脑袋,像驼鸟似的不顾客观事实,颠倒是非,信口雌黄。美军第8军军法处处长汉莱上校到朝鲜仅仅一个星期,就于1951年11月14日发表声明,公然说朝鲜人民军和中国人民志愿军"虐杀俘虏",就是一个突出的造谣生事的例子。汉莱的谎言一出,国际舆论一片哗然。美国人民也纷纷提出质疑,同声谴责,指斥汉莱"究竟想干什么"!

朝鲜人民军总部发言人和中国人民志愿军司令部发言人当即分别发表谈话,援引大量事实说明朝、中方面宽待俘虏,这是全世界人民都知道的;揭露和驳斥汉莱的阴谋和欺骗,其目的在于蓄意拖延和阻挠朝鲜停战谈判,并以此为士气低落、日益厌战的美国侵略军打气,促使他们继续在战场上卖命。朝、中部队发言人都说,屠杀美军俘虏的不是别人,恰恰是美国军方自己。从1951年2月至10

月间,美国飞机迭次轰炸扫射朝鲜北部一处毫无军事目标的志愿军战俘营。第一次在1951年2月19日下午2时30分,第二次在3月17日,第三次在4月2日,第四次在4月22日下午1时,第五次在10月13日晚10时。在这五次空袭中,美国飞机一共炸死炸伤美、英等国俘虏62人。

笔者当时就在这个战俘营工作,亲身经历、亲眼目睹了美国飞机疯狂滥炸志愿军战俘营、炸死炸伤他们自己的被俘官兵的惨况,目睹了这个战俘营的美、英等国1262名俘虏于1951年10月间联名发表抗议书,抗议美国当局及军方的残酷暴行的愤激场面。

许多被俘的美军官兵都用自身的经历斥责汉莱造谣。1950年12月1日被俘的美军第2师士兵奥托·贝尔给他在华盛顿州的妻子写信,揭发了美军虐杀朝、中人民军队被俘人员的罪行,并列举事实证明我方宽待俘虏。他在信中说:"我被俘前被告之如我被俘,中国人和朝鲜人一定要把我杀死。我被俘时,5个志愿军战士前来和我握手,真出乎我的意料。当时我饥寒交加,中国人把我带到一个暖和的地方,给我食品,里面有牛肉和马铃薯,并叫我安心。我作为志愿军的俘虏已10个多月了,我从来没有受到过任何伤害。"

在西线被俘的美国骑1师第7团第1营第3连士兵赫伯特·施维蒂说:"长官们惯于进行欺骗宣传,令人气愤。这次汉莱的话就是个欺骗,我们早已不相信他们这一套了。尽管他们天天造谣,说中、朝军队虐杀俘虏,但是我们从被中、朝部队释放回去的俘虏口中,知道了和他们造谣相反的事实,所以我们许多人都暗藏着中、朝部队散发的'安全通行证',以备在战场上寻求生路。"他还说:"我被俘后,亲身受到志愿军的宽待:发给我新棉衣,给我烟抽,这些都证实了我的朋友们所说的话。"

美军一个小小的上校军法处处长采取发表"声明"的方式,公开散布谎言,这并不是什么新鲜事。然而由于各个方面的有力揭露和谴责,却使美方自己陷入非常混乱和狼狈的境地。1951年11月18日新华社的一则电讯说,"联合国军"总司令李奇微佯装对此事"毫无所知",要派人"进行调查"。李奇微并于1951年11月17日发表声明,对汉莱"遽尔发表"这个声明,表示"非常遗憾"。美国国防部长也慌忙推卸责任,说美国国防部"还没有得到什么情报可以证明这种说法(指汉莱的谎言)",并以美国国防部的名义发表公报说:"(汉莱的)报告在发表前并未与此间官员咨商。"英国政府也说:"没有从谍报方面得到(关于所谓'暴行'的)任何消息。"

美国军法处处长汉莱则不甘心充当替罪羊,他表白说:"我当然是得到高层的批准才发表这个声明的。"不过他承认,这样做的目的之一,就是要叫美国士兵不要相信中、朝人民军队宽待俘虏的政策,不要相信"如果被俘,就会享受优待"的事实,以驱使他们继续作战。就这一点来说,倒也印证了朝、中军方发言人所揭露的、美方指使汉莱散布谎言的一个目的。

军法处处长可以休矣!

有句名言:谎言只要不断地重复散布,就会变成"真理"。美国一些人并没有从其军法处处长汉莱散布谎言的事件中吸取教训,而是在整个朝鲜战争中自始至终搞欺骗宣传,散布谎言,甚至于在停战之后,战俘们被遣返回到美国,还在向他们搜集朝、中军方"虐待战俘"的材料,企图欺骗世人。但是被遣返回国的战俘们即使在强大的压力下,也不愿违背自己的良心,坚持讲事实,说真话。

1953年8月6日被遣返的美国海军陆战队士兵弗兰西斯·柯纳斯、加斯柏·肯尼迪、柏纳德·贺林吉都说,朝中方面给他们的待遇很好。肯尼迪在志愿军战俘营中当炊事员,他说在战俘营中伙食办得很不错。就是美方接收被遣返的战俘的医院负责人西马尔上校,也承认被遣返的战俘们"都没有营养不良的情形"。

合众社的报道说,被遣返的美军下士战俘培克威士在谈话中,对朝、中战俘营里一个救了许多战俘生命的吴姓女医生表示感谢,他说:"她救了不少性命,她放手使用她所有的药品。她替我割盲肠,手术很好。开刀以后,她通宵守候在我身边。"

中国人民志愿军的医生给战俘进行治疗

美联社的报道说，负责检查英国战俘身体的英联邦军官麦坎奈上校对记者说，他没有发现朝、中方面对战俘的待遇有危害健康的证据，朝、中战俘营的医生"手术进行得很好"。

美联社记者自美国北卡罗来纳州的另一则报道说，被释放回到美国的战俘平克斯顿在会见记者时说：所谓朝、中方面虐待美国战俘的传说"全都是谎话"。他说：管理战俘的人"尽一切可能让我们生活过得愉快，准许我们玩球和游泳。他们并倾听我们的意见，只要是能办到的他们就办到"。"我没有看见过任何人受虐待"。

事实就是事实，历史已经反复证明，欺骗和谎言无论如何也变不成"真理"。美国的军法处处长汉莱先生可以休矣！

人道主义的生动写照

1950 年 10 月间在碧潼举行的中国人民志愿军战俘营"奥运会"的第 4 天,战俘运动员肯尼斯·L.西尔科在比赛中受伤了,经志愿军医生检查,是胳膊骨折。他在运动会结束后的感想文章中写道:"志愿军的医生很快给我固定了胳膊,医治了我的伤痛,并且还给我一张凳子,让我坐在医疗帐篷前观看比赛。我自己虽然不能参加比赛了,但是我的兴致依然很高,我像孩子一般快乐。作为一名优胜运动员,当我领取奖品的时候,我激动得几乎连思维都停滞了。"

这是中国人民志愿军医护人员医治受伤战俘的一幕。

一

对有伤、有病的战俘给予治疗,这是中国人民志愿军宽待俘虏政策的重要内容之一。在朝鲜战争中,无论是在后方,或是在前线,志愿军对于放下武器的敌军官兵中的伤病战俘,总是本着救死扶伤的人道主义精神,尽一切可能给予及时的救治。

战场情况,瞬息万变。但是,无论情况怎样紧急和多变,我志愿军都要对受伤的战俘予以救助,给药包扎。绝大部分伤病战俘都由前方战俘收容所转送后方战俘营,有一些则在前沿阵地释放,让美、英军方接回去。这样做的目的,就是用行动和事实证明我志愿军宽待俘虏的政策是真实的,是说到做到的,从而证明美军当局对官兵进行的许多宣传,诸如"中国军队虐杀战俘"等,是不符合事实的,是虚假的。

关于火线释放战俘,包括释放伤病战俘的事,笔者在"火线纪事"一文中,专门有一节"火线释放俘虏"谈及,因而这里不再赘述。需要说明的是,志愿军宽待俘虏,在火线释放俘虏,包括释放伤病俘虏的事实,连西方媒体也是不能不承认的。仅举几例。

1950年11月23日《纽约时报》根据路透社的消息报道:"被俘的27名美军伤员昨天被(中国人民志愿军)释放。伤员们说,他们被俘后,有吃的东西,待遇也好。"

1951年3月19日美国陆军《星条报》刊登美联社的报道说:"16名受伤的美军士兵返回到了联合国军的防线,他们都是2月12日遭到中国人伏击时被俘的美军第2师士兵。中国军队撤走时,给这些伤员留下了吃的东西。他们本来打算用卡车将伤员送回美军防线的,但一架美军飞机追上来把卡车打坏了。"

1951年10月27日加拿大《温哥华日报》报道:"中国人曾无数次将受伤的美军战俘放回他们的阵地。伤员不能走路时,中国人就将伤员放在一个地方,美国军队去接运伤员时,中国人就停止射击。"

英国战史专家麦克斯·黑斯廷斯在他的《朝鲜战争》一书中,谈到志愿军宽待俘虏和释放俘虏时写道:"说来奇怪,中国人在前沿地区对战俘执行宽待政策,很有诚意。在整个朝鲜战争中,中国人不仅不杀害联合国军俘虏,还把他们送回联军阵地加以释放,这类事例是很多的。"

巴黎《今晚报》记者贝却敌自开城报道说:"联合国军方面的记者们在板门店告诉我说,他们曾在前线发现他们自己的伤兵,伤口已经被朝、中方面的医生包扎好,并且被放置在安全的壕沟里,然后被送回联合国军的阵地来。志愿军对俘虏的人道待遇是世间少有的。"

二

被转送到后方战俘营的战俘之中,伤病号不在少数。他们有的是在战场上受伤,遭到自己部队遗弃的;有的是在战场上饥寒交加,冻伤饿病的;有的是不愿卖命送死,在战场上自创自伤的;还有的则是在被俘后从前方向后方转运途中,遭到美国飞机扫射追杀而被打伤的,这些伤病战俘迫切需要医药治疗。尽管战争环境极其恶劣,志愿军战俘营管理当局仍然克服了种种困难,从中国运来大量药物和医疗器械,调配医护人员,建立医疗机构,为伤病战俘医伤治病。

志愿军战俘营的医疗卫生机构是 1950 年 12 月与碧潼战俘营同步建立起来的。笔者是第 1 批到达碧潼的工作人员,亲眼见证和亲身参与了志愿军战俘营及医疗机构的组建工作。

志愿军碧潼俘管处下设卫生处,后称医务所,分设医政科和药政科,负责各战俘团、队的医疗、保健和卫生工作,各俘管团、队设卫生所。医务所后来又改称志愿军俘管处总医院,它设在一个大院子里,有 10 多间房子,这是碧潼少有的没有被美国飞机炸毁的地方,门口挂着用中文和英文书写的"中国人民志愿军俘虏管理处总医院"的牌子。最初的条件较差,仅有 11 名医护人员和 1 名英文翻译,60 多张病床。随着从前线送来的战俘不断增多,总医院不断得到扩充,条件也不断得到改善。1952 年时已有医护人员 152 人,朝鲜籍护理员 32 人。1953 年 4 月,总医院的病床达到 110 多张。总医院设立了内科、外科、眼科、耳鼻喉科、口腔科、放射科、检验科、手术室、化验室、药局等,设备和器材方面,有了万能手术台和无影灯、小型 X 光机及其他辅助诊疗设备。轻伤病战俘可就近在战俘团、队的卫生所(后称俘管处总医院分院)治疗,重伤病战俘可在总医院住院治疗。

需要特别提到的是,中国红十字会派到朝鲜的国际医疗服务大队中的第 7、第 10 两个医疗队近 200 人,先后到志愿军俘管处总医院和各战俘团、队的分院,为伤病战俘诊治伤病,医疗队中不乏医术精湛的专家、学者,解决了伤病战俘中的许多严重伤病和疑难重症,挽救了许多重伤病战俘的生命,使他们起死回生,重返人间。

志愿军医护人员对伤病战俘的诊断治疗是认真负责的,尽管是战争环境,战俘营总医院和各分院仍然采取了同正规医院相同的工

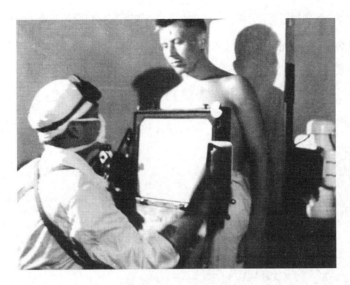

中国人民志愿军的医生给战俘检查治疗

作流程：收诊、诊断、下医嘱、写病程记录、会诊、按时发药、视察病房，等等。对生活不能自理的重伤病战俘给予特别护理，伙食有特餐特菜。住院治疗的伤病战俘在生活上都有额外照顾，他们的伙食标准比平时还要高一些，经常可以吃到猪肉、牛肉、鸡肉、羊肉、蔬菜、水果和糖果；早餐有牛奶、面包，晚餐后有糖茶，每逢节日还另外加菜。1951年感恩节时，总医院特地给住院的伤病战俘供应了五香鸡块、煎肉丸子、饼干、面包、蛋糕、苹果酱，以及其他食品，伤病战俘们深为感动。

三

志愿军医护人员以他们精湛的医术和负责的态度，救治伤病战俘，出现了许多感人的事例。

一天夜里，一名身负重伤的美军上尉飞行员被从前线送到战俘营总医院，他的腮上还贯穿着一根枯树枝，生命垂危。原来这名美军飞行员驾驶飞机对鸭绿江边的朝鲜民居进行狂轰滥炸时，被志愿军高射炮击落，他跳伞掉进燃烧着的树丛里，一根树枝贯穿了他的左右腮。志愿军战士们发现他的时候，他整个身子卡在树枝间，动弹不得。战士们小心翼翼地将他托起,用钢锯将树枝锯断后,将他送到了战俘营总医院。志愿军医护人员立即采取紧急措施,给这个濒临死亡的战俘施行手术,取出贯穿两腮的枯树枝,主刀的医生是浙江省医院外科主任汤邦杰。手术非常成功,这名美军上尉飞行员战俘得救了,他很快恢复了健康。

中国人民志愿军的医生给战俘检查治疗

　　另一名美军士兵被俘时身负重伤,他被一颗手榴弹炸伤双腿,4个脚趾已被炸掉,腿部还有大小弹片 10 多块。这名 26 岁、已有 3 个孩子的美军士兵被送到志愿军战俘营总医院时,伤情恶化,奄奄一息。总医院的医护人员多次为他施行手术,取出所有弹片,保住了他的双腿,使他免受截肢之苦。志愿军军医并且用中国人的血液给他输血,渐渐地,他可以不用拐杖站立起来,迈开脚步走路了,这个被俘的美军士兵伤员完全恢复了健康。

　　战俘营里的一名美军少校战俘双眼突感不适,不久几近失明。志愿军医生起先用西药为他治疗,未见好转。后来一位姓项的军医征求他的意见:是不是愿意用针灸疗法治疗。这个美军战俘有些迟疑,但他还是同意了。经过项医生的针灸治疗,他的双眼重见光明。亲眼目睹治疗经过的美军战俘们莫不惊叹:"奇迹,东方奇迹!"

　　前文提到过的英军被俘人员彼得·劳雷,他从战场上刚到战俘营,就患急性肺炎,高烧不止。当时他所在的战俘 1 团仅有 10 支青霉素,志愿军军医黄远经请示战俘1团领导,将这10支青霉素全部用在了彼得·劳雷身上;经过志愿军医护人员的精心诊治和调理,彼得·劳雷逐渐恢复了健康。他和黄远医生之间结下了深厚的情谊,几十年后,他们在英国和中国之间你来我往像走亲戚一般。

英军战俘帕亚克患急性阑尾炎,战俘营总医院的唐玉山军医为他做了切除手术,他不久就痊愈出院了。帕亚克感慨万端地说:"要是在战场上得了急性阑尾炎,那就没命了。我这条命是志愿军唐医生给的,我永远忘不了志愿军军医救了我的命,为我治好了阑尾炎。"

1951年1月24日,在临津江的一次战斗中,英军士兵莫塞尔身受重伤,在战俘营总医院住院8个月,经志愿军医护人员细心治疗而痊愈。莫塞尔极为感动地说:"我从来没有见过像中国军医这样仁慈的好医生!"

四

志愿军战俘营的生活步入正轨后,战俘营总医院和各分院在给伤病战俘医伤治病的同时,还在战俘中经常开展清洁卫生、预防疾

中国人民志愿军给美、英战俘发放生活用品、棉衣等

病和日常保健工作。特别是1952年1月发现美国空军在朝鲜北部

以及战俘营周围地区投掷细菌弹,卫生防疫工作受到了战俘营管理当局的高度重视,战俘营总医院和各分院定期给战俘们检查身体,打防疫针,建立环境和个人的卫生制度,敦促战俘们搞好室内外卫生工作,炊具、餐具和住地周围经常消毒,防止疾病和传染病的滋生。战俘营管理当局并给战俘们创造条件,逐步改善生活,开展文化娱乐和体育运动,战俘们的身体健康状况普遍得到增强。许多战俘反映,他们来到志愿军战俘营后,体重增加了十几磅,有的增加了几十磅。

战俘中有许多人在第二次世界大战期间,曾经被日本军国主义者或是纳粹德国军队俘虏,亲身经历过非人道的悲惨生活;而在志愿军战俘营里,却受到了完全不同的人道主义的宽大待遇,两相对比,感慨万千。

美军准尉墨尔库二战时当过日本军队的俘虏,他说:"我在日本军队的战俘营里待了3年半,吃不饱,穿不暖,还要做苦役,受尽了折磨。如果生病,根本得不到治疗,只有等死。有的战俘气还未断,就被拉出去给活埋了。"他说:"我在朝鲜战场上当了中国人民志愿军的俘虏,人格上受到尊重,有病能及时得到治疗。志愿军与我们战俘们同甘共苦,而在生活上还给予我们种种优待。"

五

受到过志愿军医护人员救治的战俘们把志愿军称为"救命恩人"、"伟大的朋友",他们恢复健康之后纷纷写信向志愿军医护人员表示深深的谢意。许多战俘在战俘营的墙报和小报上发表文章畅谈感想,或者是给自己的亲友写信,述说自己受到志愿军医护人员精心治疗、身体已经康复的详细情况。

美军被俘人员爱德华·E.克莱文奇写道:"经过志愿军医生的治疗,我完全恢复了健康。以前我被告知,被志愿军俘虏后要受到虐待,事实完全不是这样。"

英军战俘彼得·威廉姆斯写道:"我和另外6个战俘伤员都得

到了及时的治疗,我们受到了与志愿军伤员一样的关照。现在我竟然可以踢足球了。"

美军俘虏威廉·K. 迪伦写道:"这里的医生、护士们工作很出色,他们日夜值班,任何时候都乐意帮助伤病员。护士们在料理完伤病号的事情后,还打扫房间卫生,给我们的衣服、被褥消毒。我衷心地感谢中国人民志愿军和志愿军的医护人员。"

美俘凯尼恩·瓦格纳写道:"几位志愿军医生给我会诊,确诊我患的是肺结核,他们对我的关心照顾比我自己还周到。我住院后体重从95磅增加到130磅,我不仅体力增强,精神也愉快。"

美军战俘罗纳德·洛夫乔伊写道:"我们永远不会忘记志愿军的杨医生,我要特别感谢他和护士们;还有一位我说不上他的名字,他每天都要来看我们四五次,我们都把他当成我们的父亲。"

被俘的美军人员曼纽尔·西尔瓦同另外8名战俘联名写了一封感谢信给战俘营的所有医护人员,信中说:"我们刚被中国人民志愿军俘虏时,不知道宽待政策是什么意思。我们没有被看作敌人,而是朋友。我们在医院受到的待遇,好像我们就是你们的亲人。我们从心底里感谢你们为我们所做的一切。"

丰富多彩的文化娱乐生活

　　志愿军战俘营于1950年底在极端困难的情况下建立起来之后,随着战俘们思想情绪的逐步稳定,物质生活的不断改善和提高,内容丰富、形式多样的文化娱乐活动广泛开展了起来。

一

　　一个由60多人组成的志愿军战俘营文艺工作队于1951年5月在战俘营总部所在地碧潼首先成立,到1952年8月时,演员和职员人数已达120多人,它的任务主要是为战俘演出歌舞、话剧、戏曲、音乐、魔术等节目,指导与活跃战俘们的文化娱乐生活。

　　文艺工作队演出过的舞蹈节目有《红绸舞》、《大秧歌舞》、《民族大团结舞》、《腰鼓舞》等,话剧《在战斗里成长》,歌舞《白毛女》、《兄妹开荒》,独唱《王大妈要和平》、《二郎山》等,世界名曲《多瑙河之波》、《蓝色多瑙河》等。演出话剧和歌剧时,演出场地都有简要的剧情介绍,或由英文翻译作扼要讲解。因此,战俘们都看得懂,明白剧情内容。尤其是演出《白毛女》时,战俘们反应强烈。许多俘虏痛恨黄世仁,同情杨白劳、喜儿,见黄世仁、穆仁智出场,就大声吼叫,吹口哨,鼓倒掌,情绪激昂。

　　在文艺工作队成立后的两年多时间,该队在各战俘团、队巡回演出100多场,共演出200多个文艺节目,战俘们有的说:"中国的歌曲感人,音乐动听,舞蹈优美。"很多战俘头一次看到东方民族的腰鼓舞,感到很新鲜,兴奋地说:"看了中国的文艺节目,真是大开眼界。"

在志愿军战俘营文艺工作队的指导下,各战俘团、队由战俘自编自演的文艺组、演出组、歌唱组、舞美组等如雨后春笋般纷纷成立。俘管处从中国购买了大量乐器分发给他们,战俘们还自制了许多乐器,经常性的文化娱乐活动更加活跃。各战俘团、队经常举办音乐会、歌舞会、故事会、演唱会,演出战俘们自己的作品,其中有幽默小品,也有反对战争、拥护和平的戏剧。英军战俘、原皇家"功勋团"的军士利兹,能歌善舞,会拉小提琴,还会表演戏剧、小品,战俘们都很欣赏他的表演,夸他在晚会上"出尽了风头"。由美军战俘伯尔·劳特牵头组织的一个管弦乐队,在战俘营文艺工作队指导下,演出了贝多芬、莫扎特等的著名乐曲,受到热情称赞,他们还经常到各战俘团、队巡回演出。每次演出之后,战俘伙房都要给他们送来夜餐,以资犒劳。战俘们还举办了绘画、木刻、雕塑等的艺术展览会,战俘们的欢快情绪高潮,感到战俘营的生活越来越有意思了。

二

各俘管团、队、中队俱乐部的建立,受到战俘们的普遍欢迎。这个在志愿军俘管当局领导下组建起来的战俘群众性组织,把战俘生活、活动的方方面面全都"统揽"起来了。其主要工作内容就是,具体组织战俘们开展文化娱乐和体育活动,改善生活福利,及时反映战俘的意见和要求等。

美军战俘约翰·L. 狄克生原是个农场工人,1941 年 5 月 1 日入伍,"二战"中被日本军队俘虏,受尽了折磨,日本投降后他回到美国,继续在美军第 24 师当兵,1950 年 9 月随部队到朝鲜参加"联合国警察行动",1951 年 1 月 1 日被志愿军俘虏。狄克生受到了志愿军的宽大待遇,他在一篇题为《两次被俘两种待遇》的文章中关于俱乐部的事写道:"管理战俘营的中国人民志愿军鼓励战俘们自己为自己服务。他们帮助战俘们成立了一个(俱乐部)委员会,负责料理战俘们的生活和活动。在这个委员会里,有一名卫生委员负责卫生保健工作,一名运动委员负责体育运动和比赛,一名文娱委员负责组织音乐演出和娱乐活动,还有一名伙食委员负责收集关于伙食方面的意见,具体管理自己的伙食。(俱乐部)委员会的委员们都是战俘自己选出来的。"

在战俘营里,战俘们自制乐器,组成乐队,经常参加演奏、演出(中国人民志愿军俘管处新闻科 摄)

英军战俘爱德华·G. 贝克里在《俱乐部是如何组成的》一文里详细记述了俱乐部的组建和工作情况后写道:"我们的俱乐部在日常生活中起很大作用,是朝鲜人民军和中国人民志愿军对战俘执行宽待政策的有效证明。"

各俘管团、队、中队共建立了31个俱乐部,俱乐部委员会由正、副主席,以及生活、文娱、体育、图书、新闻、器材保管等委员组成。主席由志愿军俘管干部担任,副主席和委员采取无记名方式从俘虏中选举产生。各俘管团、队、中队俱乐部均在相关领导机构(如俘管处文娱科等)的指导下开展工作,但尽量发挥战俘副主席和委员们的主动积极性,相关领导机构从不包办代替。

为进一步加强与活跃俱乐部的工作,总结和交流俱乐部的经验,1953年5月19日至23日专门召开了一次俱乐部代表会议。各俘管团队、队、中队以不记名方式投票选出代表55人出席会议,大会主席团也是从战俘代表中选举产生的。志愿军俘管处成立了俱乐部代表大会指导委员会,对会议进行指导。

这是一次重要的会议,俘管处王央公主任出席了会议,并就国际形势、停战谈判、宽待政策、俱乐部工作、生活活动等问题作了专题报告,然后与会代表在分组讨论的基础上作大会发言,最后由王央公主任作会议总结并解答问题。战俘们普遍反映,代表大会开得很成功,气氛热烈,心情舒畅。战俘代表们一致表示,一定要向全体战俘传达好代表大会的精神,更加努力地配合和协助志愿军俘管当局做好各项工作。

在战俘营,战俘们经常自编自演文娱节目

谈到选举,还有一段插曲。在战俘们的日常生活与活动中,不仅俱乐部委员会副主席、委员要选举,出席俱乐部代表大会的代表及大会主席团要选举,就连各战俘团、队、中队的伙食管理委员会,以及其他大大小小的事情都要进行选举。一提到选举,美国战俘们的劲头就上来了。有一次选举,一个战俘指着一个美国战俘开玩笑说:"你们美国人真是个选举迷!"另一个战俘接着他的话茬说:"选举是选举,要真选,可不要拿美金搞贿选啊!"惹得战俘们哈哈大笑。

三

在战俘营里,新闻与信息的传播、文化的交流、知识的获取,主要靠有线广播、电影和报刊图书。

各俘管团队均建立了有线广播室,由播音员定时用英语和朝语向战俘们进行广播。主要内容有:中国报道、国际新闻、朝鲜战况、板门店谈判、文艺节目、体育赛事、俘房生活、家乡信息、气象变化等等。这些节目很受战俘们的欢迎,每到广播时间,战俘们总是成群结队地聚集在喇叭附近倾听。

战俘营里的演出

观看电影,是战俘们的又一乐事。俘管处电影队有两台放映机、1台柴油发电机、1辆汽车,在各战俘团、队巡回放映。每次放映电影,战俘们看,志愿军人员和附近的朝鲜居民也看。当时放映的主要是新闻记录片,以及新中国建立前的一些影片,如《一江春水向东流》、《十字街头》、《乌鸦与麻雀》、《桥》等,也放映一些苏联的故事片。各战俘团、队大约每周可看到一次电影。放映人员不顾美国飞机轰炸的危险,也不避风雨寒暑的艰辛,坚持夜晚在露天放映。有时美国飞机晚间前来袭扰,也只是临时停顿几次。现场秩序井然,毫不慌乱。敌机远去,警报解除后,继续放映,战俘们对志愿军放映人员这种真心实意的服务态度和大无畏的崇高精神,感佩不已。

书报阅览室也是受到战俘们普遍欢迎的好去处。各俘管团、队、中队都设立了书报阅览室,由俱乐部委员会管理,书报管理员是从战俘中选出的。书报阅览室约有英文图书报刊 1 万多种,以世界名著居多,如高尔基的《母亲》,托尔斯泰的《战争与和平》,狄更斯的《双城记》、《匹克威克外传》,巴尔扎克的《贝姨》、《欧也妮·葛朗台》,还有英文版的马列主义经典著作,以及中国的《红楼梦》、《三国演义》、《水浒传》,建国初期在上海出版发行的唯一的一份英文刊物《密勒氏评论报》等。战俘们可以自由地到阅览室阅读,也可借出阅读。这些图书和报刊成了战俘们吸取知识营养的一个重要源泉。

战俘们的文化水平普遍较高,根据俘管处的一项调查统计,美、英等欧美军队的战俘,仅有 4% 的黑人和农村白人,文化程度较低,或是文盲。大多数战俘具有高中文化程度,10% 的战俘具有大专文化水平,军官战俘差不多都是大学本科生,有些英国军官战俘还是牛津或剑桥等著名大学的毕业生。他们在阅览室里,如饥似渴地阅读各种书报,认真作记录或笔记。有些战俘对马列原著感到兴趣,并不时提出问题和同伴研讨,或向翻译教员请教。

四

各俘管团、队、中队都办有墙报,也就是板报。这是战俘们自办的用以沟通信息、交流心得的写作园地,主要内容有:中国和国际新闻、朝鲜战况、停战谈判、战俘营消息、俘虏生活、科技成果、读书心得、生活常识,还有诗歌、故事、谜语、评论、家书等等。在板报上登出的所有稿件,均短小精悍,生动活泼,经常吸引着战俘们的密切关注。

但是,战俘们并不满足于这种板报,他们希望能办一张内容更加丰富的定期刊物。于是,一个名叫《走向真理与和平》(Toward Truth And Peace)的期刊的创刊号,于 1952 年春天正式出版发行。

这个 16 开本的半月刊是志愿军战俘营当局采纳美国黑人战俘普雷斯顿·里奇的建议创办的。里奇是得克萨斯州人,30 岁,美国陆军第 2 师军曹。1943 年入伍,参加过二战,1950 年 12 月 1 日在朝鲜军隅里被志愿军俘获。他亲身感受到了美军中种族歧视的痛苦，在志愿军战俘营里却恢复了人的尊严。他的建议写道："我们很想知道我们国家现在的情况，和平运动的情况，家乡的情况，还有体育运动、文化娱乐生活的情况，我们都想知道。而没有一份高规格的报刊，是无法提供这些消息的。"

普雷斯顿·里奇的建议迅速得到了以王央公主任为核心的志愿军战俘营领导层的批准，俘管当局并为他们提供器材、设备、编报用房等必要的物质条件。由于战争环境印刷条件的局限，这个半月刊是打字油印的。《走向真理与和平》编辑部共有6名工作人员：编辑是普雷斯顿·里奇；美术编辑罗纳尔德·柯克斯，英国战俘，原属英国皇家陆军第29旅骑兵队士兵；打字员艾米雷诺·巴赫，一名菲律宾战俘；印刷、装订、发行、通联员小金，南朝鲜李承晚军战俘；另外，战俘营当局还调派了两名志愿军女翻译协同他们工作：一是清华大学机械系毕业的朱永淑，另一是外语学院出身的卢江。编辑部以最快的速度建立起了通讯网，聘请了几十名特约撰稿人和一大批特约通讯员，从而保证了源源不断的稿件供应。战俘们还主动地向编辑部投稿，积极支持这份期刊的编辑、出版和发行工作。

在战俘营，战俘们可自由地进行各种文化娱乐活动

《走向真理与和平》半月刊的发行量很大，每期的篇幅也不受限

制。1953年1月30日出版的一期竟多达65页。它不仅是在战俘营内发行,还传到了板门店停战谈判会场。一些访问过战俘营的中外新闻记者、国际组织的代表团、世界知名人士等,将许多期的刊物带到了世界各地、四面八方,为世人所瞩目。许多看过这份刊物的人都惊叹:"战俘办报,这是世界战争史上的奇迹!"世界和平运动理事会理事、英国妇女大会主席莫尼卡·费尔顿夫人访问志愿军战俘营后说:"中国人民志愿军能让战俘办杂志,证明中国军队是一支文明的军队、正义的军队。战俘们在杂志上表达的声音,同英国人民的声音一样,是要和平的。"

半月刊登载的稿件内容充实,观点鲜明,并且表明随着时间的推移,战俘们弄清了许多事实,懂得了许多道理。美军骑1师士兵白契勒的稿件写道:"我在战俘营里懂得了拥护和平、反对战争的道理。只有全世界人民团结起来,反对战争,才能制止战争。我把中国人民志愿军当成了伟大的朋友。"《走向真理与和平》刊登了一个战俘的漫画,标题是"上帝的宠儿",漫画竭力嘲讽了因连吃败仗而被美国总统杜鲁门解职的"联合国军"总司令、美国陆军上将麦克阿瑟。该半月刊的稿件和战俘们的文章被各国的通讯社和新闻媒体大量引述或转载,志愿军各前线对敌广播站也及时选择其中有针对性的稿件进行广播或喊话。

战俘们对于他们自己编发的这份半月刊十分重视,每一期刊物出版后,战俘们争相阅览。有的战俘把刊物上登载的自己写的文章剪下来,寄给家乡亲友,让他们了解自己在志愿军战俘营中的生活,以及受到志愿军宽大待遇的情况,让亲友们分享自己的喜悦。有一个战俘的稿件被采用了,收到了编辑部的报酬:香烟和剃须刀,他和同伴们乐开了花,手舞足蹈起来。

《走向真理与和平》半月刊从创刊起,一直到《停战协定》签字,完成它的历史使命,中间从未间断过。

五

战俘营的情况在悄悄地变化着,人们注意到,在战俘中,出现了

"三多三少"的情况:轻松愉快的多了,担心害怕的少了;相互交流的多了,消极抵触的少了;心宽体胖的多了,骨瘦如柴的少了。其实,战俘中的新情况,何止"三多三少","五多五少"也数不完。比如,读书看报的多了,懒散度日的少了;自觉遵守纪律的多了,调皮打闹的少了;等等,战俘们的生活情况和精神面貌焕然一新。特别是越来越多的战俘,从战俘营的现实生活中得到启迪,开始认真思考一些问题:"我们远涉重洋来到朝鲜,真的是执行联合国的'警察任务'吗?""装备精良的'联合国军',为什么屡屡吃败仗?""军方一再告诫我们:被中国军队俘虏了,是要砍头的,为什么现在战俘们都活得很好,并且越过越好?""怎样才能停止战争,实现和平?"等等。战俘们通过有线广播、报刊图书寻求解答,并且通过文艺活动以及与志愿军人员的接触中寻求解答。越来越多的战俘思想豁然开朗了,认识水平提高了,战俘营里出现了许多使人意想不到的事情。一个揭露美国空军飞机轰炸战俘营、反对美国破坏停战谈判、反对战争、拥护和平的浪潮,在战俘营中一个接一个勃然兴起。

在美军战俘普雷斯顿·里奇的倡议下,战俘的"和平委员会"选举产生了,并且得到了志愿军俘管当局的批准。委员会的成员有主席、副主席、秘书、5 名委员。他们是:

主　席:普雷斯顿·里奇。

副主席:罗纳尔德·柯克斯,《走向真理与和平》半月刊美术编辑。

秘　书:那地勒,32 岁,意大利裔美国人,原美国第 8 军骑兵师中尉侦察官,1938 年入伍,1951 年在朝鲜云山被俘。

委　员:白契勒,21 岁,原美军骑 1 师士兵。

杰弗斯,34 岁,1943 年入伍,原美军第 7 师军士长。

柏里,美国黑人,29 岁,1942 年入伍,原美军第 2 师无线电员。

麦克尔,原英国皇家格罗斯特"功勋团"电机技术兵,

1938 年入伍,二战结束后在汽车厂当工人,1950 年重新入伍,1951 年 1 月 4 日在汉城北被俘。

桑切斯,35 岁,西班牙裔美国人,原美军骑 1 师卫生兵,1946 年入伍,1950 年 11 月被俘。

在碧潼举行的战俘"和平委员会"成立大会上,委员会主席里奇发表讲话,号召战俘们用实际行动反对战争,争取和平。军官战俘大队成立了"和平宣传组",美军少校战俘麦克比代表军官战俘们表示,要积极参加"和平委员会"的工作。

志愿军俘管处王央公主任亲自出席大会并讲话,他称赞"和平委员会"的正义行动,表示支持委员会反对战争、争取和平的工作。

参加大会的战俘们在"和平委员会"领导成员的率领下,在碧潼大街上举行了声势浩大的游行。他们举着标语牌,齐声高呼口号:"拥护和平,反对战争!""不许插手朝鲜!""美国侵略军从台湾撤回去!""将台湾归还给新中国!"战俘们的愤激情绪达到了高峰。

战俘"和平委员会"还向"世界保卫和平委员会"等国际组织发出通电,坚决表示"拥护和平,反对战争"。笔者在现场看到,战俘们排着长长的队伍,踊跃地在通电上签名,场面热烈。战俘 5 团 1363 名战俘,在通电上签名的就有 1353 人,只有 10 名战俘因担心回国后会受到处罚而没有签名。

家书抵万金

"烽火连三月，家书抵万金。"这是我国唐代诗人杜甫于757年3月所作题为《春望》一诗中的著名诗句。当时国家遭逢安禄山、史思明作乱，诗人一家流离分散，互相不通音信，痛楚万分。

美国发动侵略朝鲜的战争，驱使其官兵远涉重洋，来到朝鲜卖命，大量美军官兵侥幸没有在战场上被打死，当了中国人民志愿军的俘虏，受到了志愿军的宽大待遇。

两者所处的历史与时代背景不同，情况与性质各异，但有一点，即因为战乱造成骨肉分离、音讯阻隔的痛苦，却是相同的。

一

有一天，一个名叫摩斯的美军战俘找到志愿军战俘营的英文翻译，问道："我是否可以给我母亲写封信，告诉她我在这里的生活情况？如果母亲看到我的信，知道我还活着，不知道她会高兴成什么样子！"翻译当即肯定地回答："这件事，可以给你提供帮助。"这位美俘连声道谢。

实际上，我志愿军通过火线释放俘虏，将战俘给其亲友的信带出去，这样的事早就开始了。

1951年3月13日，志愿军俘管当局通过北京的相关机构，同中国人民保卫世界和平委员会商量，达成一致意见：承诺为战俘同其亲属间通信联系提供帮助和便利。

朝鲜停战谈判于1951年7月10日在开城西北约2公里处的来凤庄开始后不久，我方代表在谈判桌上正式向对方提出了交换战俘信件的问题。根据《日内瓦公约》的相关规定和我志愿军宽待俘虏的政策精神,并考虑到战俘们怀乡思亲的情绪和迫切希望与家乡亲人互通信息的愿望,朝鲜人民军和中国人民志愿军方面,同以美国为首的"联合国军"方面,经过谈判,就双方交换战俘信件问题达成协议,准许和帮助战俘们同其国内的亲友互相通信。

志愿军战俘营给战俘们发了钢笔、信纸、信封,供他们写信之用。每个战俘中队都设有一个信筒,战俘们的信写好后,投到信筒里,由俘管人员或翻译定期收取,还允诺战俘们写信不需贴邮票,由战俘营当局负责,设法将他们的信件转寄出去。

但是,毕竟当时中国同美、英等国家没有建立外交关系,交战双方也不能通邮,为了转发战俘们的信件,志愿军俘管当局还想了许多办法,开辟了更多的转信渠道。例如,请我方停战谈判代表团的人员将战俘们的信件带到板门店,交给美方停战谈判代表团,转给战俘们在国内的亲属。委托访问战俘营的各国际组织的代表团、外国新闻记者和各国知名人士等,将战俘们给其亲友的信件带出去转寄。由前线各对敌广播站将战俘们的信件进行广播,让收听到广播的前线美、英等官兵向其亲友口头转达。俘管当局还同北京的中央人民广播电台联合开辟了一个名为"战俘空中呼叫"的节目,于1951年下半年开始,播出美国战俘对其在国内的亲友的信件录音,等等。

为了办理交换战俘信件的事务,我方停战谈判代表团内专门设立了一个由5人组成的"战俘信件小组",组长由杨保良担任,组员是:余光鲁、向佩英、王永华、贺德荣。笔者则在碧潼志愿军俘管处参与了一段时间的收转俘虏信件的工作。

二

1951年圣诞节和1952年新年的前夕,为了给战俘们和他们的亲属增添一份节日的惊喜,我方停战谈判代表团于1951年12月25日在板门店将战俘们写的803封家信交给了美方停战谈判代表团转发,紧接着又一批980封信件于1951年12月31日交给了对方。

这件事给了美国方面很大的震撼。当时朝鲜停战谈判关于第四项议程，即关于战俘的安排问题，由于美方处处设置障碍，正处于僵持状态。美国陆军上将、"联合国军"总司令李奇微煞有介事地说："联合国军方面竭诚对待战俘遣返问题，一心只想到战俘们的福利和他们家庭的哀痛。"于是，一场由美国方面导演的闹剧上演了。就在1951年圣诞节和1952年元旦前夕，我方将战俘们给其亲属写的信件分两批共1783封交给美方之后，美方也急匆匆地将朝、中被俘人员的一批信件交给了我方。

战俘喜读家信

美方交来的是一些什么样的信啊！志愿军政治部杜平主任在他的回忆录《在志愿军总部》一书中作了如下描述：

"寄到中国去的（志愿军被俘人员写的信）只有43封，而且都是用印好的32开卡片写的，信的内容大同小异，大部分只有'庆祝圣诞我很好'7个字。众所周知，中国人是不过圣诞节的。从这些卡片的字迹来看，除了五六张以外，其余都是4种相同的铅笔字迹填写的，其中有一种字迹就代写了13张，有3张卡片的发信人的名字，竟是先用英文拼音写后再译成汉字的。许多收信人的地址含糊不清，其中有 11 张是寄到城市里去的，但卡片上不仅没有门牌号码，就是街名也大致相同，不外是什么'东大街'、'西大街'、'十字街'之类，有一张收信人住址为北京的卡片上，还出现了一个根本没有的街名'极权街'。至于收信人，有什么赵老汉、张老三，以至还有《水浒传》上的潘金莲等捏造的人名。"

志愿军停战谈判代表团主要领导人乔冠华（当时在我代表团中公开的称呼，李克农为"队长"，乔冠华为"指导员"）对美方的这种做法嘲讽为"国际玩笑"。可见美方在对待战俘与其家属通信问题上也搞弄虚作假那一套，是极不严肃的，是荒唐至极的。

三

然而，美方这种拙劣的"国际玩笑"并不是唯一的一次。随着战俘及其亲属间往来信件的不断增多，美方使出的这类小动作也在不断花样翻新。陆续发现，从美方通过各种渠道转来给美、英等战俘的信件中，夹带有：欺骗性的宣传品、反动传单、战俘本人素不相识的女人骚首弄姿的照片、不堪入目的色情图片，甚至还发现信中附有带恐吓性的字条，威胁战俘不要在志愿军战俘营中表现积极，如此等等，美方这种手法的目的是"司马昭之心，路人皆知"的。

当然，有一些好心的战俘亲属，在寄给战俘的信件中，放一两张 5 美元、10 美元、20 美元的小额钞票，或在信中放一些剃胡须用的刀片、口香糖及其他小食品等，以表示对亲人的关心，则是另一回事。

针对这些情况，志愿军俘管当局于 1952 年 10 月 15 日对各俘管团、队、中队发出通知，明确规定：由于双方关于交换战俘信件的协议只限于交换信件，凡信中附有信件之外的任何物品，都是违反双方协议的，应予禁止；同时，战俘营给每个战俘均发有日用必需品，没有必要再叫亲属寄来零星物品，也劝说亲属不要主动这样做，尤其不要在信里夹寄美元现钞，在战俘营里也没有需要用钱的地方。否则，如有丢失，均由自己负责。

这些规定在战俘中宣布后,战俘们均表示理解,并且愿意配合。有的战俘在信中发现有反动传单、黄色图片等类物品,主动交给了俘管干部或翻译。

四

根据志愿军俘管处有关单位的不完全统计,仅从 1952 年 4 月至 1953 年 7 月 27 日停战谈判达成协议,战俘被遣返,我战俘管理当局通过各种渠道共发出俘虏给其国内亲友的信件 12.9 万余封,中央人民广播电台"战俘空中呼叫"节目组选播战俘的家信 900 多件。这些信件主要是美、英战俘写的,其他国家战俘写的只有一小部分。

家书抵万金

美、英战俘文化水平普遍较高,绝大多数人都能自己写信。战俘们在给其国内亲友的信中,比较集中的内容是:述说自己在志愿军战俘营中的生活情况,亲身感受到志愿军的宽大待遇;思念家乡,挂念亲人;希望和平早日到来,平安回家同亲人团聚;等等。

有少数战俘属文盲或半文盲,这样的人约占 4% 左右,他们眼看着别人给家里写信而自己却不能写,干着急;美军黑人战俘杰恩因为不能给母亲写信而急得直哭。俘管当局有鉴于此,决定给他们办文化补习班,因此,出现了这样有趣的现象:以中文为母语的英文翻译,教说英语的战俘学习读写英文。经过一段时间的学习,取得了较好的效果。这些战俘极为高兴,逢人就说:"我们识字了,也可以给家里写信了。"战俘杰恩给他母亲写了一封长信,他对战俘同伴说:"妈妈看到我可以看书写信了,她一定会很高兴的。"

战俘能够同其亲属进行通信联系,这件事在战俘中,在其亲属间,以及在全世界许多国家,产生了强烈反响。

美军战俘詹姆斯给他女友写信坦露心声,他写道:"我被俘时,对中国人民志愿军的态度是敌对的。因为军方告诉我,当了俘虏要受虐待,事实恰恰相反。经过战俘营的生活体验,志愿军对战俘执行人道主义政策。我没有被当作敌人,而是当作朋友。"他还写道:"是他们(志愿军)给了我生活的信心,使我由精神不振到积极参加文娱体育活动。我想把身体锻炼得棒棒的,还要学东方文化,到咱们见面时,让你看看我的变化,你会大吃一惊的。"

据 1952 年 8 月 9 日英国《约克郡晚报》报道,英国战俘利兹的母亲麦吉·奥温太太看到她儿子的照片后,抑制不住自己的感情,放声大哭,她对该报记者说:"我从照片上看到儿子的模样,高兴极了。他过去写给我的信说一切都好,我总是不相信,认为是安慰我的话;但从照片看,还真是这样,我心头的压力就没有了。"

五

与此同时,战俘们也收到其国内亲友的大量来信和照片。从 1952 年 9 月 15 日,一直到战俘被遣返,战俘们共收到其亲友来信 35.4 万余件。许多战俘得到父母妻儿及其他亲友的信息后,情绪高涨,或者是奔走相告,有的当众宣读,给大家传阅,或者是将亲友的来信和照片张贴在墙上,让战俘同伴们分享自己的喜悦。许多战俘亲友的来信情深意切,生动感人。

纽约市一位母亲写信给被俘的儿子哈罗德·T. 布朗说:"对给你照顾、让你与亲人通信联系的当局,我不知道该用什么话来表示我的感激之情,这里的人和我一样都很感激他们。"她还写道:"我确

许多战俘得到父母妻儿及其他亲友的来信后,情绪高涨

信他们是会按《日内瓦公约》来待你的,你的照片在《纽约时报》登出后,我看到了证据。"

一名美国战俘的父亲给他儿子来信说:"希望所有的孩子们快回来告诉大家,报纸上骂中国人民志愿军待你们不好,都是错误的。"

美俘狄思尼的妻子给他的信说:"我从内心深处永远感谢中国人对你的真情照顾。"另一个美俘的妻子来信说:"最好希望中国人把你们送到和谈会上去证明,你们是得到宽待的,以揭破他们的谎言。"

美军战俘克利福德·史密斯的父母接到他的信后,写信对他说:"知道你还活着,而且受到了很好的照顾,我们太高兴了……中国人能让你写信,说明他们并不像这里所宣传的那般。"美俘罗兰·汉米尔顿的父亲给他的信说:"我很高兴他们待你很好,有暖和的衣服,也有很暖和的房子给你们住……你应很好地报答他们。"另一名美俘的父亲来信说:"你们年轻的小伙子为什么不团结起来、签名呼吁和平呢?"

英军战俘麦克尔接到母亲来信后,对同伴说:"我妈妈在信中说,英国人民自发地组织起来上街游行,要求美国政府停止朝鲜战争,让他们的儿子、丈夫、兄弟早日回家,我妈妈也参加了这样的游行。妈妈说:'我要儿子,不要战争!'"

战俘们和他们的亲属对中国人民保卫世界和平委员会以及中国中央人民广播电台等单位,热诚帮助他们沟通联系,非常信任,非常感激。美国宾夕法尼亚州一位老太太给中国人民保卫世界和平委员会写信请求帮忙查找她的孙子,她的信说:"我写信给你们,是想问一下,查尔斯·伯纳德是否平安?她可否给我来信?我可否给他写信?我非常疼爱他,他是我的孙子。我上了年纪,想收到他的信。"

美军战俘拉夫斯·道格拉联络同中队的114名战俘同伴,给中国人民保卫世界和平委员会写信表示感谢,信中说:"我们感谢你们为我们所爱的人之间传递信件,感谢北京的广播电台使我们能同家乡亲友谈话。"联名信坚定地表示:"我们反对战争,拥护和平!"

六

为了给战俘们转递信件,我们曾付出血的代价。笔者在《到前线去!》一文中,曾写到志愿军俘管处干部王玉瑞英勇牺牲的事迹。1952年6月24日,战友王玉瑞奉命携带大批战俘信件去板门店,打算送交我方停战谈判代表团转给美方。王玉瑞同志所乘吉普车从碧潼出发,行至沙里院时,遭遇美国飞机轰炸扫射,王玉瑞同志和司机当场牺牲。王玉瑞同志是活跃在朝鲜战场上唯一牺牲的一位敌军工作干部,他是为执行我志愿军的宽待俘虏政策而死,是为中、美两国人民的友谊而光荣献身的好战友、好同志!

艰苦的谈判，尖锐的斗争

在朝鲜停战谈判中，战俘遣返问题自始至终都是斗争的焦点。朝鲜战争从 1950 年 6 月 25 日开始，到 1953 年 7 月 27 日停战，一共打了 3 年零 1 个月又 2 天；停战谈判从 1951 年 7 月 10 日开始，到 1953 年 7 月 27 日停战协定签字，共谈了 2 年零 17 天，其中关于战俘问题的谈判，从 1951 年 12 月 11 日到 1953 年 6 月 28 日，共谈了 1 年零 6 个月。

针锋相对，寸土必争

朝鲜停战谈判，谈些什么？经过双方商定，一共有 5 个议题：(1)通过议程；(2)作为在朝鲜停止敌对行为的基本条件，确定双方军事分界线，以建立非军事区；(3)在朝鲜境内实现停火与休战的具体安排，包括监督停火休战条款实施机构的组成、权力与职司；(4)关于战俘的安排问题；(5)向双方各有关各国政府建议事项。

第 1、3、5 项议题，都没有花太多工夫，就解决了。

第 2 项议题"关于确定双方军事分界线"的谈判，就不那么简单了。当时双方控制区基本上沿三八线稳定下来，但在讨论军事分界线的划分问题时，美方却以他们具有所谓"海空优势"，无理要求把我方控制的平壤、开城地区约 12,000 平方公里的土地划归他们管辖。因为达不到目的，他们就制造种种事端，企图破坏停战谈判。谈判刚刚开始 1 个多月，就连续发生了多起严重事件。1951 年 8 月 19 日晨，中国人民志愿军排长姚庆祥率领我方军事警察 9 人，按双方已经达成的中立区协议，沿板门店由西向东正常巡逻时，在中立区的松谷里附近,突然遭到侵朝美军和南朝鲜李承晚军30多人的偷袭,姚庆祥排长当场牺牲。紧接着,美国飞机侵入会场区我方代表团经过的公路上空进行挑衅扫射。不仅如此,美方还先后发动所谓"夏季攻势"、"秋季攻势",妄图用军事手段"打到联合国军代表团所要求的分界线位置",武力夺取开城。

朝鲜停战谈判现场

我们的方针是,针锋相对,寸土必争。我方严重抗议并及时揭露美方种种破坏谈判的挑衅和阴谋,并在战场上奋勇抗击,粉碎了敌人一次又一次军事攻势,仅在"夏季攻势"和"秋季攻势"中,就使敌人付出了伤亡10万人的沉重代价。在4个多月的时间里,双方反复较量的结果,均以我方的胜利、敌人的失败而告终。美方这才不得不同意按照我方所提方案,即按实际控制线划分军事分界线。

复杂而尖锐的政治斗争与军事较量

比较起来,第4项议题"关于战俘的安排问题",花费的时间更长,政治斗争和军事较量交织在一起,谈谈打打,打打谈谈,斗争错综复杂而且尖锐。

《日内瓦公约》第118条规定:"实际战争中止,战俘应该毫不迟疑地释放并遣返。"第7条规定:"在任何情况下,战俘不得放弃本公约所赋予彼等权利之一部或全部。"按照这些规定,交战双方应当全部遣返各自关押的战俘,这是十分明确的。

美军在历次战役和战斗中,特别是在他们败逃时,均强行抓走了数以万计的朝鲜老百姓和大批支援前线的中国民工,甚至于还把在公海上捕鱼的大批朝鲜北部以及我国辽宁、山东等地的渔民也掳走了。美方把这些人都作为战俘关押在他们的战俘营里,这样,中、朝方面被俘人员的数量,就显得比以美军为首的"联合国军"被俘人员的数量大得多。美方为了企图扣留大批中、朝被俘人员,将他们留在南朝鲜,或者送往台湾,补充和扩大南朝鲜李承晚军和台湾蒋介石军队,以便充作它的帮凶和炮灰,使出了种种阴谋手段,并且对我方被俘人员施加残酷的迫害。

在第 4 项议题的谈判中,首先碰到的问题是交换战俘名单资料。朝、中方面交给美方的战俘名单资料准确、完整,名单包括战俘姓名、年龄、国籍、单位、军阶、军号等项目,使人一目了然。英国认为我方提供的名单符合实际情况,法国感到很满意。美方惊奇地发现,他们已宣布"死亡"的 20 多名美军士兵竟赫赫然出现在我方提交的战俘名单中。在事实面前,美方不得不承认"并未发现不符之处"。

与此相反,美方交给我方的战俘名单,仅有英文拼音名字,没有中、朝文名字,还有就是美方编的战俘号码。除此以外,没有其他任何项目资料,简直是一笔糊涂账,使人根本无法核查。更有甚者,美方宣称在战场上美军"失踪"1.2 万人,南朝鲜军"失踪"8.8 万人,并据此对我方进行讹诈,诬指朝、中方面提交的名单没有包括这些人,扣留了大批他们的战俘。我方谈判代表据理驳斥,指出美方被俘人员在火线收容、向后方转运途中,以及在各战俘营里,被美军飞机轰炸、扫射而死的美方战俘就有 726 人;另外,我方在火线陆续释放了一些,因重伤、重病医治无效死亡了一些。再说,你的"失踪"人数并不等于我方战俘营中的战俘数,美方怎么能按在战场上"失踪"的数字向我方要人哩!驳得美方理屈词穷,无言以对。他们从一开始就常用逃会、耍赖等手法拖延和破坏谈判，起先休会只三五天，后来一休会就是几个月、半年多。

朝鲜停战谈判现场

是否严格执行《日内瓦公约》，这是问题的关键所在。我方谈判代表按照《日内瓦公约》精神，主张双方全部遣返战俘，我方始终如一地实行宽待俘虏的政策。

但是，美方却与《日内瓦公约》的精神背道而驰，提出"一对一交换"、"自愿遣返"、"不强迫遣返"等无理主张，对朝、中被俘人员肆意虐待和屠杀。他们公然强迫朝、中被俘人员就所谓"自愿遣返"问题表态，对谁愿遣返、谁不愿遣返进行非法"甄别"。他们甚至搞些特务分子冒充朝、中被俘人员混进战俘营中，对朝、中被俘人员横加迫害，有的拒绝"甄别"、要求遣返者被施以酷刑，割耳朵，砍手脚，在身上刺"反共抗俄"字样或台湾国民党党旗。被俘人员蒋子龙就因为要求遣返，被美、蒋特务极端残忍地挖肝掏心，煮食人肉。据美联社披露，美军竟然灭绝人性地拿朝、中被俘人员做细菌试验，大批朝、中被俘人员因此染上疾病。合众社记者则称："巨济岛（战俘营）变成了一个恐怖岛。"

美方的野蛮暴行激起了朝、中被俘人员的无比愤怒，他们忍无可忍，群起反抗斗争，一举将美军巨济岛战俘营司令杜德准将抓获，关押在战俘营里,使这个美国将军成了"俘虏的俘虏",这就是震惊世界、史无前例的"杜德事件"。美国当局极为狼狈,紧急调集大批武装部队将战俘营团团包围。美国政府发言人沮丧地说:"这件事使美国在紧要关头在东方丢了脸,使正直的美国人感到羞辱。"美国各地群众纷纷集会游行,谴责美军在朝鲜的暴行,要求停止朝鲜战争。美方谈判代表乔埃海军中将也不得不承认:"巨济岛(杜德)事件使我们变得愚蠢了。"

然而,美国当局并没有因此变得"聪明"一些。他们在谈判桌上得不到的东西,就想到战场上捞回来。那些迷信武力的美国先生们狂妄地宣称:让飞机、大炮、机关枪去"辩论"吧。此后美国发动了无数次的军事挑衅、战役、攻势,其中最猛烈的一次要数"金化攻势",上甘岭就在金化地区。1952年10月14日,美方先后投入了美军1个师又1个团、南朝鲜军2个师、埃塞俄比亚营、哥伦比亚营、大炮300余门、坦克170余辆,出动飞机3000余架次,总兵力达6万余人,对我志愿军驻守的不足4平方公里的阵地,发动攻击。敌人在上甘岭地区用的炮弹和炸弹,超过了第二次世界大战最激烈的战役的密度,把上甘岭削掉了几米。但是,我自巍然不动。我志愿军部队奋起反击,彻底粉碎了敌人的"金化攻势"。战斗至1952年11月25日结束,历时43天,我军共毙、伤、俘敌2.5万余人,这就是举世闻名的"上甘岭战役",电影《上甘岭》就是我志愿军在这次战役中取得辉煌胜利的再现。美方由于伤亡惨重,因而把上甘岭称作"伤心岭"。

在美国国内,在国际上,要求和平、反对侵朝战争的浪潮越来越高,美国正处于内外交困的境地。艾森豪威尔抓住这个机遇,许诺如他当选美国总统,就结束朝鲜战争,因之捞到了不少选票。然而在他当选之后,立即抛弃他的诺言,妄图扩大军事冒险,打赢这场战争。美国继续不断地对我方进行军事挑衅,或向我志愿军阵地发动一次又一次进攻,但均遭到惨败。

美国愿打多少年,我们就跟它打多少年

1953年2月7日,毛泽东主席在全国政协会议上严正宣告:"我

们是要和平的……但是，只要美帝国主义一天不放弃它那无理的要求和扩大战争的阴谋，中国人民的决心就是同朝鲜人民一起，一直战斗下去……美帝国主义愿意打多少年，我们也就准备跟他打多少年，一直打到美帝国主义愿意罢手的时候为止，一直打到中、朝人民完全胜利的时候为止。"

毛主席的讲话充分显示了中国人民要同美国侵略军战斗到底的坚强意志、信心和决心。美国则因屡吃败仗，在战场上死人越来越多。它是死不起人的，人死多了，美国人民不答应，其家属不答应，这仗怎能再打下去！因而还得回到谈判桌上来。1953 年 3 月 22 日，"联合国军"总司令克拉克上将致函金日成元帅和彭德怀司令员，建议先交换伤病战俘，我方同意。于是 1953 年 4 月 1 日双方就交换伤病战俘问题达成协议，随后 6 月 8 日第 4 项议程即"关于战俘的安排问题"也达成协议。

然而，就在停战协议即将签字的时候，南朝鲜李承晚竟跳出来进行捣乱和破坏，他利用其军队看管战俘营的便利条件，居然将朝鲜籍被俘人员 2.7 万人"就地释放"，阴谋补充其军队。这一破坏停战的严重事件，遭到我方极大愤慨和严厉谴责。为了教训李承晚，需要敲打他几下。1953 年 7 月 13 日，朝、中方面集中 5 个军的优势兵力，1000 余门火炮，以排山倒海之势，发起了攻势凌厉的金城战役，给予了南朝鲜李承晚军 4 个防守师以歼灭性的打击，并粉碎了美军 10 个师 1000 多次的反扑。战役至 7 月 27 日结束，毙、伤、俘敌 7.8 万余人，连同整个夏季战役的第一二次进攻，共毙、伤、俘敌 12.3 万余人。这是朝鲜战争的最后一击，从而扫清了遣俘问题谈判的最后障碍，有力地配合了谈判斗争，促成了停战的实现。

1953 年 7 月 27 日，双方在朝鲜停战协定上签字。"联合国军"总司令克拉克上将在签字之后慨叹曰："我是美国历史上第一个在没有取得胜利的停战协定上签字的司令官，我感到沮丧，我想我的两位前任将军麦克阿瑟和李奇微也会有同感的。"

鲜明的对照

双方遣返战俘,从 1953 年 8 月 5 日开始,9 月 6 日结束,历时 33 天。笔者奉命从碧潼志愿军战俘营到达开城,参加了战俘遣返工作的全过程。

在志愿军战俘营,朝鲜停战协定签字的消息传来,战俘们兴高采烈,奔走相告,高声欢呼:"战争结束了,我们可以回家了!"他们在离开战俘营之前,各战俘中队都举办了欢送会、聚餐会,志愿军管理人员、翻译干部,同"联合国军"的战俘们共同举杯,相互话别,祝他们一路平安,与家人幸福团聚。在从碧潼启程前往开城遣返交接站时,每个人都穿上蓝色的新衣服,得到一份志愿军俘管处赠送的纪念品,包括手工艺品、丝巾、手帕、别针、提包等,还有在路上吃的食品,其中有面包、饼干、肉罐头、糖果、香烟等。昨天的敌人,今日的朋友,一旦要分离,还真有些临别依依。一位美国战俘对志愿军俘管人员说:"真高兴我们可以回家了,但是要同中国朋友分别,还真有些不好受的感觉。"归去的战俘们登船上车后,频频同欢送的志愿军干部、战士握手道别,有的人竖起大姆指高呼:"中国好!""和平好!"被遣返的战俘中,职务和军阶最高的是美军第 24 师少将师长威廉·迪安,朝、中方面的代表在他归去的头一天晚上特地在开城为他举办了一次欢送宴会。他十分激动,喝得酩酊大醉,把一身新衣服都弄脏了,我方连夜为他赶制了一套新衣换上。他动情地说,感谢朝、中方面对他的宽待,愿今后"美国同中国、朝鲜永远不再打仗"。

在开城志愿军归来人员接待站,一座彩色牌楼坐落在场地正中,用中、朝文书写的"祖国怀抱"4 个大字横挂上方。我方归来人员一到接待站,就气愤地把美方发的衣服全脱了扔掉,只剩一条短裤。他们面黄肌瘦,面容憔悴,同美方的归去人员身体健康、满面笑容地同我方人员话别的情景,形成了鲜明的对照。我方归来人员一见到迎接他们的志愿军亲人,泪如泉涌,泣不成声,他们纷纷揭露在美方战俘营中遭受的非人待遇，控诉美方残酷迫害和虐杀朝、中被俘人员的暴行。志愿军接待人员劝慰大家说："你们到了志愿军接待站，就是回到了家。"并且立即给每一个归来人员换发新衣服，安排住地，理发，洗澡，检查身体，改善伙食，增加营养，使大家尽快恢复健康。朝、中文工团队开设专场演出，给每个人发慰问品。每一位归来人员亲身感受到了回到祖国怀抱、见到亲人的温暖和宽慰。

他们拒绝遣返回国

正当朝、中方面为遣返"联合国军"战俘和迎接我方归来人员忙得不可开交的时候，原来分散在志愿军各战俘营的 20 名美军战俘和 1 名英军战俘，不约而同地向朝、中方面提出拒绝遣返，要求到中国居住的申请，这突如其来的事情使美国方面感到极其难堪。这些人居然不愿返回"自由世界"，这是美国的决策者和谋士们始料所不及的，他们搬起石头砸了自己的脚，完全是咎由自取。当初如果按照我方意见、执行《日内瓦公约》的规定，实行"全部遣返"，不搞阴谋策划什么"自愿遣返"那一套，又哪会出现这种情况哩！事已至此，怎么办？美国军方采取了软硬兼施的手法，企图迫使他们就范，先是施加强大的压力，指斥拒绝遣返的美、英战俘们"背叛军人誓言，有损国家利益"；继而出示他们父母的信件，播放他们父母的录音，敦促他们回心转意。其实我方是希望并劝说他们回国去的，但是这些美、英被俘人员仍然不改初衷，他们斩钉截铁地说："如果要说'背叛'，我们'背叛'的是战争的决策者们，他们本来就不应该要我们来参加这场不义的战争的。我们这样做是我们自己的选择，我们要求去中国是为了了解中国，寻求真理。"

20 名美国战俘和 1 名英国战俘在板门店举行记者招待会，发表书面声明，详细阐述了他们为什么拒绝遣返回国、要求到中国生活的理由。当时，美、英及世界上许多国家的新闻媒体均作了大量报道，在全世界引起了极大的轰动，美国当局和军方则深感丢了面子。

21 名美、英战俘终于如愿以偿,他们的要求得到了中国政府的批准。1954 年 2 月 24 日,这 21 名前"联合国军"战俘由开城到达中国境内,中国红十字会和中国人民保卫世界和平委员会以及中国群众热烈欢迎和热情接待了他们,并为他们举行了隆重的欢迎会。

停战前后遣俘忙

1953 年 7 月 27 日，以美军为首的"联合国军"为一方、以朝鲜人民军和中国人民志愿军为另一方的停战谈判终告结束，双方代表在停战协定上签字，接下来就是全线停火的实施和遣返、交接战俘工作的全面铺开。

遣俘工作大体上是分三个阶段进行的：第一阶段为停战之前先行遣返和交接伤病战俘，第二阶段为停火之后大规模地遣返和交接愿意遣返的战俘，第三阶段为交接死亡战俘和军事人员的尸骨。

一

在停战协定签订之前，双方为了打破谈判僵局，于 1953 年 4 月 10 日就首先遣返和交接伤病战俘达成协议，4 月 11 日正式签字。根据该项协定，双方从 1953 年 4 月 20 日至 26 日的一周之内，在板门店相互遣返伤病战俘。

在将伤病战俘遣返之前，志愿军俘管处安排专家、学者和医务人员，对集中在战俘营总医院等待遣返的伤病战俘进行了认真的体检复查，整理病史病历材料的英文本，发给新的衣被和纪念品，发还战俘的私人财物，对原先登记在册而因种种缘故丢失的私人财物给予补偿，准备运输途中的饮食和日用必需品，并且举行临别聚餐会、欢送会和文艺晚会。

当时停战协定尚未签订，战争仍在进行。虽说遣返和交换伤病战俘是经双方议定的，但美国方面往往说话不算数，不时挑起事端。为避免美军飞机的袭击和骚扰，志愿军遣送伤病战俘的工作做得非常细致、周全。例如,所有被遣返的伤病战俘,分两批由碧潼用汽车运送到开城。第一批只运送 100 人,于 1953 年 4 月 15 日自碧潼出发;余下的均为第二批,于 4 月 19 日自碧潼出发,途中行程均为 3 天。每批车队的每一辆车,均在车头上铺一张长宽各 1 米的红布,车箱后面插一面长宽各 1 米的红旗。另外,还带有 4 米长、10 厘米宽的红布两块,在中途休息地点铺成红十字,作为对空标志。每批车队都有原来管理战俘的干部、医务、警卫、翻译人员随行照料,甚至于每批车队的行进路线、小休地点、宿营地,以及应当注意的事项等,都作了详细、具体的规定,从而保证了伤病战俘的车队按计划顺利而安全地抵达开城。1953 年 4 月 20 日、21 日、23 日、24 日、25 日、26 日,又分批将伤病战俘用汽车从开城运送到相距 8 公里的板门店交给对方,其中有 31 名不能行走的伤病战俘是用担架抬上抬下汽车的。伤病战俘们无不临别依依,一再对中、朝方面表示感谢。

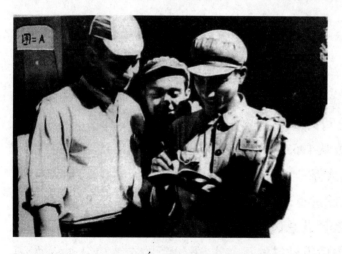

美军被俘人员道格拉斯(左)在离开志愿军战俘营时,依依不舍地请志愿军俘管干部罗劲烈(右)签名留念

这次中、朝方面共向对方遣返伤病战俘 684 人,其中美俘 149 人、英俘 32 人、土耳其俘 15 人、南朝鲜李承晚军俘 471 人,其余为加拿大、菲律宾、南非、希腊、哥伦比亚和荷兰战俘。

我方接收被俘的中、朝伤病归来人员 6670 人。

伤病战俘的顺利遣返,为停战谈判达成协议后大规模遣返战俘开了个好头,积累了经验,宣传了志愿军宽待俘虏的政策,进一步扩大了我方的政治影响。

二

伤病战俘遣返工作告一段落后,志愿军政治部敌工部于1953年5月9日制订了《停战后遣返战俘计划》,着手筹划为大规模遣返战俘预做准备。经中、朝双方商定,共同组建遣返战俘委员会,由志愿军政治部杜平主任担任遣俘委员会主任,以进行工作协调。

停战协定生效后,按规定,双方于1953年8月5日开始,在板门店遣返和交接战俘。从停战协定签字到大规模地遣返战俘,中间只有一周的时间。大量的物资供应、交通运输、接待安排、餐饮卫生等诸多方面的调配和准备工作,都是在一周之内在志愿军战俘营和开城遣接地点完成的。单就开城来说,临时修建的帐篷就有857个、食堂16个、接待室11个、开水房4个、消毒棚4个、水井4眼、厕所60个、垃圾坑39个、活水池38个、卫生通过区科室27个、床铺4536张。尽管时间紧,任务重,工作量大,一切准备工作全都有条不紊地按时完成了。

停战协定签字的消息通过无线电波当即传到了志愿军战俘营,整个战俘营顿时沸腾起来,战俘们欢呼雀跃,许多人喜极而泣,有的战俘振臂高呼:"停战了!""和平终于来到了!""我们可以回家了!"

对于众多的战俘来说,都经历了一个思想变化的过程:恐惧不安——怀乡思亲——依依不舍。相当多的战俘听信了美国军方不真实的宣传教育,在被志愿军俘虏以及到达志愿军战俘营的最初一段时间,总是惴惴不安,惊恐不已,怕受虐待,怕被砍头。后来大量事实证明不是这样的,他们受到了志愿军的宽大待遇,这才逐渐减消了担心怕死的恐惧心理。但是,长时间的战争环境以及与家乡亲人隔绝的生活,使得怀乡思亲的情怀在战俘中很强烈。志愿军俘管当局准许战俘们与其亲友通信联系,暂时解决了战俘们同其亲友之间相互思念之情;他们企盼着战争的结束与和平的到来,从而实现亲人团聚的愿望。这一天终于来到了,战俘们的思绪是错综复杂的。一旦要离开这块保护他们生命安全、使他们免受战争之灾,以及善待他们的志愿军干部、战士时,战俘们抑制不住内心依依不舍、不忍离去的思想感情。一位美军战俘拉着我志愿军俘管干部的手说:"我终于可以回家了,但是离开长时间友好相待的志愿军,我心里又很难受。"第4战俘营一个平时不爱说话的美军上士战俘拉着志愿军英语翻译包学定的手,动情地说:"愿今后有机会再相见!"

按照志愿军俘管处的计划,遣返战俘原来是用汽车从碧潼运送到遣返前的集中地点开城的,后来改为乘火车到开城。

1953年8月1日,新华社发的一则报道作了如下记述:

"载着第1批非朝鲜籍战俘的汽车队在今日上午10时半离开碧潼,下午到鸭绿江南岸的青水里火车站,战俘们将乘火车到开城等候遣返。

"当战俘们知道他们可以乘火车出发时,都非常高兴,他们说这样走比较快而且舒服。有些战俘对于经过几年的轰炸后,铁路仍然可以通行,觉得非常惊奇。

"战俘营的一个河湾(战俘们常常在那里游泳),今天黎明成了一个非常热闹的港口,许多船只和汽艇等在岸边,准备把战俘摆渡到河的对岸去搭乘汽车。当服装整洁的战俘们带着馈赠品和纪念物上船的时候,大家不断欢呼和握手。暂时还没有离开的战俘们站在岸上,向他们挥手告别,战俘们彼此高声招呼:'到伦敦再见!''在纽约等我吧!'这些战俘上船时和在岸上的每一个中国人民志愿军紧紧握手,互致问候并告别,彼此间显出依依惜别之情。一个志愿军的守卫人员对一个战俘用汉语说:'和平顶好!'战俘回答说:'和平,我们人民之间不再打仗了!'

"当船只离开河湾时,有些战俘热情地向岸上欢送他们的志愿军和战俘们挥手致意,船上、码头上一片喧腾。船上的战俘在船只开启后,有的吹口琴,有的弹吉他和其他乐器,其余的人就唱起歌来。一群英国战俘唱着:'现在这个时刻到了!'一个美国战俘说:'我很高兴可以回家了,但分别的时刻,心里又觉得难受。'他又说:'高兴的是,我又可以和妻子、孩子在一起了;难受的是,我不愿离开这里的人,他们曾为我们做了那么多事情。'"

美国合众社记者也报道说,战俘们因朝、中方面像对待朋友一样对待他们,有些战俘"竟然舍不得离去"。

战俘们分批离开战俘营南去开城后,笔者曾在碧潼战俘5团营地巡视四周,顿感山川依旧,但已人去营空,两年多来这座曾经喧哗热闹非凡的山间小镇,又回复到了往昔的寂静安谧。随后,笔者奉命也从碧潼南下开城参加战俘遣返工作去了。

1953 年 9 月 5 日,被俘的美军第 24 师师长迪安少将被遣返

从 1953 年 8 月 5 日开始大规模遣返和交接战俘,至 9 月 6 日结束,历时 33 天。统计数字如下:

1. 我志愿军向对方遣返战俘 4912 人,其中美俘 3193 人、英俘 919 人、土耳其俘 228 人、菲律宾俘 40 人、加拿大俘 30 人、哥伦比亚俘 22 人、澳大利亚俘 21 人、法俘 12 人、南非俘 7 人、日本俘 3 人(日本是二战的战败国,美军侵朝,没有出兵,这 3 名日俘是在美军中服役的日本人)、希腊俘 2 人、荷兰俘 2 人、南朝鲜李承晚军俘虏 433 人。

2. 朝鲜人民军向对方遣返南朝鲜李承晚军俘虏 7848 人。

以上 1、2 两项总计,中、朝方面向对方遣返 12,760 人。

这次第二阶段遣返的 12,760 人,加上第 1 阶段遣返给对方的伤病战俘 684 人,中、朝方面总共向对方遣返 13,444 人(志愿军在火线陆续释放的俘虏未计算在内)。

第二阶段我方接收朝鲜人民军归来人员 70,159 人、志愿军归来人员 5640 人,共计 75,799 人;加上第一阶段接收的我方伤病归来人员 6670 人,中、朝方面总共接收归来人员 82,469 人。

三

第三阶段,严格说来,这不属于遣俘工作的范畴,但确是遣返和交接战俘工作的组成部分,是战争结束后的一项扫尾工作。这就是按照交战双方已达成的协议,停战后双方挖掘和交接在战争期间已死亡的战俘和军事人员尸骨的工作。1954 年 4 月,在军事停战委员会下面设立了一个"墓地注册委员会",专门负责此事。墓地注册委员会由双方各派两名校级军官组成,朝、中方面的代表是:首席委员,朝鲜人民军大校金禾之;委员,志愿军中校曹文南(朝鲜人民军实行了军衔制,但当时我志愿军同国内的解放军一样,并未实行军衔制。为了便于同"联合国军"方面打交道,临时给我志愿军代表定了同其职务和身分相称而又同对方代表相对应的军衔)。

1953 年 7 月 27 日《朝鲜停战协定》第 2 条甲项乙款规定:"在埋葬地点见于记载并查坟墓确实存在的情况下,准许对方的墓地注册人员在本停战协定生效后的一定时限内,进入其军事控制下的朝鲜地区,以便前往此等坟墓的所在地,掘出并运走该方已死的军事人员,包括已死的战俘的尸体。"后来我方建议并经双方议定,将各自派人到对方控制区"掘出并运走"各自的死亡战俘和军事人员尸体一点,改为在非军事区交接尸体,并定于 1954 年 9 月 1 日开始进行交接工作。

1954 年 6 月 17 日至 7 月 9 日,志愿军俘管处留守处组织人力,先期回国的程绍昆(笔者)、冯江涛及朝鲜族医生柳亨南等也再次入朝,在陈先就科长的率领下,清理、挖掘因伤病死亡的对方战俘尸骸以及在我方控制区的战场上丧命的美军等人员尸骨,逐个用特制的防水胶布袋密封装好,连同已整理好的包括姓名、军号、兵种、死亡日期、牙齿特征、收集到的识别物及死亡遗物等在内的资料,一并运送到板门店,准备交接。

死亡战俘和军事人员尸骨交接工作在板门店非军事区展开的头一天,即1954年9月1日,朝、中方面将193具美国籍、7具无法辨别其国籍的死亡战俘和军事人员尸骨,一共200具,交给美方,其中有被我年轻的志愿军空军飞行员击落毙命的美国空军"王牌飞行员"戴维斯少校及其他一些飞行人员等的尸骨。

在这前后,美方提出有1.2万名美军人员和8.8万名南朝鲜李承晚军人员在战场上"失踪",并且还提出了在朝鲜北部上空被击落的美国空军上千名飞行人员名单,要求我方帮助查找其下落或尸骨。我方"墓地注册委员会"本着人道主义精神,专门组织了两个小分队,花了两个多月的时间,按对方提供的线索和美国飞机被击落的位置,进行查找和搜寻,又找到了一些美军飞行人员及其他军事人员的尸骨和遗物,一并交给了美方。

与此同时,美方头一批交给我方死亡的被俘人员和其他军事人员尸骨600具,其中500具为朝鲜籍,100具为中国籍,总计美方历次交给我方的死亡被俘人员和其他军事人员尸骨约1万具。我方将烈士们的遗体和骨骸进行了消毒、清点、登记,逐一用赶制的松木棺材入殓,在庄严肃穆的氛围中,举行了隆重的接收仪式,然后护送到开城北郊三八线上的松岳山南麓的烈士陵园安葬。

双方关于死亡的战俘和军事人员尸骨的交接工作,前后将近一个月,于1954年9月底结束。

拒绝遣返的人们

霍华德：为中国经济建设培养外语人才

霍华德的大半生都是同詹姆斯·温纳瑞斯联系在一起的，他俩的经历和命运，何其相似乃尔！

霍华德是美国得克萨斯州人，他也是二战的老兵。二战结束后，他从军队退役，上了休斯敦大学攻读化学专业。朝鲜战争爆发后，詹姆斯·温纳瑞斯为生活所迫，再次入伍，而霍华德则是应征再次入伍的，两个人在志愿军发动的第二次战役中同时被俘。朝鲜停战后，两个人都拒绝遣返，获准到中国居留。两个人同时被安排在山东造纸厂工作，两个人同时获准到北京进入中国人民大学学习；毕业后，两个人又都选择回山东造纸厂工作。只是在 1979 年以后，两个人才分开在两个单位工作：温纳瑞斯到山东大学担任英语教授，霍华德则应聘到山东医科大学担任英语教授，两个人都为中国的经济建设培养外语人才贡献自己的力量。

原本是一个美满的小家庭

霍华德同温纳瑞斯一样，在济南市建立了一个美满的小家庭。1956 年，霍华德同济南姑娘辛丽华喜结良缘。婚后夫妻恩爱，生活丰足。他们有 1 个女儿，为了纪念他俩的圆满结合，取名霍丽德。两个外孙女长得活泼可爱，其中 1 个外孙女是学习舞蹈的。不幸的是，霍华德的妻子辛丽华因患肺癌，于 1994 年不治去世，这对霍华德全家是一个沉重的打击。相依相伴的爱妻永远地离去了，霍华德悲痛万分,他每年都要多次去辛丽华的墓前悼念追思。

中美两国人民的友好使者

2000 年,霍华德返回美国探亲访友,他向亲友们介绍了自己半个世纪在中国的情况,介绍新中国的经济建设成就,传播友谊,受到亲友们诚挚的欢迎。霍华德早已到了退休之年,但他身体健好,退而不休,经常帮助青年们学习英语,进行辅导。他同新老朋友相聚时,总是坚定不移地表示,只要自己一息尚存,就要以全部精力,作为友好使者,为中美两国人民万古常青的友谊铺路搭桥。

来去自由

当年拒绝遣返、获准到中国居留的 20 名原美国战俘(包括詹姆斯·温纳瑞斯、霍华德和 1 名原英国战俘),于 1954 年 2 月 24 日到达中国境内,受到中国红十字会和中国人民保卫世界和平委员会的热情接待和妥善安置。他们在山西省太原市作短期停留,学习中国历史、社会情况、经济建设、生活习俗,以及相关的政策、法令、规章、制度等。在此期间,原美国战俘道格拉斯因心脏病发作,于 1954 年 6 月 8 日在太原市去世。其余 20 人于 1954 年 8 月分别走上了学习和工作岗位:有 12 人到北京进入中国人民大学学习,5 人到山东省济南市山东造纸厂当工人(包括温纳瑞斯和霍华德在内),4 人到武汉大学学习后在湖北省武汉市和河南省郑州市工作。

根据本人的意愿和来去自由的原则,从 1955 年至 1966 年的 11 年间,有 18 人先后离开中国,返回美国、英国,或去第三国定居。这些人的情况怎样? 美国媒体、英国专家等曾对其中的几位作过报道。

"感激中国!"

关于亚当斯:美国合众社记者奎格于 1980 年 6 月 17 日报道:"亚当斯住在田纳西州的孟菲斯,性格直爽,他的中国妻子教他做中国菜。他于 1966 年回美国,本想当个教师或者翻译,但他用了一年时间求爷爷告奶奶都未能成功。后来他当了汽车司机,攒了点钱开了个中式餐馆。亚当斯对记者说,他是在北朝鲜的战俘营和中国的大学长大成人的。他说:'我把它看作是自己最难得的一段经历。'他还说:'我感激中国。我是一个没有受过教育的穷苦黑人,他们让我受教育,待我很好。'"

关于莫里斯·威尔斯:合众社的报道说:"威尔斯(1980 年时)47 岁。在中国生活了 12 年后回到美国,在纽约州锡拉丘兹大学尤蒂卡学院图书馆主持编图书目录,他曾打听是否可以让他作为驻外记者到中国去工作。"美国当局没有满足他的愿望。

关于理查德·柯登:1986 年,美国的电视台曾播放一部题为《美国战俘》的电视片。该片报道了朝鲜停战后 20 名前美国战俘拒绝遣返的情景,其中有拒绝遣返的前美国战俘理查德·柯登讲话的镜头。柯登说:"我确实认为,中国的生活方式是一种出路,能给人们以自由,可以自由地来去,自由地做自己想做的事。"他说:"我们不愿回国的原因多种多样,有些人是真诚地为了寻求和平,我本人就是这样。"柯登说:"我们不回去,是因为担心受到统治美国的一小撮仇恨和平的人的迫害。"他还说:"留在中国的人没有一个恨这个国家(指美国)。……我所做的一切乃是为了和平,反对战争。除此以外,别无其他。"

关于安德鲁·康德伦:英国战史专家麦克斯·黑斯廷斯在他的《朝鲜战争》一书第 16 页中,有关于前英国战俘康德伦被俘后受到志愿军宽大待遇的记述:"1951 年 11 月 30 日,在长津湖战役中,康德伦同 50 名美国军人一起被俘时,有一个会说英语的中国(志愿军)军官对大家说:'你们和我们一样,都是无产阶级。'接着,便同每个人一一握手,又把缴获的罐头和香烟分给大家。"书中说:"在被送往后方战俘营的途中,中国人不叫俘虏们为他们背重东西。开饭时,不论是军官还是士兵,都同俘虏们一样排队领高粱米饭,这一点给康德伦印象非常深刻。"康德伦在当年向报界发表拒绝遣返的声明中说:"我爱我的父母和家庭。……我想协助巩固英中两国人民的友好关系。我希望我能在这方面尽我的一点力量。"

他们回到美国后的遭遇

美国合众社记者奎格 1980 年 6 月 17 日纽约电称:"……21 人在战争结束后留了下来,但是现在还留在中国的只有 2 人(按:即詹姆斯·温纳瑞斯、霍华德·亚当斯),另外 1 人死了(按:即道格拉斯),3 人在欧洲销声匿迹,15 人后来陆续回到了美国。"电讯说:"他们回到美国后,均被开除出军队,而且被称为通敌分子,于是他们再次感到失望。'叛徒'这个词刺痛了他们的心。在朝鲜战争爆发 30 周年的时候,他们中的大多数人连自己的住处都隐瞒起来了。当然在中国的两个人还可以找到,而且能畅所欲言。"电讯还说:"克莱伦斯·亚当斯说:'我回国时,联邦调查局直截了当地对我说:我们永远不会信任你。我告诉他们:你们可以浪费纳税人的钱来监视我,但我将一直做我的工作。'"合众社的电讯说:"现在似乎已不再监视这些回来的战俘了。联邦政府的一位官员说:'我们不再监视这些家伙的行踪了,因为那就会像打一匹死马。"电讯说:"有些人回来后很惨,大部分'叛徒'不见了,一些人死了,一些人几年前进了精神病院。"

老战友圆满完成任务

本文写到这里,不能不提到老战友王永华。

王永华原籍山东,上大学时专习英语,朝鲜战争爆发后,他毅然参加抗美援朝,起先在军委总政治部宣传部对敌宣传科短期工作,任翻译,随后赴朝鲜,在碧潼中国人民志愿军战俘营任翻译,参加过板门店停战谈判工作和战俘遣返工作。停战后,21 名前美、英战俘拒绝遣返,获准到中国居留,其中 5 人(包括詹姆斯·温纳瑞斯和霍华德·亚当斯)被安排在山东造纸厂工作。为了帮助他们熟习环境和生活,帮助他们解决语言方面的困难,中国红十字会特地同部队有关部门商量,将王永华也调到山东造纸厂工作达 10 年。1963 年 9 月,温纳瑞斯和霍华德到北京进入中国人民大学学习,此后另外 3 人也陆续离开了山东造纸厂,王永华同志圆满完成了他在山东造纸厂的任务。适逢党和政府号召干部支援边疆经济建设,王永华同志积极报名,获得批准。王永华同志举家搬迁到新疆,在高等院校任教授,从此扎根边疆,同兄弟民族一起同呼吸,共命运。祝愿老战友王永华同志健康长寿,晚年幸福!

温纳瑞斯的中国心

温纳瑞斯:"我比尼克松早到中国20年"

"你不感到后悔吗?"前美军战俘詹姆斯·温纳瑞斯拒绝遣返回美国、获准到中国居留后,关心他的中国朋友以及他在国外的亲友,经常向他提出这样一个问题。27年后的1980年6月17日,美国合众社报道了该社记者对温纳瑞斯的电话采访,报道说:"在谈到他(温纳瑞斯)留在中国的决定时,他对记者说:'我绝不后悔。如果再让我选择,我还会做出这一选择的。'"报道还说:"他(温纳瑞斯)很风趣地说,他比(美国总统)尼克松早到中国20年,历史证明他的决定是正确的。"

迫于生活两次入伍当兵

笔者在中国人民志愿军战俘营工作期间,同温纳瑞斯经常见面,作过几次较长时间的谈话,看过他的"战俘个人档案资料"。在人们的印象中,温纳瑞斯同其他战俘一样,没有什么与众不同的表现。

温纳瑞斯的家在美国宾夕法尼亚州的匹兹堡城以西一个小镇上,1922年3月出生。祖父年轻时当过汽车厂的机械工,父亲是炼钢工人,母亲操持家务。他有3个妹妹,一家7口,全靠他父亲一人做工,难以维持生计,于是,温纳瑞斯从12岁开始,就白天上学读书,晚上打工,高中毕业后入伍。在美军中当兵,待遇要比打零工高得多,也稳定一些。适逢第二次世界大战,他随部队到过欧洲一些国家,后来到东南亚地区,参加了无数次对日本军国主义侵略者的战斗。1945 年日本军国主义者战败投降,二战结束,温纳瑞斯退伍还乡。战后美国经济严重萧条,失业率不断增高,就业困难,生活是严酷的。温纳瑞斯一直到 28 岁的年纪了,还未能结婚成家。美国侵略朝鲜的战争爆发后,温纳瑞斯第二次入伍当兵。

"稀里糊涂地当了俘虏"

温纳瑞斯被编入美国陆军第 24 师,1950 年 10 月随部队来到朝鲜。1950 年 11 月 25 日,中国人民志愿军发动第二次战役,一举将敌人逐回到三八线以南。此役到 12 月 24 日结束,整整 1 个月中,共毙、伤、俘敌 3.6 万余人。温纳瑞斯所在部队被打得落花流水,他是在云山以西、德川以北地区被志愿军俘获的,用温纳瑞斯自己的话来说:"到朝鲜才 1 个多月,稀里糊涂地参加了一场稀里糊涂的战争,在稀里糊涂的情况下,稀里糊涂地当了俘虏。"

温纳瑞斯被俘后,经常思考着自己两次截然不同的经历:第一次入伍当兵,抗击德、意、日法西斯,是为正义而战,一种荣誉感经常挂在心头;第二次入伍当兵,却走向了反面,不远万里,跑来朝鲜,参加侵略战争,为非正义而战,如果把命丢了,值得吗?他开始感到迷惑。在转运途中,以及在志愿军战俘营里,有些人经常担心害怕,想家想亲人,吃不下,睡不着。而温纳瑞斯则是有吃就吃,到时候就睡。有时还对周围持消极悲观情绪的被俘同伴宽慰几句。在美国军队里,流行着一个不成文的"信条",就是"老兵不死"。被俘的美军士兵中,有不少人同温纳瑞斯一样,是二战的老兵。他们自以为老兵经历的战斗场面多一些,死亡的概率相对来说小一些,而美国军方则利用这话来促使士兵们去卖命。温纳瑞斯有他自己的看法,他认为,所谓"老兵不死",那是指在战场上,在战斗中,当兵时间长一些的人就会想方设法躲避枪弹炮火。这就是为什么美国军队一上战场,躲藏开溜、自伤、自残事件层出不穷的原因之一。如今离开了战场,在志愿军战俘营里,没有死亡的威胁,担心害怕什么!

为了寻求真理

于是,温纳瑞斯细心观察周围的事物,用心思考一些问题。为什么武器装备精良的美国军队同武器装备低劣的志愿军刚一交锋,就被打得大败?志愿军英勇善战,纪律严明,有哪国军队能与之相比?为什么志愿军对待战俘不打、不骂、不侮辱人格,有伤有病还给予治疗,吃的东西同战俘们一样,实际上后来战俘们的伙食还好一些。这种情况同美国军方所说被俘后要被"杀头"的宣传不一样,同日本军国主义者和纳粹德国虐杀战俘的做法也不一样。温纳瑞斯似乎感悟到了某些东西,思想上有了一些变化,刚被俘时的对立情绪逐渐地减消了。他经常挂在嘴边的一句话就是:"我们了解志愿军太少了,了解中国太少了。"他对朋友们说:"我在朝鲜一共度过了2年又10个月,其中不到2个月是第二次入伍在美军中服役,有32个月同中国人民志愿军生活在一起。进入志愿军战俘营,这是我一生中最有意义的日子,是我一生中的新起点。"温纳瑞斯说:"我选择中国,不是一时的冲动,而是经过深思熟虑的。我希望进一步了解中国,寻求真理。"

从工人、技术员到大学教授

温纳瑞斯被安排在山东省济南市山东造纸厂当工人,1963年9月,中国红十字会根据他自己的意愿,安排他到北京进入中国人民大学学习国际政治专业和汉语。温纳瑞斯十分高兴的是,经过4年大学学习,懂得了许多过去不懂的道理,一口略带山东口音的中国话也相当流畅了。大学毕业后,他仍然选择回山东造纸厂当技术员。当时正值"文化大革命",亲友们对他的情况和处境都很关心。他告诉亲友们说:"'文革'中,哪一派我也不参加。我是只会抓生产,不会促革命。"他说:"我有许多中国朋友,我和工厂领导及工人都相处得很好。大家都亲切地叫我'老温'。"改革开放后,温纳瑞斯应聘到山东大学担任英语教授,师生们都尊称他为"温教授"、"温先生"。

一个幸福、美满的大家庭

温纳瑞斯在济南建立起了一个幸福、美满的家庭。妻子白锡荣,为人贤慧。她是济南人,在工厂当过工人。他们已是19口人的家庭:儿子、女儿、儿媳、女婿、孙子女、外孙女,有的大学毕业,早就参加了工作;孙辈有的也已工作,有的正在上学;一个儿子和女儿在美国学英语。温纳瑞斯的目的是帮助他们掌握中文和英文两种语言文字,以便接他的班,"做中美两国人民的友好使者"。

温纳瑞斯夫妇和他们的两个孩子

一阵又一阵的"温旋风"、"老温热"

1976年,是美国建国200周年。温纳瑞斯第一次回美国探亲,住了10个月,走访了美国50个州的47个州的大小城镇,仅蒙大拿州、犹他州、内华达州3个州没有去,以后又回美国两次。他每到一处,都受到了热烈的欢迎和热情的接待。美国美中友协刊物《美中通讯》介绍温纳瑞斯时说:"他的家乡把他当英雄来接待。"美国当局也没有因为他当年拒绝遣返而刻意、公开地找他的麻烦。他每一次回去,各地的报纸、电台、电视台的记者们都去采访他,发表他的文章,许多社会团体、高等学府和朋友们都盛情地邀请他去演讲。他到处讲述自己几十年来在中国的亲身经历和感受,介绍新中国的经济建设成就和悠久的历史、文化传统,传播和平思想和中美两国人民的友谊,解答听众提出的各种问题。温纳瑞斯襟怀坦荡,表里如一。他在中国说"中国好,中国人好";回到美国,同样说"中国好,中国人好"。他有时一天要演讲两三场,有时一讲竟通宵达旦,热情的听众仍然不肯离去。仅第一次返美探亲,他在各地发表演讲就达700场之多。他写了两篇长文《由敌人变为朋友》、《扎根于两个国家》,美中友协主办的刊物《新中国》全文刊出。他每次回去,每到一地,美国的一些新闻媒体都竞相作跟踪报道,从而掀起了一阵又一阵"温旋风"、"老温热",一时间,温纳瑞斯成了重要的新闻人物。

一幅万人签名的大条幅

1977 年,温纳瑞斯第一次返美探亲、在美国各地作巡回演讲后的第 2 年,美中人民友好协会全国大会给他寄来一幅万人签名、长达4 米的大条幅,条幅用中、英文书写,全文如下:

敬爱的老温同志:

第 4 届美中人民友好协会全国大会向您致意! 美中人民的友谊鹏程万里。

您的来访给我们带来了您的宝贵经验和您对美中友谊的坚定信心,并将使这友谊更加前途远大,更加辉煌。

您的朋友们向您亲切地问好!

(信的末尾附万人签名)

美国人民和朋友们对温纳瑞斯的这种友好表示,使他深受鼓舞,深感欣慰。历史和事实反复证明,他的选择没有错,他为促进美、中人民相互了解和友好所做的事情没有错。温纳瑞斯 1976 年返美探亲时已届 89 岁高龄的老母对儿子的所作所为倍加赞许,她谆谆嘱咐温纳瑞斯要"珍视美中人民的友谊,并为此终生效力"。

无微不至的关怀

温纳瑞斯步入老年后,不断为病痛所困扰。他总是告诉亲友们不必为他担心,他说:"中国政府和人民无微不至地关怀我,照顾我,使我处处感到无比温暖。我患白内障,两次动手术;视网膜脱落,又3次动手术;后因摔跤骨折,在北京和上海住院治疗达1年。所有医疗费用,全部都是公家负担。每次回国探亲,工资照发,还发给出国旅费和往返机票费。我全家的住房,宽敞明亮。政府和人民对我真是体贴入微,感人至深,使我终生不忘。"温纳瑞斯深情地对亲友们说:"1950年11月28日是我被中国人民志愿军俘虏的日子,更确切地说,是我的'解放日'、'新生日',是我生命中的分水岭,从此我得到了学习真理的机会。我与中国人民在经济建设的岁月中,共同挥洒汗水,同忧同乐,结成了深厚的友谊。我在黄河岸边的济南市工作、学习、生活了几十年,我百年后要请后代将我的骨灰撒入黄河,作为我的最终的归宿。"

共祝中美两国人民的友谊不断发展

半个世纪以来,温纳瑞斯在中国结识了许多朋友;20世纪70年代以后,他在高等学府的教学岗位上,培育出了一代又一代的青年外语人才,可谓桃李满天下,许多青年人已经成了各行各业的骨干力量或者是领导干部。当年在志愿军碧潼战俘营的工作人员,如文娱科长王奈庆、俘管干部郭维敬、程冠法等,曾先后专程到济南看望温纳瑞斯。老朋友相见,格外高兴。温纳瑞斯一直保持喝白酒的习惯,大家举杯共祝中、美两国人民的友谊不断发展,老朋友们健康、长寿、幸福。

温纳瑞斯很想能有机会再到碧潼志愿军战俘营旧址看看,他感慨系之地对老朋友们说:"在碧潼,我学到了很多东西,懂得了人生的意义,结识了许多志愿军朋友。那里是我一生的转折点,怎能忘却啊!"但是,他的这个淳朴的愿望已经无法实现了。

詹姆斯·温纳瑞斯已于2001年12月18日在山东省济南市病逝,终年80岁。

美、英将军及士兵论朝鲜战争

"朝鲜战争是个无底洞"

从 1950 年 10 月 25 日至 1951 年 6 月 10 日,7 个半月的时间里,我志愿军与朝鲜人民军紧密配合,连续发动五次大规模的战役,歼灭了以美国为首的"联合国军"大量有生力量,毙、伤、俘敌 23 万余人,其中美军 11.5 万余人。美方付出了惨重的代价,前途却十分渺茫。

美国陆军副参谋长魏德迈哀叹曰:

"朝鲜战争是个无底洞,看不到'联合国军'胜利的希望。"

"不为人所理会的战争"

1951 年 4 月 22 日傍晚,中国人民志愿军在三八线 200 多公里宽广的战场上,对 34 万侵朝美军及其仆从军发动的第五次战役打响了。

第 2 天,英国皇家第 29 旅"功勋团"格罗斯特团首先陷入志愿军的包围圈,该团主力营第 1 营被全歼,另两个营亦遭重创。第 1 营编制 600 余人,被击毙 129 人,被俘达 459 人,"功勋团"的团长兼第 1 营营长弗雷德·卡恩上校等人就是在这次战役中被俘的。

第五次战役至 6 月 10 结束,历时 50 天,总计毙、伤、俘敌 8.2 万余人。美方被迫从战略进攻转入战略防御,朝鲜战局从此改观。

作为"联合国军"总司令,美国的李奇微上将应该是最了解情况的。他在位时有些话大概不好明说,他在朝鲜停战后 14 年写的回忆录《朝鲜战争》一书中,专门有一节谈到这次战斗。尽管他在书中仍然遮遮掩掩,无论如何也掩盖不了美英军队惨败、志愿军宽待俘虏等的事实,以及他们对侵朝战争的悲观情怀。

李奇微将军在回忆录中写道:

"(1951年)4月26日,敌人切断了连接汉城与朝鲜中部的春川及东海岸杆城的宽阔公路……把南朝鲜(李承晚军)第1师赶到了'堪萨斯线'*以南,从而暴露了英军第29旅的左翼。尽管第1军一再设法援救格罗斯特团第1营,但该营仍为敌军所打垮……该营仅有少数士兵设法回到了'联合国军'一边。"

他写道:

"……中国人甚至将重伤员用担架放在公路上,而后撤走。在我方医护人员乘卡车到那里接运伤员时,他们也没有向我们射击。"

他忧怨地写道:

"如果说我们的国家在进行过的战争中,有一场可以称得上不为人所理会的战争,那么朝鲜战争便是这样的战争。"

中国没有卷入对朝鲜战争的策动

安东尼·法勒—霍克利爵士曾是北大西洋公约组织北欧军总司令,这位英国将军有过一段颇不寻常的经历。

安东尼·法勒—霍克利生于1924年,他在英国牛津大学埃克塞特学院学习期间入伍,随即参加第二次世界大战。1950年冬,他担任英国皇家第29旅"功勋团"格罗斯特团上尉连长,随部队从香港到朝鲜参战。1951年4月22日,中国人民志愿军发动第五次战役,翌日,格罗斯特团及旅属坦克团在三八线南侧的雪马里,遭到志愿军歼灭性打击,安东尼·法勒—霍克利与格罗斯特团团长兼主力第1营营长弗雷德·卡恩、随军牧师戴维斯上尉等人一同被俘。

---

* 所谓"堪萨斯线",是美国军方在朝鲜战场上设定的一条主要抵抗线,西至临津江口,沿江而上,经三八线以北附近地区,至东海岸襄阳一线,全长220公里。当时在"联合国军"的心目中,这是一条攻不破、打不烂的"钢铁防线",该线在第五次战役中,被我志愿军一举突破。

安东尼·法勒—霍克利在朝鲜将近 3 年,其中两年又 4 个月是在志愿军战俘营里度过的。1953 年 7 月 27 日朝鲜停战协定签字后,他被遣返回国,重返英军,1983 年退休。他在任职期间,奋发努力,职务、军阶步步高升,直到升任北大西洋公约组织北欧军总司令。他在担任防务研究员研究战史之余,于 1968 年至 1970 年间,重返牛津大学,完成了硕士学位学业。他刻苦研究战史,先后撰写了 10 种战史和回忆录,并且是英国官方战史《朝鲜战争中英国的角色》的作者。

1991 年 10 月的一天,年轻的华裔英籍人徐泽荣先生专程到英国牛津郡安东尼·法勒—霍克利的家中访问了他。徐先生也是专门研究朝鲜战争史的学者,他们在一起交流了研究朝鲜战争的成果。香港《镜报》月刊 1992 年 2 月号刊登了徐泽荣先生访问安东尼·法勒—霍克利将军之后写的一篇题为《英国将军眼中的中国》的文章。徐先生前往访问时,主人已 67 岁,退休已 8 年,但身体非常健康,对到访的客人热情、诚恳。在这位华裔面前,也不避讳 40 年前自己在朝鲜战场上曾被中国人民志愿军俘虏的那段历史。正因为他在志愿军战俘营中与中国人一起生活了两年又 4 个月,他对中国和中国的军队是了解的。

安东尼·法勒—霍克利将军同徐泽荣先生谈到有关中国参战的问题时认为:

"中国没有卷入对朝鲜战争的策动。"

这位英国将军坦诚地说:

"我当了一辈子兵,同德国兵、中国兵打过仗,也看过美国兵、苏联兵打仗。我看最优秀的还是中国兵,我赞赏他们。"

他说:

"中国人民志愿军严格执行命令,不枪杀和虐待俘虏。有时供应紧张,志愿军自己吃差的,而让我们战俘吃好的。"

他还说:

"中国地大物博,人民智慧进取,改革有成效,有希望在下一世纪成为领导世界的超级大国。"

这位英国将军所说的"超级大国",是一番善意,没有其他的意思,这是显而易见的。

"声望从来没有像现在这样低落过"

中国人民志愿军连续发动了五次大规模的战役,迫使美方从鸭绿江边撤回到三八线以南。

第五次战役是1951年4月22日至6月10日进行的,由于美军连吃败仗,损兵折将,伤亡惨重,从而使得美国统治集团内部、美国及其盟国之间的矛盾和争吵加剧。在这样的情况下,还没有等到第五次战役打完,由美国总统杜鲁门于1950年7月8日任命为"联合国军"总司令的麦克阿瑟上将,上任还不到一年,就被杜鲁门于1951年4月11日拉下了马。仅仅在半年多一点时间之前,这位趾高气扬的美军上将还在大言不惭地夸口说:"朝鲜战争将在3个月内胜利结束,美军官兵可以回家过(1950年)圣诞节。"这番大话,言犹在耳,丢了乌纱帽的麦克阿瑟将军灰溜溜地返回美国,好像立马换了一个人似的,他在1952年春的一次讲话中懊丧地公开承认:

"自(美国)开国以来,我们在全世界的声望,从来没有像现在这样低落过。"

"征服朝鲜是一个没有希望完成的任务"

美国陆军第24师号称"常胜军",该师是最早入侵朝鲜的"精锐部队"。

1950年7月1日,该师从日本乘船到朝鲜釜山。7月19日,在南朝鲜李承晚政权的"临时首都"大田,该师落入朝鲜人民军的包围圈;7月20日12时,大田被攻占,"常胜军"溃不成军。大田防区最高指挥官、美军第24师师长威廉·迪安少将,于1950年8月25日被朝鲜人民军俘获。他在朝鲜北部战俘营度过了3个春秋,受到了朝鲜人民军的宽大待遇。

1951 年 12 月 21 日,威廉·迪安自朝鲜北部战俘营写了一封感谢信:

"我受到和善而周到的照顾,吃得很好,住得很舒服,穿得很暖和,我愿对我受到的照顾表示由衷的感激。"

朝鲜停战协定签字后,法国巴黎《今晚报》记者贝却敌访问了威廉·迪安。他对记者说:

"我感到(美国)越早离开这个地方越好。征服朝鲜是一个没有希望完成的任务,没有希望实现的使命,没有希望达到的目标。"

威廉·迪安在被遣返回国时,一再对朝、中方面的代表说:

"愿美国同中国和朝鲜永远不再打仗!"

"要和平! 中、美两国再不要打仗了!"

这里顺便说一说,威廉·迪安不仅自己成了中国人民和朝鲜人民的朋友,而且他的后代也成了中国人民和朝鲜人民的朋友。

1987 年 5 月的一个晚上,在美国纽约联合国总部的宴会大厅里,宾客满座。在中国客人中,有一位前志愿军战俘营的工作人员与威廉·迪安的女儿不期而遇。

这位中国客人问起迪安的情况,迪安女士紧紧握着中国宾客的手,爽朗地说:"他很好。"这位美国中年女士说:"我父亲在朝鲜被俘,受到宽待和尊重,他对朝鲜人和中国人留下了很好的印象。他经常在我们晚辈面前谈起往事,并想念着你们。他在遣返回国以后,继续在军中服役,由少将升为中将。现已退休,身体健康,心情愉快。请允许我代表父亲向中国朋友表达他的良好祝愿!"

"朝鲜的事情同美国人不相干"

1950 年 11 月 10 日在鸭绿江上空被朝鲜人民军空军击落俘获的美国空军 B-29 型轰炸机射击手菲利普·阿朗森,给美国空军人员写了一封公开信。他在信中述说了自己被俘的经过,以及受到朝、中人民军队的宽大待遇后写道:

从我被俘时起,我就在观察那些俘虏我的人的行动,我开始对这一次战争作思考。现在我逐渐了解朝鲜的各种问题,这些问题表明了美国军队是朝鲜的侵略者。我曾看过朝鲜各城镇和村庄遭受破坏的情形,我看到成千上万的儿童因美国空军滥炸非军事目标而流离失所,我看到成千上万的死者原是可以不死的。我也参加过造成这种景象,我内心对每天在我眼前发生的悲剧感到羞愧和忏悔。我请你们在飞临朝鲜上空造成这种损害时,好好思考一下。我相信你们对在战争中所作的事情——为了一种没有价值的道理而造成的死亡是一定不会感到骄傲的。我感到美国人民正被一种非正义的事业引入歧途,我们不应当同朝鲜人民作战,我们应当离开这里回家去。……朝鲜人民并不把美国人民看作敌人,他们一点也不想伤害我们。他们进行的战争是内战,完全应当由他们自己解决,而不要由我们来从外干涉。你们的家人希望你们回家和他们一道生活,你们应当尽一切努力使我们大家离开这里回家去,办法就是迅速结束朝鲜战争,让朝鲜人民自己去解决朝鲜的事,朝鲜的事情同美国人不相干。

美国空军第 307 轰炸大队

第 371 中队 3 级上士

菲利普·阿朗森　签字

美国历史上的第一人

朝鲜战争从 1950 年 6 月 25 日起,至 1953 年 7 月 27 日结束,一共打了 3 年零 1 个月又 2 天。

朝鲜停战谈判,从 1951 年 7 月 10 日起,至 1953 年 7 月 27 日结束,共谈了两年零 17 天,终于达成协议,双方在停战协定上签字。

"联合国军"总司令、美国的克拉克上将在朝鲜停战协定上签字之后,感慨系之地说:

"我是美国历史上第一个在没有取得胜利的停战协定上签字的司令官,我感到沮丧。我的两位前任将军麦克阿瑟和李奇微,也会有同感的。"

"错误的战争"

朝鲜战争结果如何?

朝鲜人民军最高司令部和中国人民志愿军司令部在停战协定签字那天发表的公报,列出了一张详细的账单:

自 1950 年 6 月 25 日至 1953 年 7 月 27 日全面停战为止,共毙、伤、俘敌军 1,093,839 名,其中美军 397,543 名;击落、击伤和缴获敌机 12,224 架,击毁、击伤和缴获敌军坦克 36,064 辆,击毁、击伤和缴获敌军各种炮 7695 门,击沉、击伤敌军舰艇 257 艘。

美国的贝文·亚历山大是参加过朝鲜战争的专业作家。他在 1986 年撰写和出版,并于 1993 年出第 2 版、1998 年出第 3 版的《朝鲜:我们第一次战败》一书中写道:

> 1951 年担任(美国)参谋长联席会议主席的布莱德雷曾经说过一句非常有说服力的话:同红色中国的冲突,将会是一场同"错误的敌人"进行的"错误的战争"。

陪同黄远部长赴朝鲜前线巡视工作

一

抗美援朝战争期间,中国人民志愿军先后在碧潼开了两次敌军工作会议。

第一次敌工会议是 1951 年 6 月 15 日召开的,这是紧接着第五次战役胜利结束之后召开的一次重要会议,参加会议的有志愿军各级敌工部门的领导干部。总政治部宣传部主管对敌宣传工作的黄远副部长在会上作报告,他详细分析了一年来朝鲜战场形势的变化和美、英等军战俘的思想动态,回顾宽待俘虏政策的执行情况,提出要加强对敌宣传工作,努力创造条件改善战俘生活,为此采取了一系列措施和方法。这次会议初步总结了将近一年来瓦解敌军和宽待俘虏的工作经验,有力地促进了敌军工作的进一步开展,对美、英等军战俘的管理工作的改善起了很大的推动作用。

第二次敌工会议是相隔一年后于 1952 年 6 月 21 日召开的。此时,总政治部敌军工作部已经成立,由黄远同志兼任副部长。黄部长主持了这次会议,他致开幕词后,总政萧华副主任、志愿军政治部杜平主任分别作了国际国内形势和加强敌伪军工作的报告。参加会议的有志愿军政治部敌工部张梓桢部长及各级敌工部门的领导干部、中央各有关部门和新闻媒体的负责人等,朝鲜人民军总政治局也派代表与会。这是另一次重要的会议,板门店停战谈判进入到了双方遣返战俘问题的关键时刻,因此,这次会议可说是对志愿军在朝鲜战场开展敌军工作和贯彻执行宽待俘虏政策的一次总检阅,也是对板门店停战谈判一旦达成协议、为交换遣返战俘预做准备的一次总动员。

会议结束后,黄远部长巡视了碧潼志愿军政治部俘虏管理处及各俘虏营,紧接着赴朝鲜前线,视察了志愿军部队开展敌军工作、贯彻执行宽俘政策的情况,并多次参加了板门店关于双方交换战俘问题的相关会议。笔者陪同黄远部长在碧潼以及朝鲜前线执行了此项任务。

黄远部长是广东省宝安县人,曾就读于上海复旦大学,从 20 世纪 30 年代起就参加革命活动,1937 年奔赴革命根据地延安,加入八路军,从事抗日活动,同年加入中国共产党,曾任民运干事、科长、山东省军区政治部敌工部副部长;解放战争时期,担任华东军区政治部联络部副部长、山东省济南市政府秘书长、第 3 野战军政治部联络部部长;全国大陆解放后,任总政治部宣传部副部长。他通晓英、法、日语,出版译作多部。黄部长长期担任敌军工作领导职务,有丰富的敌军工作经验。

二

黄远部长在巡视碧潼志愿军俘管处时,同许多美军战俘进行了谈话。被俘的美军官兵异口同声地说,他们在战场上刚被俘时,真有些害怕,主要是怕杀头。因为美国军方就是这样对他们的官兵进行宣传的:一旦被志愿军俘虏,就要受虐待,被杀头。许多人在前线看到了关于志愿军宽待俘虏的传单,还有些半信半疑。后来的事实和他们的亲身经历证明志愿军确实对被俘人员不杀头,不侮辱人格,不要被俘人员的财物,对伤病战俘还及时给予治疗。志愿军宽待俘虏的政策是真的,是说到做到的。

黄部长同一名美军上校战俘谈话时,经常不经过翻译,直接用流利的英语提问和说话,这名美军上校战俘感到很惊讶,并对这位博学多才的部长十分敬佩。部长仪表威严,但谈吐温文尔雅,在这名美军上校战俘看来,黄远部长是一位"儒将"。部长有抽烟的习惯,他递给这名战俘一支香烟,上校战俘表示感谢,但说他是不抽烟的。一开始的紧张气氛一下子宽松了许多。问到关于美国人民是否支持打朝鲜战争的问题时,这名被俘的美军上校军官说:

"不,我肯定美国人民不支持,绝大多数美国人民不喜欢战争。美国人民不是战争狂人,他们也是爱好和平的人民。"他说:"朝鲜战争打起来了,但是美国赢不了这场战争,因为中国就在朝鲜的后面。中国有着取之不尽的人力和用之不竭的资源,即使我们占领了全朝鲜,也没有用。"

这名被俘的美军上校军官似乎了解一些关于中国的历史,他继续回答说:"说到中国,我看不出世界上任何人有什么办法去征服它。美国有些人一直想征服中国,但这个目的是永远达不到的。中国有那么辽阔的土地,如果你取得了上海,攻达北京,你又得到了什么呢?中国还是中国。同日本一样,我们有些人的野心很大,但要取得战争的胜利是不可能的。历史在中国反复证明,一个又一个国家都曾想吞并中国,但都没有吞下。不仅十年是这样,一百年、一千年、一万年也将是这样。任何企图征服中国的国家,最终都被中国赶跑了,丢尽了脸面,有的甚至于被中国同化了。中国这个国家了不得,碰不得!"

关于对朝鲜滥施轰炸的问题,这个被俘的美军上校军官说:"我从来就不是一个狂轰滥炸的支持者,轰炸只能在平民百姓中播下仇恨的种子,使问题更加复杂化。更使我们始料不及的是,我们越是轰炸,越是增加了你们军队的士气,使之同仇敌忾。轰炸看起来是用武力对我们政治上的支持,但实际上也是帮了你们的忙。你们的士气不仅上去了,还多了一个反击我们的理由。"

部长回过头来又同他谈到朝鲜战争的趋向问题,这名被俘的美军上校说:"关于朝鲜战争,我一直感到,美国从这里走得越早越好,万万不可久拖陷下去。特别是每当我想到那些美国士兵的时候,他们都是年轻的生命。我只有一个声音:'不!让年轻人都回去,他妈妈在等待他,他情人在等待他!'"美军上校战俘接着说:"我们美国

中央军委总政治部对敌工作部黄远部长(左二)在朝鲜开城前线

犯了一个又一个错误,跑到朝鲜来就是一个证明,美国出兵朝鲜肯定是错误的。与四亿五千万中国人为敌和几千万朝鲜人为敌,肯定是错误的,这个跤摔得不轻。战争开不得,乱开战争必吃苦头!"

黄部长还同几名投掷过细菌弹的美国空军被俘人员谈了话,其中有美国空军上校细菌战战俘许威布尔。被俘人员们详细谈了自己奉命投掷细菌弹的经过,许威布尔说:"我自己投了细菌弹,参加了这场不光彩的战争。我没有什么话可说,有的只是惭愧与悔恨!"

三

我们乘跨过鸭绿江时在安东(丹东)领取的崭新的苏制吉普车,从碧潼启程,往南向开城前线进发。车行至泰川时,还是晌午时分,不能再走了。因往南不远处就是美国空军实行"空中封锁"的地带,白天行车,极其危险,只有晚上才能穿过去。于是,我们就在一处断壁残垣的茅舍旁休息。

晚餐后,天将黑未黑之际,正是赶路的大好时光。经常跑前线的杨德山司机征得黄远部长的同意后,我们就继续上路了。杨司机加大油门,一口气开了几十公里后告诉我们,前面就是博川,这是敌机的重点"封锁区"之一。沿着杨司机指引的方向望去,但见一排排照明弹挂在天际,照得大地如同白昼一般。这一轮照明弹将灭未灭,那一轮照明弹又撒在天空。美国飞机老是在那一带轮番盘旋,不时盲目地用机枪扫射,或者是乱扔炸弹,企图以此切断我志愿军的交通运输线。经验丰富的杨德山司机总是利用先后两轮照明弹的间隙加大油门往前冲,一冲就是十几公里、几十公里。待后一轮照明弹通亮的时候,赶紧把车停下来隐蔽休息,防止敌机从汽车挡风玻璃的反射光发现地面的运动目标。面对这种阵势,坐在前排右座的黄远部长正视前方,不时望望天空,镇定自若,不愧是久经沙场的老将。笔者和警卫员小邱坐在后排,头一次通过敌机的"封锁区"到前方去,不免有些紧张。但是,以后前方后方、后方前方,往来多了,也就习以为常,无所谓了。这也许就是"从恐惧到无畏"的过程吧。

通过了"封锁区",我们的吉普车随着延绵不断的车流继续往南驶去。在伸手不见五指的黑夜里,所有的车辆都不开灯,司机全都凭自己的眼睛,盯着左边的道路,只要左前轮不掉下沟去,就抓紧方向盘,踩着油门往前开,许多司机因此眼睛都熬红了。他们那股勇猛顽强、坚韧不拔的精神,实在令人感佩。

不远处,传来清脆的枪声,这是朝鲜民众鸣枪示警:敌机来了,注意隐蔽。原来每到夜晚,由朝鲜老百姓组织起来的防空网,沿一级公路差不多每隔一两公里就有一处防空哨。他们严密地监视着夜空,发现敌情,就打枪报警,并用朝鲜语高声喊道:"边机以梭!"(飞机来了)于是,沿途司机们就都知道并警惕起来。

一次,美国飞机在非封锁区的夜空盘旋,我们将车停好后在一个山坡的隐蔽处休息。一会儿聚集了10多人,他们都是运送各种军需物资往前方的志愿军运输部队官兵。黄远部长在同他们交谈中,大家你一言、我一语,俨然成了临时座谈会。有的司机说,美国侵略军自恃飞机多,到处乱扔炸弹,像平壤那样的大城市,已是一片瓦砾。经过沙里院时,几乎连这座不小的工业城市的确切位置都找不到了。但是,他们的飞机和炸弹无论如何也阻挡不了志愿军的武器弹药和军需用品接连不断地运往前方。运输车辆中,有两台卡车刚好是装运传单送往桧仓志愿军总部去的。两位司机都说:"我们经常运送传单和相关物品去前方。尽管美国飞机封锁、轰炸、扫射,我们却一次也没有遭到损失。"一位驾驶兵自豪地说:"我们这是打不垮、炸不断的钢铁运输线啊!"

<h2 style="text-align:center">四</h2>

黄远部长在志愿军总部桧仓,在朝鲜前线,深入坑道、哨所、驻地,同战士们交谈,听取干部、翻译汇报,了解到我志愿军部队干部、战士对于开展敌军工作,积极性都很高,方式方法也是多种多样。在笔者的记忆中,印象最为深刻的有以下几点。

1. 志愿军基层干部、战士积极学习英语短语,进行火线喊话。在战斗的间隙,翻译教战士和基层干部学英语短语,许多干部、战士学会了5句至7句,最多的学会了10多句,并在实战中应用,取得了很好的效果。1951年5月间的一天,我志愿军部队在加里山地区与美军机械化第2师遭遇,歼敌1000多人,有的残敌还想顽抗,志愿军战士就用刚学会不久的英语短语喊话:"You are Surrounded!""Put down your Weapons!"("你们被包围了!""放下武器!")这一喊,果然灵验。一些美军官兵马上把武器放下,将手举过头顶,走出战车或工事,向我志愿军走来。

中央军委总政治部敌军工作部黄远部长(右一)在朝鲜前线巡视工作

2. 在战斗非常激烈的时候,志愿军干部、战士仍然千方百计地向敌方散发传单,许多美军官兵都收藏着我志愿军的传单和通行证。我们初期的通行证,标题用的是英、朝、中3种文字,中文标题是:"投降通行证";宽待政策的4项规定,即保证生命安全,不没收私人财物,不虐待、不侮辱人格,伤病者给予治疗,用的是英文和中文。考虑到这种通行证对于放下武器向我志愿军投降的美、英军官兵单向适用,为了也适用于那些被火线释放的美、英军战俘,后来通行证的中文标题就改成了"安全通行证",具有了双向通行作用。无论是哪种通行证,都受到了美、英军官兵的欢迎。

3. 运用各种方法和渠道,争取美、英军在战场上放下武器,向我志愿军投降,效果也不错。美、英军及南朝鲜李承晚军也学中文短语,学会了中文"投降"二字的美、英军官兵和李承晚军官兵日益增多,我志愿军60师179团一次就争取了240名美军集体前来投降。

4. 在战场上,美军连吃败仗,士气严重低落,"美军是天下无敌的"这种神话彻底破灭。不愿当兵打仗、希望脱离战场而采取自创自伤的事件越来越多,有一个美军连就发生了4起自伤事件。

五

志愿军前线部队敌工干部和翻译在向黄远部长的汇报中,还谈到了许多关于我志愿军火线释放美、英俘虏和向美军阵地分送圣诞礼物的事情。

圣诞节是美、英等西方国家一年一度最重要的节日。圣诞节期间,我志愿军部队除了尽可能地提供物质条件,搞好食品供应,使战俘营的俘虏们按照其风俗习惯过好圣诞节之外,前线的志愿军部队还要向美军前沿阵地送去圣诞礼物,英文翻译朱履谦就有过在火线向美军阵地散发圣诞礼物的经历。

1951年圣诞节前的一个黑夜,翻译朱履谦奉命和两位战士一起,到美军前沿阵地分送圣诞礼物。这是一些袜状小袋,里面装有糖果、小工艺品、画片,还有说明志愿军宽待俘虏、争取和平、反对战争等的传单。志愿军部队准备火力警戒,提供保护。他们匍匐前进,爬过双方阵地之间的空隙地带,达到美军的前沿阵地,将小礼物袋挂在美军阵地的铁丝网或小树枝上,然后返回我方阵地,整个过程,美军一点也没有察觉。天渐渐亮了,用望远镜从我方阵地望去,看到美军人员发现这些来自志愿军的圣诞礼物后,都很惊讶,并且你争我夺。后来从被俘的美军官兵口中得知,美军官兵很喜欢这些礼物袋,有的人还私下买卖,最高价钱卖到二三十美元一份。

六

在开城,黄远部长和他的随行人员都住在志愿军停战谈判代表团招待所,这是开城唯一没有遭到美国空军大的轰炸破坏、基本上保持完好的一座两层小楼,因而用来接待来往人员。

当时,停战谈判中关于战俘的安排(遣返)问题的议程,正在紧张地进行。由于美方处处设置障碍,谈判经常遭到破坏,美方还加紧对朝、中被俘人员进行虐待和残酷迫害。我方被俘人员忍无可忍,奋起斗争,一举将美方战俘营司令杜德准将生擒扣押。

黄部长在开城期间,多次参加战俘问题的讨论。黄部长对美方虐待和屠杀我方被俘人员,并企图将大批我方被俘人员扣留、强行送往台湾补充其军队的罪行和阴谋非常气愤,表示应坚持我方提出的方案,依照《日内瓦公约》的规定,将双方收容的战俘全部遣返。

美方在谈判桌上得不到什么东西,就一次又一次妄图靠大炮来“发言”。然而,军事的和政治的反复较量,美方不仅没有占到什么便宜,反之,美方伤亡增大,阵地逐步后移,这才不得不放弃一些它在谈判中的无理主张。

斗争是尖锐的,情况是复杂的。傍晚,志愿军政治部杜平主任、志政敌工部张梓桢部长等领导同志来访。大家回顾一天的谈判情况,并对第2天的斗争形势进行分析和预测之后,几位领导人仍不忘对弈一两局,以放松白天高度集中的注意力,舒展一下身心。就围棋棋艺来说,杜平主任、黄远部长、张梓桢部长差不多是旗鼓相当,互有胜负,有时张部长略显技高一筹。

七

此次黄远部长到朝鲜前线巡视工作,历时一个多月,离开开城时,已是仲夏。朝鲜战场的形势,不断在发生变化。美、英军队连吃败仗,损兵折将,被迫从鸭绿江边向南溃退,战线基本上稳定在三八线一带。尤其是我志愿军年轻的空军飞机升空,给予了美国空军迎头痛击,美国的"王牌"飞行员、"双料王牌"等,纷纷被击落,美国的"空中绝对优势"已被打破,美国空军飞机肆无忌惮的日子已不复返。在朝鲜北部地区,有时已可白天行车。我们的吉普车就是白天上路的,从开城出发,到达平壤时,已届正午时分。平壤早已被炸得荡然无存,没有落脚的地方,于是杨司机就将车开到平壤郊外的一个苹果园里休息和午餐,满园的苹果树绿荫蔽日。这里没有战火纷飞的危急和城市街巷的喧闹,大地万籁俱寂,偶尔一只飞鸟从枝头腾空飞去。黄远部长和我们3个随行人员倚在浓荫底下,足足休息了两个多钟头后,才驶上了北去的归途。

凯歌——原志愿军俘管 5 团政委周柏生一席谈

　　中国人民志愿军第 9 兵团第 20 军于 1950 年 11 月进入朝鲜。周柏生同志当时任第 20 军的团副政委，参加了第二、第五次战役和华川、金城地区阻击战。1952 年 5 月，他接到命令，调去做战俘的管理工作。他来到鸭绿江边的碧潼志愿军政治部俘虏管理处，担任志愿军俘管 5 团政委、团党委书记。半个世纪之后，笔者在北京访晤了周柏生同志。老战友久别重逢，格外高兴。在漫谈中，他回忆起这一段非同一般的人生经历，无限感奋。以下是周柏生同志的回顾。

　　"我接受俘管任务时，领导同我谈话说：'外俘工作是国际斗争中的一项必不可少的重要工作。做好这项工作，不仅有利于瓦解敌军，还有利于国际影响和外交斗争。现在停战谈判中，遣返战俘工作已提到议事日程。由于美方在谈判桌上节外生枝，百般阻挠，谈谈打打，打打谈谈，造成战俘情绪不稳定，需要加强领导力量，把战俘工作做好，争取他们反对侵略战争，拥护世界和平。'

　　"我到俘管 5 团工作不到一个月，即 1952 年 6 月，志愿军第二次敌军工作会议在碧潼召开。总政治部萧华副主任、志愿军政治部杜平主任，总政和志政敌工部的领导，中央的各有关单位、新闻媒体的负责人等，参加了会议，参加会议的还有朝鲜人民军总政治局的代表。我也参加了这次会议。

　　"这是一次总结和加强朝鲜战争中敌军工作的重要会议。会议确认，在现代化的战争中，敌军工作仍然是削弱敌军战斗力的有力武器，重申了毛泽东主席关于'瓦解敌军和宽待俘虏是我军政治工作的三大原则之一'的指示,批判了'现代化战争是比钢铁,敌军工作没有什么作用'的论调,纠正了忽视敌军工作的错误思想,提出了敌军工作的长期性和战略意义。同时,为配合谈判桌上的对敌斗争,为遣返战俘做好准备,会议总结了一年多来在管教外俘上的经验教训,传达了周恩来总理的重要指示:'对外俘的政治工作应确立以反对战争、争取和平为主题,不要上大课,着重办好图书馆、俱乐部,管好生活。'

"会后,总政治部向中央和毛主席呈送了专题报告,毛主席批示:'此件很好,敌军工作必须加强。'这次会议对我来说,是从做自己部队的工作,到专门做敌军工作的重大转变,使我受到深刻的教育。

"我志愿军指战员不论是在战场上,还是在后方,都坚持发扬革命的人道主义精神,执行宽待俘虏的政策,用实际行动感召这些战俘,戳穿了美方在谈判桌上的鬼话。

"在谈判陷入僵局时,美军第8集团军一个名叫汉莱的上校军法处处长,出面发布一个耸人听闻的'声明',说'共军杀害'了多少名美军战俘。紧接着,'联合国军'总司令、美国的李奇微上将和杜鲁门总统,也出来'谴责共军暴行'。真是一派胡言,乌烟瘴气。

"事实上,志愿军俘管处所在的碧潼郡,是个宁静的山庄。这里没有层层叠叠的铁丝网,没有警犬,没有皮鞭,只有被美国飞机轰炸过后残存的一些民房,经过整修、重建起来作为战俘营的房舍。许多战俘来到这里后,庆幸自己脱离了战场,一只脚已跨出了'地狱之门',生命有了保障。一个名叫彼得·劳雷的英国战俘,一到战俘营,就得了急性肺炎,高烧不退,生命垂危;志愿军俘管领导、战俘营医院、黄远医生紧急施治,挽救了他的生命,使他逐渐恢复了健康。这样的事例不胜枚举。

"为了保障战俘的营养和健康所需,俘管处制定了具体的政策,经上级批准:战俘的伙食标准相当于志愿军的团级干部待遇,吃的是大米、面粉,定量的肉、糖、油、烟等;服装标准是:冬季每人一套蓝色的棉衣裤、棉帽、棉鞋、棉被、毛毯,夏季另有单衣、裤、鞋、袜,还有其他日常用品,而这些物资都是志愿军后勤部门冒着美国飞机轰炸的危险运来的。俘虏们在战俘营生活一段时间后,普遍都胖起来了。

"我们宽待俘虏,还体现在尊重战俘的人格和适当照顾他们的基本要求与生活习惯方面。美国纠集了十多个国家派兵入侵朝鲜,当然主要的还是美国军队,因此,战俘也以美俘居多。这么多国家军队的战俘,形成了一个特殊的群体,从而产生了许多特殊的矛盾。不同的国籍、人种、民族、宗教信仰、饮食习惯、文化程度、思想情绪等等,反映在日常生活中,头绪纷繁,怪事迭出。一次,美国战俘恶作剧,偷偷将大肉放进土耳其战俘的饭碗里,而土耳其是信伊斯兰教、不吃大肉的,结果,土耳其战俘将美国战俘痛揍了一顿。我们严肃处理了此事:将土耳其俘虏与美俘及其他俘虏分开编队管理,设法满足他们各自的饮食习惯,由战俘成立伙食管理委员会,吃什么,怎样吃,由战俘按伙食标准自己定,圣诞节及其他大的节日时,还额外加菜,举行会餐。结果,伙食搞得好,浪费少了,战俘们非常满意。

"我们于 1950 年 12 月中旬第二次战役中,在长津湖地区捕获了一名美联社的随军上尉摄影记者弗兰克·诺尔,他被转送到战俘营后,在我们的同意和安排下,他拍摄了许多战俘生活、活动的照片,通过各种渠道发出,美、英报纸广为刊登,这下子美国人不能不相信了,美方散布的各种谎言也不攻自破。

"在第二次敌军工作会议后,我们改进了对俘虏的管理教育方法,将最初的呆板、灌输式的管理教育方法,改为组建俱乐部,增添文化娱乐体育设施,开辟书报阅览室,设置有线广播,组织体育健身活动和比赛,等等,所有这一切,很有吸引力,战俘们的情绪高涨,纷纷主动地听广播、看书报、参加体育比赛,对重要的时事新闻自动自愿地进行讨论,遇到疑难问题向翻译教员请求解答。许多战俘思想上逐渐清醒了,认识到美国入侵朝鲜,不是什么'执行联合国的警察行动';能分辨出谁要和平,谁要战争;了解到世界上争取和平的力量不断壮大;中、朝方面对停战谈判是有诚意的,希望谈判取得成功,安全遣返回国,和家人团聚。

"这是一个很大的变化。他们亲身感受到,志愿军宽待俘虏的政策是确实的、真诚的,我们管理教育俘虏的工作收到了很好的成效。就连参加过细菌战的战俘们也纷纷打消顾虑,如实、详细地交代自己投掷细菌弹、参加细菌战的犯罪事实。参加过细菌战的美国空军战俘奎恩及奥尼尔等人还现身说法,到各战俘团作巡回讲演,讲述自己执行细菌战任务前后的内心斗争和对争取和平运动的认识。

"1952 年 11 月在碧潼举行的'中国人民志愿军战俘营奥林匹克运动会',更是盛况空前的一次体育赛事。整个运动会期间,气氛欢快和谐,俘虏喜气洋洋。我作为志愿军俘管 5 团的领导人之一,又是举办地碧潼的东道主,参加了这次运动会的筹备工作。开幕那天,我同俘管处主任王央公等领导同志一起,坐在主席台上。运动会紧张、欢乐的情景,至今仍历历如在眼前。运动会是极其成功的,运动会的实况通过新闻媒体的报道、图片、画册、战俘家信等等,传向世界各地,产生了巨大的反响。我方停战谈判代表把这些材料带到谈判会场内外,受到各方的欢迎,普遍认为这些材料增加了志愿军宽待俘虏的真实性和可信度。有的战俘家属看到照片后惊喜地说:'他在来信中一直说他很健康,可能是为了安慰我。看了照片,他果然健康,现在我的心情轻松多了。'英国的《世界新闻观察报》说:'它把真理带给了今日可能仍为美国宣传所惑的成千上万的人民。在任何谈论朝鲜问题的会议上,都应把它拿出来。'从这里又一次验证了做好宽待俘虏工作,是可以有力地配合我对外斗争的。

"1952 年底,志愿军俘管处郭铁副主任带领战俘 1 团张芝荪团长和 5 团的我,到北京向总政治部汇报第二次敌军工作会议后的俘虏情况,接着又到李克农副总参谋长(兼管朝鲜停战谈判的领导人)家里向他汇报。李副总长对外俘工作取得的新成绩表示满意。他指示说:'俘虏情绪稳定,态度友好,对朝鲜谈判有利。谈判现在尚

在进行,迟早要签订协议,要继续把外俘工作做得更好。'

"战俘在遣返时的良好表现,不仅证明遣返工作做得好,更说明两年多的管理教育战俘的工作是成功的,意义重大,影响深远。这是一场特殊的战斗,有很多经验值得很好吸取。"

周柏生同志现已 81 岁高龄,但身体健康,精神矍铄,侃侃而谈,毫无倦意,他在离休之前是中国人民解放军《海峡之声》广播电台军职级台长。柏生同志和他的老伴有一个美满的家庭,儿女均已成人,正在各自的岗位上施展自己的才华。孙辈绕膝,老两口的晚年生活非常幸福。

在志愿军俘管处的日日夜夜
——李正凌访谈录

　　李正凌同志是一位资历较深的外语干部,他原是晋察冀军区华北联大外语学院学员、教员。建国后,在北京外国语学院英语系任年级主任、系秘书。他于 1950 年 12 月入朝,一直在碧潼工作,亲眼见证和亲身参与了志愿军战俘营从筹备、建立和健全的全过程,经历了一千多个艰苦、紧张、繁忙、兴奋的日日夜夜。

一

　　我们访晤正凌同志时,他首先并着重谈到了政策的威力。他说:"我人民军队对待被俘的敌军官兵执行的是一条宽待政策。这不是权宜之计,而是长期革命战争年代形成和积累起来的一整套宝贵经验和光荣传统。在 8 年抗击日本侵略和 3 年解放战争中,我军都是以小米加步枪,抗击并战胜武装到牙齿的敌军的,靠的是正义、民心、高昂的士气、顽强的斗志和任何敌人所不具备的政治、政策优势。我们大力开展对敌军的宣传教育和分化瓦解,争取他们停止抵抗,放下武器,甚至集体投诚起义,很有成效。"

　　他接着说:"在朝鲜战争中,我们严格执行了这一政策,同样取得了广泛而深远的影响。我志愿军通过释放一些受过我军宽待政策感召的俘虏重新回到敌方,他们用自己的亲身经历现身说法,义务宣讲我军政策,促进敌军士气的瓦解;我志愿军也用俘虏中的官兵在前沿阵地向他们旧日的同僚和兄弟喊话,劝导他们放下武器,或争取他们投诚起义。我们这样做,效果也是极其显著的。对此,美方惊呼：'这是共产党的阴谋！'我们说：'不！这不是阴谋，这是阳谋。'我志愿军的政策是这样制定的，广大的干部、战士就是这样不折不扣地执行的。比如说，我志愿军部队陆续在火线释放了为数不少的战俘，对其中受伤的战俘，无论战场情况怎样紧急，释放前总要治疗包扎，送到前沿安全地带，私人财物分毫不动，并留给他们食物和食用水，有时还分给他们一些缴获的罐头和香烟，发给他们志愿军的'安全通行证'，用大块白布写上'受伤战俘'的标志，让还能行动的战俘回去报信，或是用高音喇叭喊话通知敌方来接。敌方来车来人接运时，我军也不打枪打炮，保证他们来去安全。尽管彼此接触时间短促，对我们还缺乏了解，但火线释放战俘这一行动本身，就体现了我人民军队的人道主义宽待政策的精神。美国军方则感到惊慌失措，被释放的战俘回去后，一般都被严格隔离起来，秘密送回本国。当然，他们这样做，还是难于逃过媒体的视线。各国人民、战俘本人及他们的亲属对志愿军的宽待政策莫不交口称赞，被俘的英军军官卡恩在遣返前夕就慨叹说：'中国人改写了战俘史。'"

二

志愿军在国际反侵略战争的条件下，收容、转送、管理和教育战俘，遇到了很多意想不到的困难和问题。李正凌同志在谈到这方面的情况时说："志愿军入朝参战，经过5次战役，俘虏越来越多，他们来自10多个国家和地区，肤色、种族、语言、宗教信仰、风俗习惯、历史文化、心理素质、思想特点等等，都各不相同。战俘中以美国战俘人数最多，军阶最高的是少将师长，校级和尉级军官为数不少，更多的是军士和士兵。从军兵种来分，有陆军、坦克兵、空军、海军陆战队，还有军中牧师、军医卫生员、炊事员等，数以千计的、十多个国家和地区的战俘，一下子汇集到已被美国飞机炸成废墟的碧潼及其周边地区几个地点，吃、穿、住、用、管，方方面面，都是大问题。"

他说："美、英等军官兵被俘后，美国飞机不分昼夜地轰炸扫射，那年冬天又特别冷，平均气温在零下40摄氏度，他们临战时都还穿着秋装，连冻带饿，有的还有伤有病，又担心害怕，怕他们自己的飞机轰炸扫射，怕沿途朝鲜老百姓报复。由于美国军方的欺骗宣传，认为东方人'野蛮残暴'，加上日本军国主义者在二战时虐杀战俘的事实，给他们留下了挥之不去的恐怖印象。因此，尽管志愿军官兵对放下武器的美、英军战俘态度友善，微笑握手，战俘们仍然疑虑重重：怕迟早要受虐杀，怕死在这异国他乡。这种种深重的忧虑即使在战俘们从火线被转送到后方战俘营安顿下来以后，也未能消除。不少战俘，尤其是美俘，消极悲观，情绪低落。"

李正凌说："1950 年的严冬过去了，温暖的 1951 年春天终于来到。由于祖国人民的大力支援，一大批大专院校外语专业的学生和机关干部参加抗美援朝，来到了战俘营，还有许多有俘管工作经验的干部作为骨干，充实到了各俘管团、队。战俘营的营房建立起来了，战俘的生活和医疗卫生条件迅速得到改善。随着俘管处总医院的建立，战俘中的伤、病号也逐渐减少。大米、面粉、调料、白糖、肉食、蔬菜等，源源不断地运来，'大生产'牌香烟、烤面包炉也有了。于是，伙房进行了改组。在志愿军的司务长领导下，从战俘中选出炊事员，按战俘自己喜好的口味和食谱烹饪操作，伙食大为改善。穿着方面，蓝色的外装、白色的内衣裤、鞋袜帽子等也发下来了。紧接着，各种文化、娱乐、体育用品和器材也陆续运到，一些运动场和体育设施建造起来。俘管 5 团地处鸭绿江边，夏天可以游泳，冬天可以滑冰、打冰球。志愿军俘管处文工队和电影放映队，经常巡回演出节目，放映电影。《白毛女》（战俘们称《喜儿小姐》）的故事，使战俘们深为感动。与此同时，志愿军俘管处还创造条件，让战俘们同他们的亲属沟通、通信，这件事使战俘本人及亲属都感到无比欣慰。许多战俘都在信中表达了反对战争、要求和平的愿望，表示今后决不再当兵打仗，做侵略帮凶。各俘管团、队普遍建立起了书报阅览室，战俘们自办的板报、刊物如雨后春笋般涌现，各项体育比赛活动广泛开展了起来。从志愿军俘管处筹建起，短短两三个月的工夫，战俘营的面貌就完全改观，战俘们的思想情绪逐渐稳定，活跃、欢乐的氛围逐渐取代了战俘们消极悲观的情绪。"

三

在朝鲜战争中,战俘问题,举世瞩目,而志愿军战俘营的宽待与美方战俘营的虐待形成了强烈的对比。正凌同志说:"通过媒体报道及其他多种渠道,志愿军战俘营被世人看作是一片安全可靠和充满希望与友谊的乐土。许多西方国家的新闻记者、知名人士、国际组织的代表等,纷纷来到志愿军战俘营参观访问。在我的记忆中,我参加接待过的就有英国、法国、澳大利亚、捷克斯洛伐克等国的记者,以英国律师盖斯特博士为首的国际法律工作者协会代表,国际科学委员会调查团代表,法国和平理事会主席法奇,英国妇女运动领袖、斯大林国际和平奖得主费尔顿夫人,以中、朝为一方和以'联合国军'为另一方的'联合红十字会小组',等等,都实地参观访问了志愿军的各战俘营,与战俘们直接对话,听取战俘们的意见和建议。这些西方记者、知名人士、国际组织的代表回国后,大力宣传美、英等国战俘在志愿军战俘营受到宽待的真实情况,直接形成了对美方在战俘遣返问题上拖延和破坏谈判的压力。"

四

对战俘的管理教育的过程,就是使战俘从敌人到朋友的转化过程。从这个意义上说,中国人民志愿军的俘管工作取得了巨大的成功。李正凌同志说:"在志愿军战俘营将近 3 年对战俘的管理教育工作中,有几个人和几件事是值得一提的。"

正凌提到的第一个人是美军第 24 师少将师长威廉姆·F. 迪安。他说:"迪安将军是 1950 年 8 月 25 日被俘的,他经过 3 个春秋的亲身感受和冷静反思,感悟良深。正当美方大肆造谣说我方'虐杀战俘'时,迪安写信给朝鲜金日成元帅和志愿军彭德怀司令员,感谢对他和善而周到的关切和照顾。……迪安在遣返回国的前夜,他对朝、中方面的代表动情地说:'愿美国同朝鲜和中国永远不再打仗了！'迪安在即将启程返回美国的时候说这些话，不能不认为这是他内心世界的诚挚坦露，并且，迪安不仅自己成了中国和朝鲜人民的朋友，而且他的晚辈后代也成了中、朝人民的朋友。时隔35年，即1987年5月，在美国纽约联合国总部的一次晚宴上，一位美国中年妇女、迪安的女儿，同一位前志愿军战俘营的俘管工作人员不期而遇。……迪安女士对中国客人说：'请允许我代表父亲向中国朋友表达他的良好祝愿！'"正凌同志说："这就是一个'化敌为友'的突出例子。"

五

李正凌接着说："另一个值得提及的是当过志愿军俘虏、已退休的英国将军安东尼·法勒—霍克利爵士，他是在第五次战役中被俘的，当时他是英国皇家第29旅'功勋团'格罗斯特团的上尉连长。停战遣返后，他重返英军，步步晋升，到1983年退休前已官至北大西洋公约组织北欧军总司令。1992年2月香港《镜报》刊登了一篇霍克利将军的访谈录。他在访谈中坦诚地说：'我当了一辈子兵，同德国兵、中国兵打过仗，也看过美国兵、苏联兵打仗。我看最优秀的还是中国兵，我赞赏他们。'这位退休的英国将军说：'中国人民志愿军严格执行命令，不枪杀和虐待俘虏。有时供应紧张，志愿军自己吃差的，而让我们战俘吃好的。'霍克利还说：'中国地大物博，人民智慧进取，改革有成效，有希望在下一世纪成为领导世界的超级大国。'"

正凌同志说："霍克利在志愿军战俘营同志愿军干部、战士一起生活了两年4个月。他回国重返英军后，研究并撰写了10种战史和回忆录。霍克利将军有充分的理由说，他对中国、中国人民和中国的军队是了解的，并由此作出他正确的论断。"

六

李正凌提到的第3个人是弗兰克·诺尔，他说："我同诺尔接触交谈较多。他是美联社派在美国海军陆战第 1 师的上尉随军记者，在第二次战役中于 1950 年 12 月 17 日被俘，我这里谈几件关于他的事情。"

关于诺尔的第一件事：1951 年圣诞节前，经过我方特许，一批摄影器材由美联社亚洲总分社秘密地转到了弗兰克·诺尔手中，其中包括专业新闻摄影机、胶片、闪光灯等，还有一张节日贺卡、一封慰问信、几瓶威士忌酒。更令诺尔惊喜的是，还有一张他妻子的照片，她身旁是诺尔在战场上失散的猎犬。同事们在信中说他夫人得知他的下落后，欣喜若狂，很快将会给他写信的。爱犬是美军撤逃时带回转交给他夫人的，并告诉他，他拍的照片，总社将及时收到并转发。故乡亲友渴望了解战俘们在战俘营的真相，这一意义重大的工作全靠"老爸"的努力了……诺尔当时 52 岁，同事们都昵称他为"诺尔老爸"。诺尔读信后，老泪纵横，表示一定要听志愿军俘管当局的安排，全身心地投入工作。

欢乐的圣诞佳节，志愿军战俘营内圣诞树上的彩灯和食品，琳琅满目，圣诞晚餐极为丰盛。战俘们兴高采烈，快乐的歌声响彻夜空。诺尔忙碌地抓抢着一个又一个精彩的镜头，但是也有战俘多少有些疑虑，诺尔高声嚷道："孩子们！不要多嘴多舌，尽管乐吧！让我把这难忘的场面记录下来，寄到美国去登报，好叫亲人们看看，我们还活着，而且活得很好。一张照片顶一千句话啊！……"于是，一切疑虑顿时烟消云散，欢乐的人们争抢着挤上镜头，各不相让。

由诺尔拍摄的一批照片，通过秘密渠道，转到了美联社亚洲总分社。他们挑选出 7 张战俘们在志愿军战俘营欢度圣诞节的照片，发往美国，美国各大报竞相在显著版位刊登，立即在全美引起了极大的轰动，战俘们的亲属反响尤为强烈。有的西方记者对诺尔既羡慕，又嫉妒，恨不得自己也去当志愿军的俘虏。美联社总社则对诺尔慰勉有加，鼓励他再接再厉。唯独美国将军、"联合国军"总司令李奇微上将怒不可遏，而又无可奈何，除了严格限制美国记者在板门店的活动之外，却无计可施。

关于诺尔的第二件事：一炮打响后，志愿军成立了一个 3 人报道组，诺尔被吸收参加了这个报道组。他们穿梭于各俘管团、队，拍摄了大量关于俘虏生活、活动的照片。1952 年秋，一次别开生面的"中国人民志愿军战俘营奥林匹克运动会"在碧潼举行。诺尔作为报道组的一员，带着照相机，以他老练的摄影技艺，活跃在运动场上，大显身手。诺尔的照片发出后，在全世界各地新闻界掀起了又一起波涛。人们惊奇地说："战俘营举办运动会，这是个创举。"有关"中国人虐待俘虏"的谎言，又一次被揭破。

关于诺尔的第三件事：此时的诺尔，有些飘飘然，翘起尾巴来了。一次，诺尔竟在送往板门店的照片封套上写着"寄自美联社鸭绿江分社"，志愿军俘管处摄影组长兼翻译江宁生严厉地批评诺尔说："你忘了自己的身份了！这是志愿军的战俘营，不是美军的占领地！"诺尔当即将封套撕毁，羞愧地道歉说："我只是想向同事们表示一点幽默，没有别的意思，我发誓今后不再犯类似错误。"于是，诺尔又振奋起来，重新背起相机，奔忙于各个战俘团、队之间。诺尔拍摄的照片一批又一批在西方报刊上登出，战俘亲属的信件也雪片似的飞来。

正凌说："我们通过弗兰克·诺尔在战俘营拍摄的照片，用不可辩驳的事实揭露美方的欺骗宣传，争取到战俘和他们亲友的理解和支持，激发各国人民反对侵略战争、争取世界和平，这在世界新闻摄影史上，特别是在战俘管理史上，是没有先例的创举和典范。"李正凌同志最后说："或者有人要问，我们自己多拍些照片发给西方报刊不行吗？要知道，本来西方媒体对我方发的照片就持怀疑或半信半疑的态度，通常不愿刊登，或登得极少。诺尔的照片印证了我志愿军对战俘实行人道主义宽待政策的事实，此后，我们的报道和图片在西方国家的信任度和采用率也随之大为提高。"

李正凌同志从朝鲜回国后，一直在新华社工作。他现已 80 岁高龄，身体健康，思维敏捷，记忆力极强，这位云南省玉溪籍的长者正与他的老伴一起在北京安度晚年。

一位英文翻译的回忆

英文翻译吴兆庚是浙江省金华人，高中毕业生。上海解放后，他加入华东军政大学学习。1950 年 10 月 25 日《人民日报》发表题为《抗美援朝，保家卫国》的社论之后几天，他奉调去朝鲜参加抗美援朝。作为同一个战壕的战友和同事，吴兆庚同志每每同笔者交谈入朝时的那段历尽艰辛而又极其宝贵的人生历程，以及亲眼见证志愿军战俘营的组建，并参与志愿军战俘管理工作的往事，总是感慨系之，而又兴奋不已。

一

吴兆庚回忆自己接受抗美援朝任务的情况时说："我是华东军政大学的学员。作为一个军人，服从命令听指挥，是天经地义的事。按领导的要求，我仅用了一个小时就打好背包，提前做好了准备。同行的还有学员胡申春、校部正连级教育干事刘承汉，后来又增加了营级干部邵维杰，共 13 人，组成一个队，邵维杰任队长，刘承汉为副队长，乘火车到北京，住在前门外打磨厂总政治部招待所。紧接着从中南、华北以及北京外国语学院紧急调来的一些人也已到达，加上我们，共有 30 多人，大家穿上了志愿军军装。

"1950 年 11 月中旬的一天上午，总政治部萧华副主任在总政排演场小礼堂作形势与任务的报告。我记得他的报告内容大意是说，伍修权副外长第一次在联合国大会上发言，指控美国打着'联合国军'的旗号，入侵朝鲜，并把战火烧到我国边境，妄图把新中国扼杀在摇篮里。伍副外长指着美国国务卿杜勒斯的鼻子斥责他是'战争贩子'。伍副外长的发言得到了与会绝大多数国家代表的鼓掌欢迎,中国人民扬眉吐气。朝鲜急需翻译人员,你们到各军去,到前线去,去喊话,散发传单,管理、转运俘虏,瓦解敌军,宣传志愿军宽待俘虏的政策,朝鲜前线许多事情急需你们去做。

"萧华副主任的报告给了我们很大的鼓舞,同时我们也就知道了自己的使命。

"报告结束后,来了一位正师级干部,名为徐元圃,他是总政组织部的处长,约50岁。他是率领我们入朝的总头头,也是后来组建志愿军俘管处的主任。我们编成3个分队:华东军大和外语学院来的编为一个分队,华北、中南来的各编为一个分队。由徐元圃处长带领,乘火车到沈阳,住在军区招待所。时已12月初,大雪纷飞,我们南方人初到北方,头一次感受到了这样寒冷的天气。在这里已可接触到从朝鲜回来的志愿军人员了,他们说前面仗打得很厉害,整天都有空袭,白天无法行军,气温达到零下40摄氏度,供应困难,十分艰苦。当时我们听了感到没有什么了不起,当兵就是要吃苦,怕苦不当兵,这正是党和人民对自己的考验。这点困苦,何惧之有!我们军大的人确实是这样认识的。"

二

吴兆庚同志说:"前线急,路漫漫。我们从辽宁省集安县入朝,徒步从冰面上跨过鸭绿江,我军的坦克、军车遍地行驶着。我们的目的地是志愿军政治部驻地,天天往南行军。果然是白天无法行走,只有夜晚行动,夜间也是空袭不停,时有敌机前来轰炸扫射。每晚行军六七十里,越往南走,公路上人、车越多,挤满了公路,稍不注意,就可能找不到自己的队伍了。

"为了避免走散,我们这批人都在手臂上卷一条白毛巾,紧紧走在一块,随时互相关照,并交代,万一走散时,就到附近兵站去,请求帮助回单位。天亮前,到山沟里找残存的民房住下。天气奇冷,大家都和衣而卧,吃的全是自带的干粮,苏打大饼干,喝些冷水。夜晚一片黑暗,一片寂静。老百姓全都躲进了山沟。白天看不到一只麻雀,看到、接触到的都是志愿军,偶尔见到一些朝鲜人民军人员。行军半月,没有看到一座完整的城镇,到处是一幅严酷的战争图景。在这样的环境里,大家的思想高度集中,最怕掉队,怕同集体走散。

"到了球场郡,这是一个较大的城镇,遭到的破坏更加严重,只剩下残壁瓦砾了。郡里派来一位朝语翻译,他领着我们行军、住宿,这就好多了。偶尔也可吃到一两餐朝鲜人做的二米饭,即大米和小米的混合饭,加点酸菜,有时还可喝到一点开水。这就很不错了,大家心里真高兴。在行军途中,有湖南大学英语系参军的学生,5 男 1 女,加入进来,他们带着口琴、二胡,停歇下来就吹吹唱唱,我们也敲起筷子、瓷碗和唱,气氛就活跃多了。

"1951 年元旦,我们是在朝鲜北部一个煤矿矿区过的,这时朝语翻译调走了。我们从兵站领来大米和一袋萝卜,这就是我们的年饭料。虽然有煤,但这群知识青年,谁也没有用煤生火烧饭的经验,大家折腾了两个多小时,也没有把饭菜做成。还要防空,着了的煤火,赶紧把它灭掉,免得暴露目标。后来一位朝鲜老大妈帮忙,才把煤火重新引燃,将饭菜做成。菜,其实就是一大锅萝卜汤,但已感到舒服极了。干粮加萝卜汤这样的生活,整整过了半个月。

"接着又是行军,继续往南走。战线不断地南移,我们就不断地向志愿军总部所在地赶路。"

三

说到这里,吴兆庚同志谈了一件发人深省、感人至深的往事。他说:

"我们这些人来自全国各地,多数是青年知识分子,也有一些年龄不小、刚刚穿上志愿军军装的,这一部分人没有经历过部队生活就直接上前线了。在艰苦的行军路上,每个人的感受都不一样,不少人把行装背包全丢光了。来自湖南省的一位 40 多岁姓杜、一位 38 岁姓文,2 人加起来 80 多岁,平时我们都戏称他们为'80 岁的老头'。到朝鲜后，长时间的长途行军，二位越来越感到吃不消，行动迟缓，特别怕冷，大家虽然体谅他们，但有时也难免有点怨言，生活会上批评他们也最多。一次在生活会上受了批评，二位流着眼泪说：'你们总是批评我们两人，不体谅我们年纪大的人。你们都是20岁左右、军校来的年轻人，没有家庭拖累和后顾之忧。我们是抛开家室妻儿老小来抗美援朝的，出于爱国之心！但我们年纪偏大，体力跟不上，说我们思想落后，内心实在难以接受，深感委屈啊！'我听了这番发言，内心深为感动，深受教育！年纪大的人能自愿上前线，发挥他们的外语专长，与我们年轻人一道，同艰苦，共患难，抗美援朝，保家卫国，确实难能可贵啊！大家思想上有了沟通与相互理解，领导上也表扬了杜、文二位。原来二位都是大学英语专业的毕业生，一直在湖南省长沙市担任中学英语教员，为响应党的号召，报名参加志愿军的。他们的英语水平较高，后来他们一直在志愿军俘管处担任翻译工作。停战协议签字后，杜、文二位也同许多年轻人一道，回到国内。1955年初的一天，我在长沙市五一路一家大的百货商场还与他们二位不期而遇，他们还是英语老师。回想起当年在朝鲜战场上长途行军中，对他们二位照顾和体谅不够，心里仍然感到有些愧疚。他们在朝鲜战场上无私地奉献了3年，他们不愧是中华民族的好儿女。"

四

吴兆庚还讲述了一件惊险的故事。

"一天晚上，我们到了一个可能是叫江界的山沟里，找到一间仅存的民房休息。刚刚躺下，突然接到紧急出发的命令，急行军20多里，赶到一个火车站，上了火车，火车启动了，徐元圃主任这才告诉我们：我们钻进了一个敌窝，好危险！差一点当了败军的俘虏，或者是被败军杀害。原来我们住的山冈那边，正好有几千美军从长津湖战斗中突围逃跑，幸好及时得到情报。现在我们算是安全地脱离了危险区，也不必再往南走，而是北上，到一个靠近我国边境的地方，接管俘虏,今后就是做管理美、英军俘虏的工作了。"

五

志愿军战俘营在极端困难的情况下组织了起来,吴兆庚参与了组建工作,随后分配在俘管3团,担任管理战俘生活的英文教员。他回顾这一段工作经历时说:

"志愿军俘管处的营址选在碧潼。1951年1月18日,我们抵达这里,徐元圃为俘管处初期的主任。当时已有几百名美、英俘虏,由朝鲜人民军管着。这个深山小镇也被美国飞机炸坏得很厉害,仅剩少数民房。有的凝固汽油弹还在冒烟,原来就在我们到达的前两天才被美国飞机轰炸过。

"朝鲜人民军当即将俘虏交给了我们,俘管机构很快建立起来了,有行政科、登记科、组织科、教育科、保卫科、翻译组等,以后陆续又设立了一些机构。刘承汉任教育科副科长,邵维杰先是秘书,后任行政科长。翻译组有5人,组长是北京外国语学院来的袁锦翔,组员有外院的王德功、天津南开大学的女学生赵达、吴兆庚、蒋凯。随后王央公主任上任,接替徐元圃主任。王主任知道我是军大来的,同我谈了一次话,多加鼓励。翻译组紧急编印了一本敌军工作英语实用词汇手册,发给志愿军各军、师级敌工部门。不久,翻译组的人员就分派到各俘管团去了。

"当时成立了5个俘管团、1个俘管大队。俘管3团在田仓里,我被调到俘管3团。田仓在鸭绿江江叉旁,群山环抱。碧潼在田仓西面约35公里,俘管1团昌城在田仓之东相距15公里。俘管3团都是美军战俘,分两个中队,每个中队又分3个小队,总共500多人。我在一个小队当英语教员,苏桢祥是另一个小队的英语教员,大队部还设有一个中心英语教员,起先是一位姓袁、回国参加抗美援朝的美国留学生,后来接替他的工作的是王瑞浩,还有一位是湖南大学4年级学生熊景贤。俘管3团由团长靳志鹏、政委洪声领导。"

六

吴兆庚说："志愿军严格执行宽待俘虏的政策,对美、英等军战俘的管教工作,投入了大量的人力和物力,取得了很大的成绩,配合战场上的军事较量和谈判桌上的政治斗争,起到了重要作用。

"我们同日本军国主义侵略者打了8年仗,同蒋介石集团打了3年内战,紧接着抗美援朝又打了2年零9个月。我们管教过日本和蒋介石集团的大量俘虏,但是,管教美、英等军战俘没有经验。因此,一开头就拿管教日本俘虏和蒋介石集团的俘虏那一套经验来套用,结果脱离实际,走了弯路,效果不好。

"想当初,极其骄横的美、英侵略军,在美国陆军上将麦克阿瑟的3个月打赢朝鲜战争、回家过圣诞节这种狂言的策动下,凭借其武器装备的优势,长驱直入,一直打到鸭绿江边。孰料碰上了天不怕、地不怕、不信邪的中国人民志愿军,三下五除二,将那些装备精良、疯狂一时的美、英侵略军打得七零八落,节节败退,大批美、英军官兵当了志愿军的俘虏。他们只有一条军毯、睡袋,衣着也很单薄,哪能抵御朝鲜北部零下三四十摄氏度的严寒。俘虏中很多人多少天都没有洗脸,三分像人,七分像鬼,见到志愿军,十分害怕,悲观情绪笼罩着大多数战俘。

"于是,我们从实际情况出发,克服了初期所走的弯路,首先是加强供给,改善生活。俘管处克服了美国飞机不时袭扰给运输工作所带来的困难,运来大批被服、食品,建造简易澡堂,让战俘们洗澡、换衣服。调来医生给伤病战俘治疗,并且努力创造条件,开展文化娱乐体育活动,活跃战俘们的生活,用事实和行动表明,志愿军对战俘们实行的是宽待政策。同时说明朝鲜遭到如此严重的破坏,老百姓流离失所,妻离子散,忍饥挨饿,都是战争造成的恶果。谁发动了这场战争? 你们不远万里,来到朝鲜,为谁而战? 谁驱使你们上战场丧命、当俘虏? 因此,必须争取和平,反对战争。越来越多的战俘开始冷静地思考一些问题,战俘们的思想逐渐发生了变化,争取和平、反对战争的集会和签名活动,在战俘营中一波又一波地兴起。停战后,双方在遣返战俘时,有21名战俘拒绝遣返回国,其中有几名战俘就是3团的,温纳瑞斯就是我们中队的。

"在遣返战俘的过程中,我们把各自管理的战俘带上火车,去到板门店,交给志愿军的遣俘小组,一路非常顺利。从这一点也说明,我们的俘管工作,吸取了初期的经验教训,根据不同的对象,从实际出发,不断加以改进,是很有成效的。"

七

吴兆庚同志说:"完成遣俘任务后,我和战友苏桢祥等一同返回北京,在马驹桥集合,参加训练班,一共有200多人。

"总政敌工部敌工处刘希泌副处长来作报告说,抗美援朝中的俘管任务已胜利完成,大部分人回到地方单位,参加祖国建设,一部分人留在部队。会上宣布了名单,有的到外交部、侨委、红十字会,有些回原单位。留在部队的人,组成为总政敌工干部训练班,由刘希泌任主任,范景岳、张连仲、田志洪任副主任。训练班共分4个分队,60%的时间学英语,40%的时间学政治。我是第3分队长,但没有学到训练班结束,于1954年3月就被调到总政敌工部,在组织处杨斯德处长领导下工作,一直到1958年2月。

"经历了抗美援朝战争,同外国军队作战,各类人才都很需要,尤其是翻译人才。我深深感到,作为一名敌军工作干部,应该掌握几种外语,而且要精,一旦国防需要,即可上阵应战。"

叶成坝:从"联合国军"战俘的
管理者到联合国的高端

一

反法西斯侵略的第 2 次世界大战胜利结束,朝鲜半岛被人为地以北纬 38 度军事分界线为界,一分为二,形成了南北对峙的局面,武装冲突不断发生。1950 年 6 月 25 日,半岛硝烟四起,内战终于爆发。这原本是南北两方的问题,远隔重洋的美国却迫不及待地伸手进来,使一场内战迅速演变成一场大规模的国际战争。美国当局不顾中国政府的再三警告,拼凑起 16 国出兵,打起"联合国军"的旗号,迅速越过"三八线",直扑鸭绿江边,成立仅 8 个月的新中国的安全受到严重威胁。在此严峻的形势下,中共中央、毛泽东主席果断地做出决定,派出中国人民志愿军,开赴朝鲜战场,同朝鲜人民军并肩战斗,抗击以美军为主的多国侵略军。

"抗美援朝,保家卫国"的爱国热潮在全国兴起,汹涌澎湃,大专院校的青年学生和知识分子争先恐后地报名参军参干。正在湖南大学英语系学习的叶成坝,行将毕业的时候,从前线传来消息:志愿军部队打了胜仗,捕获大量美、英俘虏,急需外语干部。作为一名热血青年,正当祖国最需要的时候,岂能无动于衷! 就在这样的历史背景下,本文的主人公叶成坝毫不迟疑地带头报名,参加中国人民志愿军,和同学们一道,雄赳赳、气昂昂地奔向抗美援朝的征途。

二

浙江省永嘉县籍的叶成坝,从青少年时起,就勤奋好学。父亲叶祥远,黄埔军校第 4 期毕业,曾是国民党军的中级军官。因不满蒋介石政权的黑暗统治,不到 40 岁的年纪,就退职返乡,靠祖传的几亩薄田度日。日本大举侵华期间,叶成坝在省内辗转走避,也没有放弃学业。日本战败投降后不久,他去上海考入抗日战争时期创建于湘西、后迁到南岳的"国立师范学院"英语系。随着院校搬迁合并、调整,他来到湖南省会长沙,进入湖南大学英语系学习。适逢全国人民反对国民党政府反动统治的群众运动风起云涌,他在学校里积极地参加反饥饿、反内战的革命学生运动,直至全国大陆解放。1951 年初春,叶成坝报名参加中国人民志愿军的申请得到批准,一同批准的英语系同学共有 10 多人,其中的 7 人,由叶成坝带队,从长沙出发,乘火车前往首都北京。另 6 名同学是:尤友云、田长松、曾肯干、黄宏荃、吕斌(女)、周缮群(女)。

在北京,叶成坝一行得到通知:吕斌和周缮群两位女同学暂时留在北京,叶成坝等 5 人直接去朝鲜的碧潼中国人民志愿军政治部俘虏管理处担任俘虏管理工作。于是,他们从北京乘火车前往中朝接壤的边境城市安东(现名丹东),在志愿军接待站的安排下,换上志愿军军装,跨过鸭绿江,改乘骡车,向东北方向的碧潼前进。

在长江南岸地区暮春三月,已是莺飞草长,暖意融融。然而,在朝鲜北部地区,依然是冰雪封山,天寒地冻。碧潼与我国辽宁省宽甸县境隔江相望,但交通不便,运输阻隔。骡车只能由新义州——昌城——碧潼,沿鸭绿江南岸而行。这段路程有 700 多公里,昌城至碧潼约 340 公里,沿途都是崇山峻岭,蜿蜒曲折。特别是隆冬时节,气温达摄氏零下 40 多度,路面奇滑,险恶异常。大小机动车辆的轮胎上虽装了防滑铁链,车子前后轮都有驱动器,遇到陡坡,往往前轮缓慢地往上爬,后轮却滑得左右摇摆,爬不上去。这时如果驾驶员稍微一松油门,车子就会倒退下滑,坠入万丈深渊。笔者多次行车走过这条路线,途中险象,亲身感受。叶成坝一行乘坐的骡车缓慢地行驶在崎岖险峻的山路上,右边是高耸入云的悬崖峭壁,左边是深不见底的山谷沟壑,沿途翻倒的汽车和骡马车残骸随处可见,天空还不时有美国空军飞机袭扰。初次经历这种恶劣环境的人们不免有些紧张。但是怀着赤诚的爱国之心和报国之情的知识青年,没有一个畏惧退缩,经受住了最初的考验和锻炼。

三

经过两天的艰险历程,叶成坝和他的战友们乘坐的骡车抵达目的地碧潼。

碧潼,是地处平安北道(相当于我国的省)碧潼郡(相当于我国的县)的一个小山村,濒临鸭绿江南岸,三面环水,环境幽静。这里原来居住着200多户人家,美国大举入侵朝鲜后,凭借其"空中优势",对城镇和乡村滥施轰炸,到处是一片焦土,连碧潼这样一个偏僻的小山村也未能幸免。志愿军战俘营就是在被美军飞机炸成的废墟上组建起来的。

叶成坝一行到达碧潼的时候,志愿军管理"联合国军"战俘的组织机构已经形成了比较完整的体系。

志愿军俘管处总部下设:秘书科、登记科、文娱科、组织科、调研科、新闻科、保卫科、文化科、供给处、卫生处、总医院、文艺工作队、电影队、运输大队、警卫营。

俘管处共辖5个俘管团、2个俘管大队、2个俘房收容所:俘管1团在昌城,俘管2团在零时,俘管3团在田仓,俘管4团在渭原,俘管5团在碧潼,1、2大队在平场里,第1俘房收容所在遂安,第2俘房收容所在成川。

所谓"联合国军",以美国出兵最多,达1个集团军、3个军、8个师、2个团,共37.35万余人;英国出兵次之,派了2个旅;加拿大和土耳其各派了1个旅;澳大利亚、荷兰、法国、希腊、比利时等国各出了一个营;卢森堡出了由50人组成的步兵排;南非派了仅有4架飞机的空军中队;菲律宾、泰国、哥伦比亚、埃塞俄比亚等国都只象征性地出了一点人;南朝鲜李承晚集团出兵最多时达 49.1 万余人,美方总兵力共达 90.48 万人。

中国人民志愿军入朝参战后,在朝鲜人民军的紧密配合下,连续向以美军为主的"联合国军"发动了五次大规模的战役,歼灭了敌军大量有生力量,捕获了大批俘虏。经过批准,志愿军部队将捕获的俘虏在火线陆续释放了一些,以表明我志愿军宽待俘虏的政策,揭穿美方污蔑志愿军"虐杀俘虏"、蒙骗其官兵的伎俩。许多被俘的美、英官兵在转运途中被美军炮火打死,或被美军飞机炸射死了。大部分俘虏则由志愿军警卫部队和敌军工作干部、翻译人员历尽艰辛,分批带下战场,转送到战俘收容所,或直接送到碧潼志愿军战俘营。

中国人民志愿军同朝鲜人民军组成中朝联合司令部后,曾有一项约定:志愿军主要收容管理美、英等外军俘虏,南朝鲜李承晚军俘虏次之;人民军主要收容管理南朝鲜李承晚军俘虏,美、英等外军俘虏次之。

由志愿军收管的 14 国军队战俘共 5000 多人,主要是美军俘虏,达 3000 多人;次之为英军俘虏,将近 1000 人;土耳其俘虏 240 多人;菲律宾、法国、哥伦比亚、加拿大、澳大利亚等的俘虏,各有几十人、十几人不等;南非、希腊、比利时、荷兰等的俘虏,则只有几个人,或者一两个人;日本为二战的战败国,其宪法禁止它派兵出国,但在美军中抓住了 3 名日本籍的俘虏;在志愿军俘管 2 团有南朝鲜李承晚军俘虏 700 多人。

1951 年 4 月 24 日,中国人民志愿军政治部俘虏管理处正式成立,罗马教廷在旧中国创办的北平辅仁大学毕业生、东北军区政治部敌军工作部部长王央公出任志愿军俘管处主任,以及一些规章制度的建立和健全,标志着志愿军对多国军队的战俘管理工作走上了正轨。

起初,叶成坝被分配在碧潼志愿军俘管 5 团 1 中队担任俘管干部,美、英战俘称教员(Instructor);不久,应俘管4团领导要求,经俘管处总部同意,调到俘管4团3中队工作。

四

在抗日战争和解放战争中,我们有管理日本军队战俘和蒋介石集团军队俘虏的成功经验。现在,14个国家军队的战俘汇集在一起,由于国籍不同,种族差异,宗教信仰、生活习俗、文化程度、思想情绪等等,也都千差万别,如何管理好这样一个特殊的群体,是摆在我们面前的一个新的课题。

作为俘管干部,叶成坝最初经历的几件事情,给他留下了深刻的印象,经久不忘。

第一件事是,在俘管队里,叶成坝经常同俘虏进行谈话,了解他们的思想动态,向他们宣讲志愿军宽待俘虏的政策。出乎意料的是,有些美、英俘虏表现出不同程度的疑虑和抵触情绪。

"什么是宽待政策?我们不懂,也不相信,你们骗人!"有的美军俘虏直截了当地说。

原来,他们在被俘之前,美国军方一直向他们进行欺骗宣传,说什么"被志愿军俘虏了要'受虐待','要砍头'"。因而他们被俘之初非常害怕。后来大量事实说明,情况完全不是那样的。在志愿军战俘营里,生命安全有保障,人格得到尊重,个人财物可以保留,有伤有病能得到及时治疗。

一个名叫丹兹勒(Danzler)的美军俘虏对叶成坝讲述了自己在第一次战役即云山战役中被俘的经过情况。当时丹兹勒被围困在战壕里,志愿军喊话要他出来,他没有出来,而是对着冲进战壕的志愿军打出一梭子弹。子弹从志愿军战士头顶飞过,子弹打光了,他只好举起手来,以为必死无疑,哪知那位志愿军人员却过来与他握手,他就这样当了俘虏。丹兹勒对叶成坝说:"我的命是中国人民志愿军给的。"

第二件事是,在美国,种族歧视很严重,白人和黑人之间的矛盾非常突出,南部各州尤其如此。叶成坝工作的志愿军俘管 5 团 1 中队,以美国黑人居多。他了解到黑人战俘有反战情绪,对美国国内的种族歧视现象深表不满。他将这一情况向团领导作了汇报,其他中队也有类似反映。于是团领导决定:将各中队的所有黑人战俘都调集到 1 中队,集中管理,加强教育,进一步启发其"阶级觉悟"。殊不知这一举措引起了美国黑人俘虏的强烈不满,他们提出抗议说,志愿军搞种族隔离,是地道的种族歧视,一些美国白人俘虏则在一旁偷着乐。事已至此,怎么办? 只好按照统一口径,向战俘们作解释:搞种族歧视的是美国,中国人民和中国人民志愿军历来主张各民族和不同的种族一律平等,我们反对搞种族歧视。事后总结工作认为,这是俘管工作中的一个教训。将美国黑人俘虏同白人俘虏分开编队管理确实不妥,说明我们对美国的社会问题缺乏深入的了解和研究。

第三件事是,初始阶段,我们对美、英等军战俘的管理方面,曾经一度不看对象,不加区别,生搬硬套地采用解放战争时期对待国民党军队俘虏的做法,给战俘们上大课,讲社会发展史,进行阶级斗争教育,课后分组讨论。事实是,这种做法不仅得不到好的效果,反而招致战俘们的不满、抵触,甚至于公开反对。因为战俘们认为这是给他们"洗脑",进行"赤化教育",战俘中违规违纪事件不断发生。有一名俘虏向叶成坝反映:有人要搞"黑方块俱乐部",拉他参加,宗旨是什么,说不清,已发展五六名成员。经领导批准,我们取缔了这个秘密组织。但是搞秘密活动的战俘没有受到处罚,因为他们没有造成破坏。许多俘管干部和工作人员看到这种情况,十分着急,思想上也比较混乱;也有许多干部和基层人员在想点子、出主意,给俘管团领导提改进俘管工作的建议。

五

正在这个时候,主管对敌宣传工作的军委总政治部宣传部黄远副部长,从北京来到碧潼,主持召开第一次对敌工作会议,向各级俘管领导传达中共中央毛泽东主席、政务院周恩来总理的指示:对外俘的政治工作应确立以反对战争、争取和平为主题,不要上大课。着重办好图书馆、俱乐部、搞好生活。黄远副部长并在会上作报告,详细分析将近一年来朝鲜战场形势的变化和美、英等多国军队战俘的思想动态,回顾宽待俘虏政策的执行情况,提出了贯彻中央领导指示以改善俘虏管理工作、进一步瓦解敌军的一系列措施和方法——这是1951年6月中旬的事。

与会代表返回各俘管团队传达后,全体干部和战士深受鼓舞,叶成坝和战友们都认为:"中央领导的指示拨正了我们对战俘管理工作的航向,非常及时。从此,我们这些处于最前沿的战俘管理人员就有所遵循了。"

叶成坝所在的俘管4团3中队和其他俘管团队一样,出现了很多新气象:俱乐部的建立,受到战俘们普遍欢迎。各俘管团、队、中队的这个战俘群众性组织,受俘管当局领导,它把战俘生活、活动的方方面面全都"统揽"起来了。在俱乐部委员会里,有一名卫生委员,负责卫生工作;一名运动委员,负责体育运动和比赛;一名文娱委员,负责组织音乐演出和娱乐活动;一名伙食委员,负责收集关于改善伙食的意见,具体管理战俘们自己的伙食,等等。俱乐部委员会的委员们都是战俘们自己选举产生的。

文化娱乐和体育比赛活动迅速在各俘管团、队、中队开展了起来。缺乏文娱器材和体育用品,就派人去沈阳、北京、上海采购,有的乐器则由战俘们自己动手制作。各俘管团、队、中队之间经常举行篮球赛,美国俘虏篮球技术高超,经常夺得冠军,还有奖品,战俘们十分高兴。俘管处王央公主任很喜爱篮球,他每次到俘管4团视察工作,都要观看战俘们的篮球比赛。有时王主任一边看球赛,一边不通过翻译直接用流利的英语同战俘球员谈话,战俘们对这位志愿军战俘营的最高领导都很敬佩。

1952年11月15日至27日,在志愿军战俘营碧潼总部,举行了一次别开生面的运动会——"中国人民志愿军碧潼战俘营奥林匹克运动会"。各俘管团队选出运动员代表共 500 多人,参加了田径、球类、体操、拳击、摔跤、拔河等 27 个项目的比赛。俘管 4 团经过选拔比赛,有几十名俘虏被选为运动员代表,由俘管干部叶成坝带队,从渭原到碧潼参加,运动会的组织和比赛工作全由战俘们自己负责。运动会的规则章程均按国际奥林匹克运动会的规定办理,运动会所需的物资供应则由俘管处总部提供。运动会期间,叶成坝遇见了初期在俘管 5 团工作时管理过的许多美国俘虏,他们见了叶成坝,都过来同他打招呼,特别是有些美国黑人战俘,表现友好、亲切,有的还专门捧来他们自己做的夹心饼请叶成坝品尝。这是一次史无前例的运动会,运动会办得非常成功,战俘们自始至终情绪高昂。运动会结束后,战俘们纷纷拿起笔来,写成文章或感言,主动向战俘营的报纸或墙报投稿。应战俘们的要求,志愿军俘管处编辑出版了一本运动会的纪念册,其中收录了 109 幅照片以及战俘们撰写的 26 篇专题报道、文章和诗歌,它生动地记述了这次大型运动会的全过程,紧张而热烈的比赛场景,以及战俘们发自内心的激情和赞叹,这本纪念册成了战俘们十分珍惜和争相收藏的纪念品。

各俘管团队还设立了书报阅览室和图书馆,有不少在中国、美国及其他国家出版的英文报刊、杂志、书籍等,战俘们可自由地阅览、自愿地讨论,无拘束地抒发自己的意见。美军战俘的文化水平比较高,有些人读了报刊上的文章后,主动地同叶成坝进行漫谈,发表自己的见解。有一名战俘坦诚地向叶成坝谈及这样一个问题:朝鲜战争爆发后,联合国安理会就美国提出的关于联合国出兵朝鲜的提案表决时,苏联代表为什么不留在会场行使表决权? 有的战俘认为,朝鲜半岛距离美国遥远,美国不应卷入这场战争,是苏联给了美国这个机会。一个名叫班克斯(Banks)的美国黑人战俘就谈了自己的观点,他说:"苏联犯了一个大错误,它因抗议蒋介石的代表参加而退出联合国安理会,却使其在安理会讨论向朝鲜出兵问题时未能行使否决权。如果否决了,形势就大不一样了。"像班克斯这样肯动脑筋思考的美军战俘不是个别的。

六

美国凭借其精良的军事装备和"海空优势",大举入侵朝鲜,遭到仅有小米加步枪的中国人民志愿军和朝鲜人民军英勇顽强的抗击。美国没有打赢这场战争,不得不坐下来同朝中方面进行停战谈判。经过无数次的政治和军事斗争、血与火的反复较量,停战谈判在1953年7月27日宣告结束,双方代表在停战协定上签字。朝鲜战争从1950年6月25日开始,一直到停战,一共打了3年零1个月又2天;马拉松式的停战谈判从1951年7月10日开始,到停战协定签字,共谈了2年零17天。至此,朝鲜半岛的这场战争终于画上了一个句号,紧接着就是全线停火的实施和遣返交接战俘工作的全面铺开。

1953年8月初,俘管4团3中队的俘管干部叶成坝,随警卫部队将战俘从渭原送往板门店双方交接地点,参加战俘的交接工作。

板门店有两个交接区:南区为"联合国军"战俘的接收区,北区为朝中方被俘人员的接收区。双方在交接过程中,出现了两种截然不同的景象:当我方人员将"联合国军"战俘送到对方接收区时,许多人回过头来向我方人员频频招手,高呼"再见",有的人表现出依依不舍、不忍离去的样子。而朝中被俘人员一进入到北区时,就怒气冲冲地向对方人员扔鞋子、丢石块,有的人则将对方发的衣服鞋帽全部脱下扔掉,身上只剩一条短裤,用以向对方发泄自己因在对方战俘营遭受虐待和折磨的愤怒。

正当朝中方为遣返"联合国军"战俘和迎接我方归来人员忙得不可开交的时候,原来分散在志愿军各战俘营的20名美军战俘和1名英军战俘,不约而同地向朝中方提出拒绝遣返、要求到中国居住的申请。他们在板门店举行记者招待会,发表书面声明,详细阐述他们这样做是他们自己的选择,去中国居留是为了了解中国,寻求真理。这件事情在全世界引起了极大的轰动。美国方面感到极其难堪。这些人居然不愿返回"自由世界",这是美国的谋士们和决策者始料所不及的。美国军方采取了软硬兼施的手法，企图迫使他们就范，敦促他们回心转意。其实我方是希望并劝说他们回国去的，但是这些美英被俘人员仍然不改初衷。在这样的情况下，中国政府批准了这21名美、英战俘要求到中国居住的申请。1954年2月24日，这21名前"联合国军"战俘由开城到达中国境内时，受到中国红十字会和中国人民保卫世界和平委员会以及中国的人民群众的热烈欢迎和热情接待。

他们在山西省太原市作短暂停留，学习中国历史、社会情况、生活习俗，以及相关的规章、制度等。在此期间，一名原美军战俘因突发心脏病不治去世，其余20人分别走上了学习和工作岗位。由于生活习惯、婚姻家庭等原因，根据本人的意愿和来去自由的原则，从1955年至1966年的11年间，有18人先后离开中国，返回美国、英国，或去第3国定居。

拒绝遣返的21名前"联合国军"中的美、英战俘，有两名是叶成坝所熟悉的：

一名是克莱伦斯·亚当斯（Pfc. Clarence Adams），美国田纳西州孟菲斯人，1929年1月4日出生。1947年应征入伍。美国陆军第24师一等兵，1950年12月1日在第二次战役中被俘。叶成坝在碧潼俘管5团1中队担任俘管干部时，克莱伦斯·亚当斯就在这个中队。朝鲜战争30周年时，美国合众社记者奎格于1980年6月17日报道："亚当斯性格直爽，他的中国妻子教他做中国菜。他于1966年返回美国，本想当个教师或者翻译，但他用了一年时间求爷爷告奶奶都未成功。后来他当了汽车司机，攒了点钱开了个中餐馆。亚当斯对（合众社）记者说，他是在北朝鲜的战俘营和中国的大学长大成人的。他说：'我把它看作是自己最难得的一段经历。'他还说：'我感激中国。我是一个没有受过教育的穷苦黑人，他们让我受教育，待我很好。'"克莱伦斯·亚当斯返美后，有人唆使他编造一些不利于中国的故事，在报刊上发表，这样可名利双收，但是被他严词拒绝了。

另一名是理查德·柯登（Sgt. Richard C. Cordon），美国罗得岛人，1928年1月2日出生。1950年3月9日再次应征入伍，美国陆军第2师军士（旧译军曹，是美军中介于军官与士兵之间的一个特别的军阶，都是职业军人），1950年11月30日第二次战役中被俘。叶成坝在渭原战俘4团3中队担任俘管干部时，理查德·柯登就在这个中队。1986年叶成坝在美国纽约工作期间，看到美国的电视台播放一部题为"美国战俘"的电视片。该片报道了朝鲜停战后20名前美军战俘拒绝遣返的情景，其中有理查德·柯登讲话的镜头，柯登说："我确实认为，中国的生活方式是一种出路，能给人们以自由，可以自由地来去，自由地做自己想做的事。"他说："我们不愿回国的原因多种多样，有些人是真诚地为了寻求和平，我本人就是这样。"柯登说："我们不回去，是因为担心受到统治美国的一小撮仇恨和平的人的迫害。"他还说："留在中国的人没有一个恨这个国家（指美国）。……我所做的一切乃是为了和平，反对战争。除此之外，别无其他。"

另外还有两名拒绝遣返的前"联合国军"战俘，一直留在中国。他们的情况，也在此做一简述。

詹姆斯·G.温纳瑞斯（Pvt. James G. Veneris），美国宾夕法尼亚州匹兹堡人，1922年3月27日出生。1950年再次应征入伍，美国陆军第24师兵士，1950年11月28日在第2次战役中被俘。他经常对朋友们说："我在朝鲜度过了34个月，其中有32个月同中国人民志愿军生活在一起。我选择中国，不是一时的冲动，而是经过深思熟虑的。"温纳瑞斯最初在山东造纸厂当工人，1963年进入中国人民大学学习，毕业后仍回造纸厂当技术员，后来应聘到山东大学担任英语教授，师生们都尊称他为"温教授"、"温先生"。他在济南建立起了一个美满的家庭，他常对朋友们说："我要帮助子孙们掌握中、英两种语言文字，以便接我的班，做中美两国人民的友好使者。"他曾3次返回美国探亲，走访了47个州的大小城镇，受到热烈欢迎，他的家乡更是把他当英雄来接待的，各地的媒体竞相作跟踪报道。许多社会团体和高等学府都盛情地邀请他去演讲,从而掀起了一阵阵"温旋风"、"老温热"。詹姆斯·温纳瑞斯于 2001 年 12 月 18 日在济南市病逝,终年 80 岁。他生前对亲友们说:"我与中国人民结成了深厚的友谊。我在黄河岸边的济南市工作、学习、生活了几十年,我百年后请将我的骨灰撒入黄河,作为我最终的归宿。"他的遗愿业已实现。

霍华德·G. 亚当斯(Cpl. Howard Gayle Adams),美国得克萨斯州柯西卡纳人,1925 年 5 月 29 日出生。1948 年 8 月 31 日再次应征入伍,美国陆军第 24 师班长,1950 年 11 月 28 日,他与詹姆斯·温纳瑞斯在第 2 次战役中同时被俘。霍华德的大半生都是同温纳瑞斯联系在一起的,两人都拒绝遣返,获准到中国居住;两人都在山东造纸厂工作,两人都获准到中国人民大学学习,毕业后两人都选择回山东造纸厂工作。只是 1979 年后,两人才分开,温纳瑞斯到山东大学任英语教授,霍华德到山东医科大学任英语教授,两人都为中国经济建设培养外语人才贡献自己的力量。霍华德同新老朋友相聚时,总是坚定不移地表示:"只要自己一息尚存,就要以全部精力,作为友好使者,为中美两国人民万古常青的友谊铺路搭桥。"

七

在抗美援朝战争期间,叶成坝圆满地完成了自己所承担的对"联合国军"战俘的管理和遣返交接工作,荣立三等功一次;1953 年 6 月,他被批准加入中国共产党,朝鲜人民军授予他一枚军功章。1954 年 2 月,他和停战谈判代表团翻译队的大部分战友一道从开城返回北京。他被调入外交部,1954 年 5 月,派往瑞士日内瓦,到新建立的我国驻日内瓦总领事馆工作,从此,开始了他长达 41 年的外交生涯。

地处欧洲中西部的瑞士联邦,面积 41000 多平方公里,人口 680 多万,1648 年宣布独立,后即执行中立政策,1815 年欧洲各国承认其为永久中立国。首都伯尔尼,人口 15 万多,以钟表业著称,万国邮政联盟设在此地。苏黎世是瑞士最大的城市、世界金融中心之一,人口37万多。日内瓦位于瑞士西南角的莱蒙湖(又称日内瓦湖)畔,与法国接壤处,罗纳河横穿市中心,将城区分为左右两岸,人口16万多。有40多座公园,风景秀丽,为旅游胜地和著名的国际城市。总部设在日内瓦的大小国际组织约有250多个,各种国际会议经常在此召开。

1950年9月14日,瑞士同我国建立外交关系,是西欧国家中最早与我国建交的国家之一。

叶成坝在我国驻日内瓦总领事馆工作8年,其主要任务之一是,收集资料,调查了解总部设在日内瓦的各国际组织和国际会议的情况,探讨与各国际组织建立和发展关系,向总领事馆领导提出意见和建议,报送国内参考。关于这方面的工作,政策性和原则性都很强。由于中国在联合国及其主要附属机构和专门机构的合法席位当时仍由蒋介石集团窃据,在建立和发展与各国际组织的关系方面,不是很顺利的。因为我们的原则立场是,必须坚持"一个中国"的原则,这是我国参与国际组织及其活动坚定不移的前提条件。

1955年、1956年间,瑞士一位知名的发展心理学家皮亚杰先生(Pean Piaget)两度到我国驻日内瓦总领事馆,劝说我国加入其总部设在日内瓦的3个国际组织,叶成坝代表总领事馆出面接见他。皮亚杰所说的3个国际组织是从事文化、教育方面活动的,与联合国教科文组织有密切关系,但在联合国的这个专门机构里,蒋介石集团的代表仍窃据其间。因此,经报告并经国内同意,对皮亚杰的建议予以婉拒。叶成坝礼貌地向皮亚杰先生作解释说:"在蒋介石集团的代表仍然窃据教科文组织中国席位的情况下,我们不加入这3个国际组织,也不参加它们的活动。"

瑞士人民朴实、诚恳,对中国人民热情、友好,叶成坝在我国驻日内瓦总领事馆工作期间,做了大量的友好工作,同许多瑞士友人结下了深厚的情谊,同雷翁·布法(Leon Bouffard)一家的交往就是一个突出的例子。

雷翁·布法于20世纪50年代任国际篮球协会联合会主席时，曾应邀到我国进行了一个多月的参观访问，周恩来总理接见了他。60年代初，布法偕同夫人安杰拉再次到北京访问，进一步加深了对新中国的了解。他回国后，到处作报告，大力宣传中国悠久的历史和灿烂的文化，以及新中国各方面的巨大成就，并参与发起成立了"瑞士中国友好协会"。在布法的影响下，包括他的第二代、第三代，全家人都同我国驻日内瓦总领事馆保持友好联系，成为我总领馆的常客，叶成坝和总领馆的同事也经常应邀去他家做客。这样你来我往，像走亲戚一般。后来，叶成坝的工作即使有变动，调回国内，或派驻其他国家，也仍然不停不断地同他们家人保持着友好交往。

瑞士人主要是日耳曼族，占人口的84%，还有法兰西人、意大利人等。它是一个多语言的国家，官方语言有德语、法语、意大利语、拉丁罗马语等。

日内瓦是瑞士以法语为主的城市，是法语区。叶成坝上大学时，是英语系的毕业生，还自学了第二外语俄语。但无论是英语，或是俄语，在日内瓦都吃不开，日常生活极为不便。作为一名外交人员，他下定决心：除了巩固和提高自己的英语水平之外，一定要坚持学习法语。他如饥似渴地抓住各种机会进行学习，终于，在不长的时间，他的法语竟能运用自如。此后，叶成坝在工作方面，在日常生活中，实际上在日内瓦8年工作的后期，运用法语的机会远比英语还多，他在我驻日内瓦总领事馆担任英文翻译，另有一位专职法文翻译；后来这位法文翻译被调回国内，总领事馆的法文翻译工作即由叶成坝兼任。

然而，叶成坝没有忘却：在国内，在"文化大革命"中，极"左"思潮泛滥时，谁要是阅读外文书，说外国话，便会被扣上"崇洋媚外"、"洋奴买办"帽子。针对这种情况，周恩来总理当即做出指示：外语要天天学，天天读，尤其是外事干部，不可荒废。从此，广大的外事干部，即使在五七干校劳动，也要抽出时间学习外语。毕竟这是过去的事情了，叶成坝没有抹掉这一段历史插曲的记忆。

由于叶成坝掌握了英语和法语两种外语,并能熟练地使用,此后长时间在国际机构中任职,或是参加各种国际会议,都大大地方便了工作。

叶成坝刚到日内瓦工作时,一位英国籍的女高级职员初次同叶成坝见面,她先用英语,紧接着就改用法语同他说话,意图试探一下他的法语水平,小小地将他一军。没想到,叶成坝先说英语,随即改口用法语,对答如流,谈笑自若。这使那位英国女士很吃惊,一个中国人,不仅英语好,法语也很流畅,她对叶成坝表现出很敬佩的样子。

突尼斯是普遍使用法语的国家,有一次,叶成坝出席在突尼斯举行的国际会议,在会后的记者招待会上,他使用流利的法语同记者们对话,大受欢迎,突尼斯报纸用大篇幅报道并加赞扬。

如前所述,叶成坝上大学时专习英语,第二外语是是俄语,法语是他进入外事领域后工作之余学习的,有谁会想到后来他的名字上了"法语名人榜"。1986—1987 年法国文化与技术合作总社出版的《法语名人录》录入叶成坝的简历,将他列为世界上 3000 名"对使用和捍卫法语做出贡献"的法语名人之一。该名人录是由法国、比利时以及加拿大魁北克省等使用法语的国家和地区有关部委共同主持审定,在巴黎出版的。

八

1957 年 11 月 23 日,我国驻日内瓦总领事馆的大客厅灯火辉煌,两位青年翻译干部叶成坝和方平的婚礼在这里举行。沈平总领事为这一对新人主持婚礼,并当着中外众宾客的面代表我国政府将结婚证书发给两位年轻人。

翌日,叶成坝偕方平按瑞士的规定和习俗,到总领馆驻地日内瓦朗西区区政府办理驻在国的结婚登记手续。朗西区政府的相关官员用法语向叶成坝和方平宣读组建家庭后双方应承担的义务说:"夫妻双方应该相互忠诚,相互帮助,双方有义务协力确保家庭兴旺。"接着问叶成坝："你是否愿意与她(方平)结为夫妻？能否永远对她忠诚？"叶成坝用法语回答说："是。"那位官员以同样的问题问方平，方平也用法语作了肯定的回答。然后，朗西区政府官员给叶成坝和方平发了一本相当于我国户口簿的"日内瓦州家庭手册"。

至此，这一对抗美援朝的战友和志同道合的同志，经过漫长而曲折的历程，终成眷属。

方平出生于江苏省的一个书香门第家庭，父母亲均从事教育工作。她在南京大学艺术系学习时，朝鲜战争爆发，她毅然响应党和政府关于"抗美援朝"的号召，报名参加军事干部学校。1952年9月，方平和另外9名专习英语的战友参加抗美援朝的申请获得批准，被派到朝鲜碧潼中国人民志愿军政治部俘虏管理处，到渭原俘管4团登记股担任翻译，具体任务是：整理和保管"联合国军"战俘档案材料、收发战俘与其亲属的来往信件、为战俘播放每日新闻，等等。

其时，俘管干部叶成坝正在渭原俘管4团3中队，与方平在工作方面经常联系接触，彼此留下了深刻的印象。但是，在战争期间，大敌当前，工作任务压倒一切，有谁能顾得上个人感情的事呢！

《朝鲜停战协定》于1953年7月27日在板门店签字后，志愿军战俘营俘管4团3中队的俘管干部叶成坝奉命于8月间从渭原随警卫部队将战俘送往双方交接地点板门店时，因行色匆忙，未能到俘管4团团部同方平话别；而方平则于9月离开渭原，到志愿军战俘营总部碧潼与各俘管团的女翻译们会合，返回北京，时隔两月，即奉派到新德里中国驻印度大使馆工作。叶成坝于1954年2月从开城回到北京，5月，即奉派到中国驻日内瓦总领事馆工作，从此，两人天各一方，杳无音讯。一年过后，通过调到我国驻瑞士大使馆工作的原俘管4团战友葛祖范了解情况，叶成坝和方平才恢复了联系。1957年，组织同意叶成坝和方平的申请，将方平也从新德里调到日内瓦，与叶成坝同在总领事馆工作，从而喜结良缘。1962年6月，夫妇两人奉调从日内瓦回国时，已是有一儿一女的4口之家了。

九

从1962年下半年至1980年初,叶成坝在外交部国际司工作,担任主管裁军、联合国专门机构、联合国以外的国际组织和国际会议等项工作的副处长、处长,经历了"文化大革命"、下放江西"五七干校"劳动,参加了1971年7月9日至11日美国国务卿基辛格访华的接待工作。1971年10月25日,第26届联合国大会以压倒多数票通过恢复中华人民共和国的合法席位并把蒋介石集团的代表驱逐出去的决议,紧接着美国总统尼克松一行于1972年2月访华,叶成坝参加了接待工作,等等。

我国在联合国的合法席位得到恢复之后,联合国的哪些专门机构我国应该参加,这是我们面临的一个问题;并且,由于种种原因,要加入这些国际机构,来自国内各方面的阻力还不小。叶成坝主管这方面的工作,深有所感。当时盛行的一种论调就是:"我们20多年在联合国之外,不是也过得很好吗?联合国的专门机构和附属机构参不参加无所谓。"

"国际劳工组织"在联合国恢复我国合法席位后,立即于1971年11月通过决议,恢复我国在该组织的合法席位。国际劳工组织成立于1919年,1946年成为联合国的专门机构,其宗旨是:"促进充分就业和提高生活水平;促进劳资双方合作;扩大社会保障措施;保护工人生活与健康。"主张"通过劳工立法以改善劳工状况",进而"争取世界持久和平,建立社会正义"。我国一位在联合国秘书处担任高官的先生一再对人说:"谁不怕当工贼就去参加(国际劳工组织)。"该组织将其决议电告我方时,我方迟迟未予答复。周恩来总理指示应立即复电该组织表示感谢,并积极研究参加的问题。尽管如此,仍然延宕到12年后的1983年6月,我国才第一次派代表团参加第69次国际劳工大会,恢复了我国在该组织中的活动,这是一个典型的例子。

"世界知识产权组织"是1974年正式成为联合国的专门机构

的,没有台湾当局的代表。然而相关部门一位主管局领导担心加入后会"束缚自己的手脚",因而强烈反对参加。有关部门介绍情况说,由于我国没有加入该组织,吃了不少亏。外商卖给我国的产品,只因享有专利权,往往把价钱抬高几倍;我们自己研发的产品,却得不到知识产权保护。例如,我国研制的产品插秧机,出口后,有的国家将它改头换面,变成了他们的创造发明,抢先向该组织申请专利登记,然后以高价出口到别的国家,赚取钱财。然而不管怎么说,也说服不了这位主管部门的局领导。后来几个部门经过充分研究,将情况和支持参加该组织的意见向上报告,邓小平同志批示"应该参加",这个问题才得到解决,但是我国正式加入该组织成为其成员时,已是1980年6月。

1973年5月,世界卫生组织第26届大会在日内瓦举行。这是该组织恢复我国合法席位后我国第一次派团与会,代表团阵容强大,叶成坝是代表之一。会上,我代表团联合36国提出提案,要求接纳朝鲜民主主义人民共和国为成员国,挫败了美国等国要求推迟一年讨论的提案。表决时,我团提案获赞成票66票,反对的41票,22票弃权,我团提案胜利通过。从此,朝鲜民主主义人民共和国进入联合国专门机构的大门被打开。然而,代表团中有关部门派出的一位代表却认为我团代表在会上发言反击不力,表示强烈不满。代表团连夜将大会情况向国内报告,当天得到国内复电,肯定代表团的工作,并通报表扬。团内的这场争执才算平息。

关于我国向世界卫生组织缴纳的会费,同对各专门机构一样,是参照对联合国的会费比例执行的。1973年,我国向世界卫生组织交纳会费计3,325,680.00美元,占该组织经费预算的3.6%。根据该组织的规定,我国缴纳会费后,可按比例享受250万美元等值的、不附加任何条件的"服务与援助"。美国、日本等国都是接受此项"服务与援助"的,只是数额少一些。大会期间,我国卫生部外事局陈海峰局长当选为该组织的执行委员,外交部国际司叶成坝处长当选为候补执行委员。此后很长一段时间,由于国际国内形势的变化,经过复杂而曲折的过程,对于该组织的"服务与援助",我国一直都未予接纳。1976年7月28日,唐山发生7.8级大地震,面对巨大的灾难,我国仍不接受国际上的援助。直到"文化大革命"后期"四人帮"垮台、邓小平同志主持中央工作后,关于接受国际援助问题才得到解决。

当时,我国在联合国重要的专门机构中席位得到恢复的,还有国际奥林匹克委员会。1979年10月,国际奥林匹克委员会在日本名古屋举行执委会,排除了该机构前领导人、美国的布伦戴奇制造"两个中国"的图谋,通过决议并确认,中华人民共和国的体育机构在该委员会中为"中国奥林匹克委员会"(中国奥委会),使用中华人民共和国国旗和国歌;设在台北的奥林匹克委员会名为"中国台北奥委会",使用"不同于其目前使用的旗、徽和歌"。1979年11月26日,国际奥委会正式通过决议,恢复我国在国际体育运动中的合法权利。于是,体育领域的其他国际组织都以此为例,顺利地解决了我国的代表权问题。

在这一段时间,叶成坝作为我国政府代表团的代表,频繁地往来于欧洲和亚洲的许多国家,同各国际组织打交道,参加一系列国际会议,进一步熟悉情况,积累经验,大有裨益于日后承担国际组织的新的工作。

十

正在我国外交部国际司担任主管联合国专门机构、附属机构及其他国际组织工作的处长叶成坝,于1980年2月5日接到联合国招聘司司长塔奇先生(Tarzi)的电报,要点如下:谨代表联合国秘书长愉快地向你发出在秘书处任期2年的定期聘任通知,作为向中国政府借调;职务是副秘书长办公室主任;级别是D-1(次于秘书长、副秘书长、助理秘书长、司局长的第5级);在技术合作和促进发展部工作……如同意,请复电。此前领导已征求过叶成坝的意见,他是有思想准备并同意的,于是复电表示接受联合国的聘用。经过紧张的准备，办妥必要的手续，1980 年 3 月 8 日，叶成坝和方平夫妇俩从北京启程，前往纽约就职，从此开始了他在联合国总部长达 8 年的工作，方平则到中国驻联合国代表团任参赞。

纽约于 1686 年建市，是美国最大的城市和最大的海港、全国的交通枢纽、工商贸易和金融业中心。它位于大西洋沿岸哈得逊河口，市区由曼哈顿岛、长岛、斯塔腾岛及邻近的大陆组成，分曼哈顿、布鲁克林、布朗克斯、昆斯、里士满 5 个行政区，面积 900 多平方公里，人口 700 多万。约翰·肯尼迪国际机场离市中心 24 公里，纽瓦克国际机场离市中心 16 公里，18 世纪后期曾一度为美国的首都。

曼哈顿是纽约的中心区和神经中枢，面积 57.7 平方公里。南端长仅半公里的华尔街，是全美主要银行、大交易所、大垄断寡头聚集的中心。纵贯南北的百老汇大街乃娱乐中心，长 25 公里，宽 22 ~ 45 米，中间有多处转折为大小不一的广场，其中最大的广场与第七大道交叉、在第 42 街与 44 街之间的广场名为时代广场。每年除夕，欢快的人群聚集于此，等待一个彩色大气球在午夜从天而降，聆听新年到来的钟声，共同迎接新年。曼哈顿还是文化艺术中心，哥伦比亚大学等著名的高等学府设立于此。曼哈顿南端 24 公里处的自由岛上，耸立着自由女神像，高 93 米，重 225 吨，为庆贺美国独立 100 周年之作。曼哈顿高楼林立，与黑人民族聚居的贫民窟形成鲜明的对照。与华尔街近邻的世界贸易中心，由 6 座楼群构成，其中两座正方柱形的高楼，被称为"双子星座"，历经 7 年时光，于 1973 年落成。两楼高 427 米、110 层，有"世界之窗"的美称。笔者多次访问纽约，曾两度登临第 107 层瞭望厅，眺望纽约市及毗邻的新泽西州，其壮丽景色，尽收眼底，令人心旷神怡。不幸的是，2001 年 9 月 11 日清晨，国际恐怖分子劫持两架民航班机，先后撞击这两座高楼，顿时浓烟滚滚，火光冲天，楼内几千人瞬间葬身火海，这两座拥有 84 万平方米的办公面积、容纳 1000 多家公司 5 万多名职员的标志性建筑就这样在爆炸声中倒塌了。

半年多以后，笔者再次亲临现场时，只能在邻近的楼房里隔窗远望,著名的"双子星座"已是一片废墟,一堆瓦砾,昔日高耸云天的"双子星座"已经从地面上消失。

联合国总部所在地联合国大厦,就建在纽约市中心的曼哈顿区。

联合国是第二次世界大战胜利后建立的国际组织。1945 年 6 月,51 个国家在美国旧金山举行会议,签署《联合国宪章》,从 1945 年 10 月 24 日起正式生效。就在这一天,联合国正式宣告成立,参加宪章签字的 51 个国家为联合国创始会员国。中国是联合国的创始会员国之一,但由于美国的阻挠,中华人民共和国在联合国的合法席位直到 1971 年 10 月 25 日才得到恢复。联合国的宗旨是:维护国际和平与安全、制止侵略行为、促成国际合作,等等。现在,联合国有 193 个会员国。

联合国由 6 个主要机构组成,它们是:联合国大会、安全理事会、经济与社会理事会、托管理事会、国际法院、秘书处。

联合国系统包括 3 个方面:联合国专门机构、联合国附属机构、联合国秘书处。

联合国专门机构是根据各国政府的协定而设立,并以特别协定同联合国联系的专门性国际组织,现有 15 个专门机构:国际劳工组织、联合国粮食及农业组织、联合国教育科学及文化组织、世界卫生组织、国际复兴开发银行、国际金融公司、国际开发协会、国际货币基金组织、国际民用航空组织、万国邮政联盟、国际电信联盟、世界气象组织、世界知识产权组织、国际海事组织、国际农业发展基金组织。

联合国附属机构有:联合国贸易与发展大会、联合国开发计划署、联合国难民事务高级专员公署、联合国人权事务高级专员公署等共 20 个组织。

联合国还有 5 个区域委员会,它们是:亚洲及太平洋经济社会委员会、欧洲经济委员会、西亚经济委员会、拉丁美洲及加勒比经济委员会、非洲经济委员会。区域委员会由联合国秘书长授权运作,经费由联合国提供,向联合国经济和社会理事会报告工作。

此外,还有联合国善后救济总署,1943 年 11 月在美国华盛顿成立,先后有 48 个国家参加,其救济活动及于 39 国。其任务是:负责处理德、意、日法西斯侵略战争受害者的"善后救济"工作,实为美国操纵。1945 年 10 月联合国成立后划归联合国统辖,1947 年任务完成后撤销。

联合国秘书处在纽约联合国总部内,设秘书长 1 人,为联合国的首席行政长官;副秘书长各负责一个部门。在日内瓦、维也纳、内罗毕分别设有办事处。秘书长任期 5 年,可以连任。根据形势的需要和经费的情况,秘书处本身约 20 个左右的机构经常有增有减,工作人员达 1 万多人;经过多次精简改组,也有 8000 多人。

联合国总部所在地联合国大厦,在纽约曼哈顿区的东河西岸,第 42 街到 48 街之间,这一片地方就是众所瞩目的联合国广场。大厦从 1947 年着手设计、1949 年 10 月 24 日联合国大会通过设计方案并奠基、动工兴建,到 1951 年 6 月完工,共用了 4 年多时间。1952 年 10 月,联合国大会头一次在这座新落成的会议大厅举行。大厦的主要建筑物由大会场、秘书处大楼、会议楼 3 部分组成,秘书处大楼为大厦的主体建筑,高 165.5 米,共 39 层,恰似一个竖立起来的长方形火柴盒,立面为大片玻璃的板式围护墙。这种板式建筑曾有过很大的争论,中国著名的建筑师梁思成参加了大厦的设计工作,他赞成这种板式建筑,最后在 80 个设计蓝图中胜出,终于获联合国大会通过。

关于联合国的经费,主要来源于会员国缴纳的会费,还有各方捐助、房屋出租、邮票销售等的收入。美国分摊的会费约占联合国预算的 25% ,进入本世纪后减至 22% ;日本 19.468% ;德国 8.662% ,英国 6.127% ;法国 6.030% ;中国 2.053% ,居第 9 位。由于种种原因,许多国家欠缴会费,美国则以拖欠会费作为向联合国施压的手段,企图在某些问题上影响联合国的决策。正因为如此,联合国经常出现经费短缺的情况。

作为联合国副秘书长办公室主任,叶成坝走马上任之后,花了很大精力和很多时间,了解和熟悉庞杂的联合国及其专门机构和附属机构方方面面的情况、它们各自的任务、相互之间的关系等,以利于开展自己所担负的新的工作,就是必然的了。

十一

1980 年 3 月 14 日,叶成坝到联合国总部人事厅报到。他阅读了联合国职员守则和联合国国际公务员宣誓书,如同联合国所有职员一样,他在宣誓书上签字。

联合国职员守则如下:公务员必须保证在执行任务时以联合国的利益为重;不得作任何不符合其国际公务员身份的公开声明;不得向任何人透露执行任务过程中未经公开的情况;未经秘书长批准,不得接受任何来源的勋章、奖章、馈赠、礼品或报酬;不得从事与其独立、公正身份不相符合的政治活动,等等。

宣誓书的内容如下:"我庄严宣誓,以最高的忠诚、谨慎与良知执行作为联合国国际公务员的职责;我只以联合国利益为重来完成这些职责并调整自己的行为;我在执行任务时不接受任何政府或联合国以外的机构的指示。"

第二天,即 1980 年 3 月 15 日,叶成坝便去联合国秘书处所属的技术合作促进发展部正式上班。该部于 1978 年 3 月 23 日由秘书处原技术合作厅与其他相关部门合并、扩充而成,在对亚洲、非洲、拉丁美洲国家的技术援助,尤其是在制订发展计划、公共行政、人口、统计、探矿、能源、水资源等项目的发展、开发、利用方面,积累了丰富的经验,做出了巨大的成绩,受到发展中国家广泛的欢迎。

技术合作促进发展部向发展中国家提供技术援助是无偿的,不附带任何政治条件。从 1978 年至 1984 年的 6 年间,该部执行的项目给受援国引来的投资达 23 亿美元。

然而,由于发达国家认捐的援款减少,向发展中国家的技术援助项目不得不大幅砍掉,技术合作促进发展部的机构也不得不实行精简。1983年6月，该部总人数原有658人，减去179人，余下479人，在亚非拉执行技术援助项目的人员也由1700人减为1200人，该部的结构也由原来的5个行政司减为4个行政司。

技术合作促进发展部由联合国一位副秘书长领导，叶成坝到职时主管该部的副秘书长是曾留学美国多年的中国外交部国际司原司长毕季龙。他于1979年6月接任该职，于1985年6月离任。中国政府推荐谢启美接替，至1991年1月卸职。

叶成坝的任务可谓五花八门，对内既要承上启下，沟通和协调各司、各单位之间的关系，对外则要代表副秘书长。他的具体职权范围是：协助副秘书长全面领导本部以及本部的行政管理；对本部所属各司、各委员会和各专门小组的工作给予指导；代表副秘书长向会员国政府和常驻代表团、联合国立法机构、附属机构和专门机构等进行交涉和联络任务；执行副秘书长交办的临时任务，等等。技术合作促进发展部所属各部门各单位之间、职员与职员之间的关系极其错综复杂，因而必须格外谨慎、细心，必须"一碗水端平"，不能有任何歧视和偏颇。包括秘书处技术合作促进发展部在内的联合国职员均来自不同的国家和地区，有着不同的民族习惯、宗教信仰、文化差异、思维方式，往往产生种种矛盾、疑虑或不同的意见。由于叶成坝平日注意深入了解情况，谦虚谨慎，坚持原则，秉公办事，不带任何歧视和偏见处理各种问题和矛盾，因而深得上级领导和同事们的信任。职员们都乐意同他接近，向他反映情况和工作中的问题，这对他充分发挥办公室主任的作用，是非常有利的。

然而，也有例外。在工作中，叶成坝就几次碰到过竭力揽权或者是唯我独尊的同事无理相争的情况。他都应对有方，不仅没有与争闹的同事撕破脸皮，而且赢得了道理，彼此之间继续保持着友好关系。

叶成坝到任之初的一天，技术合作促进发展部所属"规划与执行司"司长路易·戈麦斯来到叶成坝的办公室，这位司长自恃资格老、业务熟，工作有成绩，平时与同事相处便有些飘飘然，不可一世。

戈麦斯面带愠色地对着叶成坝嚷道:"你们究竟在干什么?"原来毕季龙副秘书长要出差去中国,一位名叫巴苏的处长没有经过他的顶头上司,就直接向副秘书长提出跟随副秘书长出差的申请,得到毕副秘书长的批准。作为副秘书长办公室主任的叶成坝,事先并不知道这一情况,没有立即回答戈麦斯的质询。没有调查,就没有发言权。他沉着冷静地进行调查研究,仔细地查阅联合国职员的有关条例,没有明文规定副秘书长或其他高官领导在紧急情况下也不能越级审批下级的请求报告。情况弄清楚了,叶成坝把戈麦斯司长请来,不愠不火地说:"副秘书长批准巴苏处长出差,确有此事。不过,我要请问你,联合国哪一条规定不准副秘书长直接审批下属的请示报告?"戈麦斯司长满脸通红,无言以对,过了好一阵子,他才站起身来说:"叶先生,对不起,我错了,我向你道歉!"戈麦斯的级别比叶成坝要高一级,在联合国,一个高级别的官员向低级别的官员道歉是极其少有的,何况一向高傲自负的戈麦斯司长还向叶成坝说:"这是我这辈子第一次向人道歉。"事情就这样过去了。他们在工作中一如既往地互相配合,并保持着友好往来,关系融洽,并未因此事受到负面影响。

十二

经联合国秘书长批准,1983年4月1日叶成坝由联合国副秘书长办公室主任升任秘书处分管的技术合作促进发展部的"政策与资源计划司"司长,级别由D-1级升为D-2级,并提升了年薪和补贴(按照国内20世纪80年代以前的规定,此项薪金是要交公的)。他和所有联合国职员一样,持有本国护照和联合国通行证。两种证件同样有效,通行证也由D-1级以下职员的蓝色封面换为D-2级以上职员的红色封面;蓝色通行证用联合国通用的英、法、俄、中、西班牙、阿拉伯6种文字载明的一段文字,红色通行证上也有:"兹有联合国职员因公出行,请各国地方文武官员给予持证人职位所享有的礼遇、便利、特权及豁免,并妥为照料,遇事协助,以便利其行程和职务的执行。"换为红皮通行证之后，增加了一段文字："持证人是联合国司局长，根据联合国特权及豁免公约第 7 条第 27 节规定，因执行联合国公务，享有外交使节享有的同样便利。"叶成坝每次出差，在候机室均享受贵宾待遇，纽约市政府的礼宾官到机场送行。

叶成坝领导的技术合作促进发展部所属"政策与资源计划司"于 1983 年 7 月 1 日起，改名为"政策、规划与发展计划司"，其机构和职能也作了精简和调整。新的司有职员 97 人，在亚非拉国家有项目人员几百人。司以下有 3 个职能处，它们是：政策协调处、国别项目规划与评估处、发展计划咨询处。

叶成坝的新司业务涉及面宽广，头绪纷繁。他除了要领导全司的工作之外，还经常代表技术合作促进发展部接受各方的调查、联系和交涉，代表部里出席联合国各种重要的会议，并备咨询、回答问题，等等。工作繁忙，自不待言。

促进"南南合作"，是叶成坝和他领导的新司一项重要的任务。

何谓"南南合作"？是指发展中国家之间在经济和技术方面的合作，含有"集体的自力更生"之意。这是 20 世纪 60 年代兴起的，目的在于摆脱发达国家的控制，复兴民族经济，发展中国家的大多数位于南半球，因而得名。联合国为促进和支持"南南合作"，在开发计划署内设南南合作特别局；联合国大会并作出决议，成立由联合国开发计划署组成"检查发展中国家间技术合作高级别委员会"，每两年开一次会检查技术合作进展情况。

1983 年 11 月，亚太地区发展中国家技术合作会议在北京举行。叶成坝作为技术合作促进发展部负责政策与计划的司长，应邀与会。会议期间，中国政府、技合部、开发计划署 3 方代表经过友好协商，达成一项协议：在中国举办一次跨洲的发展中国家技术合作政府间协商会议，费用由 3 方共同赞助。

经过各国 3 年的精心准备，联合国首届跨洲的发展中国家技术合作政府间协商会议于 1986 年 11 月 24 日到 29 日在北京召开，包括中国代表在内，共有来自亚太地区、阿拉伯国家、拉丁美洲及加勒比地区的 24 国代表济济一堂,气氛热烈。各国代表均准备了项目建议书,自由地选择合作伙伴。中国代表提供的技术合作项目最受欢迎的有:小水电、灌溉、沼气、针灸、中医等。玻利维亚接受中国的高原小麦生产项目技术援助,并聘请中国专家为拉美国家人员开办小水电讲习班授课。中国另向玻利维亚、牙买加、墨西哥、秘鲁、菲律宾等国提供 6 个开发矿业资源的合作项目。墨西哥、委内瑞拉等国则要求中国给予地震工程方面的技术援助,委内瑞拉愿在皮革、石油、塑料等工业给予中国技术援助。此次各国共达成 206 个项目的技术合作协议,其中约有三分之二的技术合作项目是与中国双边达成的。在洽谈过程中,叶成坝还听到这样一个故事:巴西曾从中国学习苎麻纤维加工技术,经过改良后,将苎麻纤维加工成高质量的纺织品出口,现在巴西又将此改良技术传授给中国。真是妙哉!这种情况回过来又给我们一些单位和科技人员以启迪:我们绝不能固步自封,不能满足于一孔之见和一己之得。科学技术与经济领域的事,必须不断发展、提高、创新。

会后,中国政府安排与会的各国代表到上海、杭州参观,代表们非常高兴,称赞这是"学习旅行"。巴巴多斯的代表说:"'学习旅行'很好,很有教育意义,并且使与会者之间及与联合国官员之间有更多的接触机会,促进彼此间更好的了解。"

联合国跨洲的发展中国家技术合作政府间协商会议的成功举办,促成了另两次不同规模的区域间技术合作会议,一次是 1987 年 4 月在土耳其,另一次同年在突尼斯,均由技合部、计划署和会议所在国政府三方共同赞助,这两次技术合作会议也都非常成功。

十三

如前所述,我国很长一段时间是不接受外援的,但是"文化大革命"后情况发生了变化,改革开放政策开启了我国的大门。我们不仅可以运用走出去、请进来的办法同国际间进行经济技术方面的沟通、交流和合作,而且可以接受不附带任何条件的国际援助。自从联合国恢复我国的合法席位之日起，我国就同联合国建立起了日益紧密的联系。中国的高级官员应邀出任联合国副秘书长、领导联合国秘书处所属的一个部——技术合作促进发展部，这在以往是从来没有过的事。作为技合部的一位司长，叶成坝在任期间，不遗余力地为促进中国各有关部门和技合部之间的经济技术沟通、交流和合作，进行了大量的、卓有成效的工作，取得了丰硕的成果。仅举几例。

1982年，中国首次按国际标准、使用电脑进行人口普查。技合部投入1600万美元的援款，采购21台大型电脑和相关设备，并突破西方国家对中国的封锁，取得了出口许可证，为中国完成了采购任务；1986年，技合部又为中国采购到了供中期人口抽样普查之用的微型电脑135台，还为中国建立了22个人口研究与培训中心。叶成坝几度赴北京、西安、昆明参加人口普查项目的评审工作，检查人口研究与培训项目的质量。

技合部对中国的大庆、胜利、大港油田都提供过钻井设备、技术、管理、人员培训等的援助。该部仅用9.5万美元的援款，就为中国购得钻井测斜仪，从而解决了防止钻井偏斜的技术大问题。如由中国自己采购，一是难以买到，二是价钱也会很高。有关单位一位负责人告诉叶成坝，以往钻井因钻头偏斜得不到纠正而报废，浪费很大；技合部派来的专家毫无保留地教会中国技工使用这种新的钻井仪器，很负责任。胜利油田有一个受援项目：培训石油钻探技术人员。先后举办了20期培训班，受过培训的人员达1000余人。油田领导向技合部发电致谢说，这个援助项目非常成功，生产效果明显，钻井效率大为提高，成本也降低了。油田还派出考察组出国考察，学习先进生产经验。

技合部在中国执行的能源和自然资源的援助项目中，以西藏、北京、天津等地地热资源的开发利用规模最大。为此，技合部争取到1200万美元的款项，采购设备，派出法国、冰岛、意大利等的专家来中国，并安排奖学金，由中国派出技术人员到意大利、冰岛、新西兰、日本、美国进行学习或参观考察。关于黄河、淮河、海河地区地下水资源勘探援助项目,始于 1982 年,1987 年告一段落。该项目的目的在于指导地下水的开发、利用与管理,以利提高粮、棉等的产量。技合部投入 55 万美元,除引进设备外,也是聘请外国专家来华提供技术指导,由中国派员去美、英、日、荷兰学习考察。外国专家认为,中国在地下水资源的利用上,浪费严重,不能只顾眼前利益,不计后果。中国有关部门是赞同这个意见的,认为外国专家的意见很中肯。

技合部与中国各有关部门还在经济信息技术工作方面,进行了成功的合作。1983 年 11 月间,中国各有关部门举办了一次经济信息讲习班,参加的有中国各部委、高等院校以及各省市自治区选派的人员共计 160 万余人。技合部提供经费,聘请两位外国专家授课,主要内容有:经济信息系统的内容和作用、投入产出分析、经济预测技术、计量经济,等等。中国有关部门的一位局长等领导人高兴地对叶成坝说,讲习班办得很成功,收到了预想不到的效果,对我国的经济信息工作将起到启蒙和推动作用。当时担任国家经委副主任的朱镕基,专门宴请叶成坝和两位外国专家表示感谢,并希望联合国的技合部今后继续给中国以支持。

技合部与中国各部门的成功合作和援助项目繁多,实在是不胜枚举!

十四

叶成坝于 1980 年初受聘为联合国副秘书长办公室主任,任期 2 年;期满后又两次续聘 3 年,并于 1983 年 4 月 1 日升任由秘书处分管的技术合作促进发展部的"政策与资源计划司"、后改为"政策、规划与发展计划司"司长,至 1988 年 1 月期满后退休,在联合国工作整整 8 年。技合部是联合国秘书处唯一由中国人主持的、直接为发展中国家服务的一个机构,叶成坝在任职期间,总是谦虚谨慎,兢兢业业,严格要求自己,尽一切努力为发展中国家提供服务,做出了自己的贡献,受到广泛的欢迎和尊重。

1988年1月22日,叶成坝离任时,技合部专门为他举办告别招待会,前来参加的有联合国的多位高级官员、他的同事、朋友等;在外地、外国的同事友人还发来电报向他致意,回忆合作共事时的愉快情景,祝愿他"在人生征途另一阶段一切顺利"。联合国副秘书长、中国籍的谢启美在告别招待会上致词,盛赞叶成坝在联合国的工作,说他在担任办公室主任期间,除协调各方面错综复杂的关系外,还就政策性问题提出不少好的建议;精简机构时,在计划、协调和实施各项节约措施中发挥了重要的作用,受到前任副秘书长毕季龙的高度赞扬;担任司长后,对副秘书长和助理秘书长就政策、发展、协调、资源计划、立法及处理内外关系等方面提出了不少明智的建议;在8年中,对技合部做出了卓越的服务,其献身和孜孜不倦的精神得到了全体同事的赞誉。联合国的职员每两年作一次考绩报告,该项报告包含业务、技术能力、工作数量、质量、速度、时限、创造性、独立工作能力、人际关系、使用联合国工作语言文字的能力等16项。叶成坝作为司长,考绩报告应由副秘书长亲自作出。应该说,谢启美副秘书长在此次告别招待会上的致词,是对叶成坝在联合国8年工作总的评语和报告。致词完毕,谢启美副秘书长还代表技合部将一本由全体同事签名的纪念册送给叶成坝作为纪念。

此次技合部的告别招待会之后,许多同事和朋友又分别在纽约几家著名的餐厅单独举行欢送宴会,为叶成坝和方平夫妇送行。整个2月份,夫妇2人忙得不可开交,结束了在联合国8年的服务使命,俩人于1988年2月28日从纽约乘飞机启程返回中国。

叶成坝终于结束了在联合国的服务使命返回祖国了。对于他在技术合作部长达8年的经历中有哪些印象最深的记忆,他谈到下面几件事。

1.巧妙应对"权力下放"

刚到技合部不久,他就遇到地区委员会要求权力下放的难题。

联合国有 5 个区域委员会，它们在各种会上多次要求总部把一部分权力下放，虽然争取到某些让步，但关键的财政和人事等权力被总部牢牢掌握，未见松动。1983 年 8 月，秘书长指定成立以联合国前副秘书长戴维逊为首的工作组在纽约讨论此事。鉴于从掌握实权的部门没有看到任何松动的迹象，区域委员会便企图由技合部打开缺口，提出将该部门执行的主要项目即国别项目的执行权下放。工作组开会前夕，5 个区域委员会部分领导人到纽约大事开展游说，来势很凶，刚刚经历过精减机构、大量减员的技合部的职员们听到风声，人心惶惶。

叶成坝当时担任政策、规划与发展计划司司长刚刚三四个月，立即做好迎战准备。他首先研究了区域委员会视为尚方宝剑的联大及经社理事会有关权力下放的一系列决议，发现技合部该下放的项目的执行权已经下放，未曾下放的都是不应该下放的。工作组第一次全体会议上他胸有成竹地说明，根据联大决议，技合部已将该下放的项目的执行权下放给区域委员会，现在该部执行的国别项目是按照联大决议行事的，何况开发计划署认为区域委员会不具备执行这些项目的条件。其后，在短兵相接的辩论之中，他论据充分，寸步不让，使与会的 5 个区域委员会的代表没有人再能理直气壮地发言。最后，工作组主席的结论性发言中，只一般性地提到会议注意到各方观点并记录在案，供起草报告时参考。显然，主张权力下放的人一无所得。他在会上顶住了压力的消息传回技合部，大家非常高兴。

但事情并未了结，1986 年夏天，叶成坝代表技合部出席在日内瓦召开的夏季经社理事会。会上，某国代表在发言中突然指名要求技合部将所执行的国别项目下放给区域委员会。由于是政府代表的一般性辩论，他作为秘书处官员不能举手发言，只好到席位上去找那位代表。他问该代表知不知道技合部是在包括他所代表的国家在内的广大发展中国家的支持下成立的，并向他说明这些项目为何不能下放，表示如果再听到关于要技合部将权力下放的发言，将要求在会上行使答辩权。该代表承认他自己并不了解情况，是区域委员会某某人要他作此发言的。之后，未再有人就此问题发言，也没有人提出相关的决议草案。

2. 应对财政危机过程中与联合国实权部门的权威人士面对面

1985 年 3 月，秘书处范围内组成司长级特别工作组，专门谈判制订技合部 1986—1987 两年期预算问题，叶成坝作为该部首席代表参加。工作组主席是财政厅司长兼行政与预算咨询委员会执行秘书戴蒙德，成员还有财政厅预算司司长安南（1997 至 2006 年任联合国秘书长）和人事厅、行政与管理事务部、总干事办公室以及国际经济与社会事务部掌握实权的司长们。

从 1985 年 3 月 28 日起，司长级特别工作组开过 4 次全会，与会者对技合部的工作、人事、账目等各方面提出不少问题，叶成坝都一一予以作答，直到他们提不出为止。

4 月 4 日工作组全会上，叶成坝作了长篇发言，说明技合部 1979 年下半年以来工作大有起色，实际上是一个有盈余的部；目前的困难是因历史遗留下的一些极不合理的安排所造成；技合部的人员已裁剪到临界点，不可能再减；并指出，该部是由众多发展中国家倡议成立的，如不及早采取措施解决它的财政问题，联合国的高层领导包括秘书长本人将会面临尴尬局面。他的发言令与会人员无言以对，会场鸦雀无声。会后，安南亲自来到叶成坝的办公室，表示，他完全了解技合部的困难处境不是自身造成的。他说，1978 年初秘书处改组，该部在成立时即受到不公平的对待，他本人曾试图使技合部摆脱这些问题，但他的意见在财政厅遭到强烈反对，通不过。安南又让工作组主席戴蒙德来见叶成坝，进一步商讨具体方案，未用太多时间，他与戴蒙德便就解决技合部面临的几个问题达成了一致，提交到工作组后并获得全体会议通过。工作组的报告经审批同意后，付诸实施，技合部据此编制好 1986—1987 两年预算，提交

1985 年秋季召开的联合国大会审议通过。

司长级工作组谈判前后长达 5 个月之久,经过艰苦的谈判,终于争取到一个有利于技合部的协议,使该部每年减去几笔巨额不合理的负担,并争取到一段比较长的稳定时期。职员们在相对安定的环境中,除执行好原有的项目外,还争取到不少新的项目,使后续财政收入得到保障。

技合部的存在不仅为联合国会员国的发展事业做出贡献,对联合国本身的财政收入也起了积极作用。毕季龙的继任谢启美副秘书长 1991 年 1 月离任前夕,联合国秘书长德奎利亚尔致函对技合部 5 年来的业绩表示赞赏,并说:"在这一期间,严峻的资源窘迫影响了整个组织,而你的部门却能持续保持着十分突出的增长记录和在经济、社会发展事业方面的成就,无数的男人、女人和儿童因此受益。为此,我谨向你表示感谢。"2004 年 3 月人民出版社出版的《联合国里的中国人 1945—2003》中,谢启美在他撰写的《回忆技合部》一文中说:"叶成坝为解决技术合作部财政问题与联合国秘书处的工作组进行谈判,拒绝了大幅裁员的要求,而且争取到了在一段时间内免除一些额外负担,为技合部在财政上的转变争取到了宝贵的时间。"

3. 从容面对职员工会的质问

联合国的职员工会是一个很有势力的群众性组织。秘书处内,技合部职员人数仅次于行政与管理事务部,工会势力很大,很活跃。联合国职员工会主席弗朗德斯就是该部的一名职员,他是美国籍,能说会道,活动能力很强,不少行政领导怕他。

为制订技合部 1986—1987 年的两年期预算,经过先后半年的艰苦谈判,好不容易争取到中央行政的让步,达成对该部有利的协议,但该部工会的活跃分子从道听途说中得知一二,不了解全面,对工作组协议表现出不信任,个别人甚至加以曲解,在职员中造成恐慌。

1985 年 5 月 10 日,联合国职员工会技合部分会贴出召开该部全体会员大会的布告,布告上有醒目的标题,无中生有地说:"又有25个职位被裁掉了。"副秘书长和助理秘书长一般是不参加此类会的,司长们很紧张,都想法回避,叶成坝是当事人,又是政策司的司长,不能不去。

会议厅挤满了人,气氛很紧张,先后上台发言的几个职员异口同声地对工作组报告提出种种质问。接着是弗朗德斯上台讲话,他的讲话很具煽动性,引得会场一片哗然,有人高喊:"No! No!"接着,其他工会代表们纷纷发言,鼓动搞声明,请愿,甚至罢工,会场气氛一触即发。在此情况下,叶成坝走上讲台发言,首先澄清所谓又有多少职位被裁掉的说法不符合事实,又比较详细地介绍了工作组协议的内容,说明它恰恰是保住了技合部在职人员的职位和该部的正当利益。接着,他就群众提出的问题一一作答,还对他们说,如果时间不够,欢迎到办公室来由我继续回答问题,继续辩论,可以辩论5个小时、6个小时。话音刚落,听众报以热烈掌声,有人还高呼:"叶先生,我们支持你!"最后,弗朗德斯只好上台宣布,不搞声明了,从而避免了一场风波,也使技合部免除了无谓的损失。

从会场回办公室途中,毕副秘书长的特别助理赖尚龙对叶成坝说,主管招聘专家工作的冯罗克肖尔(德国人)和其他一些职员告诉他,技合部历史上开过不少次职工大会,从未见过一个司长级行政领导的讲话受到群众如此热烈的鼓掌,"叶先生是仅有的一位"。接着副执行干事乌齐尔(以色列人)到办公室来,紧紧握住他的手说:"叶先生,你发表了一个非常好的讲话,做了一件非常好的事!"技合部第二把手助理秘书长安丝蒂小姐是英国人,她不久后调任主管联合国驻维也纳办事处的副秘书长,1988年她得知叶成坝将从联合国退休,从维也纳发来电报,说她愉快地回忆起在技合部数年的共事,祝愿他在人生征途步入另一阶段后一切顺利。

虽然已经过去了20余年,回忆起在联合国总部的那些日子,叶成坝仍是如数家珍,充满了感情。他说,由于技合部是在广大发展中国家支持之下建立和存在并直接为发展中国家服务的部门,又是联合国秘书处唯一由中国人主持的务实部门,为了使自己作为由中国政府所推荐的高级官员能够称职并受到尊重,他在工作中始终严格要求自己,不允许有丝毫懈怠。那8年中,他倾注了自己的心血,竭尽所能,对技合部的存在和发展做出了人所共知的贡献。

叶成坝、方平夫妇从联合国总部回到北京后不久,即分别走上了新的工作岗位。1988年8月,中国国际信托投资公司同日内瓦的CENTREX公司合资成立一个新的公司,名为瑞士森赛普股份有限公司(CENCEP),总部设在日内瓦。新合资公司的董事长为中国化学工业部原副部长、中国国际信托投资公司副董事长杨光启,总裁为森赛普公司的瑞士籍埃及老板塔索(Alexander Tasso),叶成坝出任副总裁、董事兼中方经理,原定常驻日内瓦,后改为留驻国内,掌管合资公司北京办事处的工作,一干又是7年。

方平从纽约回国后,先在外交部外交史编辑室任副司长,两年后奉派到中国驻联合国日内瓦办事处工作。1991年5月20日联合国赔偿委员会在日内瓦成立,专门处理因伊拉克入侵科威特引发海湾战争的赔偿问题。赔偿委员会的决策机构理事会,由联合国15个理事国的代表或代表机构组成。中国是联合国安理会常任理事国,是赔偿委员会理事会的当然成员。方平是中国驻联合国日内瓦办事处的参赞,在赔偿委员会理事会中,同发展中国家的代表紧密配合,发挥了很好的作用,受到普遍的称赞。1993年3月起,方平受联合国秘书长之聘出任联合国赔偿委员会理事会的专员,频繁地来往于北京和日内瓦之间。

十五

1995年,叶成坝和方平夫妇俩同在这一年完成了他们各自的使命,卸下了他们的职务。俗话说"无官一身轻",看得出他们比任何时候都显得轻松,他们的退休生活是愉快而充实的。

经历了暴风骤雨般的战斗历程,取得了一个又一个的胜利,这样的人生轨迹令人回味无穷。叶成坝的题为"亲历联合国高层"的专著，已于 2006 年由世界知识出版社正式出版发行。他接受人民网和中央电视台采访，在《我的联合国故事》上下篇、《我与联合国的那些事》等的访谈中，畅谈他的外交生涯，受到读者的喜爱。

叶成坝、方平夫妇在职的时候，往往由于任务繁重、紧迫，很难与家人团聚。退休后，没有公务在身，夫妇俩终于有暇联袂探亲访友，或者是故地重游。据他们回忆，1996 年、1999 年、2001 年，他俩曾 3 度重访纽约；2003 年又到日内瓦故地重游；2004 年夏，俩人专程到加拿大，看望在大学学习的孙女，并顺道再访纽约，停留两周，探访联合国总部，与老朋友们相聚。

在北京，叶成坝和方平经常参加抗美援朝战友们的聚会，因此笔者经常同他们夫妇俩会面。2008 年 10 月 11 日的聚会，是叶成坝、方平夫妇主持宴请抗美援朝老战友，地点在北京方庄美食街都一处餐厅，笔者应邀参加。战友们相聚一堂，说古论今，谈笑风生。半岛硝烟早已散去，回首往事，仿佛就在昨天。放眼风云变幻的当今世界，任人侵凌宰割的旧中国已永远一去不复返。中华民族早已自立于世界民族之林，一个昂首阔步的新中国日益繁荣昌盛，经济技术不断向前发展，国际地位空前提高，和平、和谐、共同发展已成为时代的最强音，我们的朋友遍天下。凡此种种，使得已届耄耋之年的老战友们感到无限欣慰。战友们分别时，祝愿叶成坝、方平夫妇身体健康，全家幸福，并互道珍重！

应琳：从志愿军女翻译家到专家学者

笔者收藏着一本纪念册，题目是"中国人民志愿军朝鲜碧潼战俘营际奥运会"。由于这本纪念册，使我们经常忆及半个多世纪以前在朝鲜半岛东北部地区举办的那场特殊的运动会，以及主编这本纪念册的老战友、女翻译应琳。

一

中国人民志愿军碧潼战俘营是在侵朝美国空军飞机狂轰滥炸形成的一片废墟上建立起来的。初始阶段，吃穿住用各方面都很困难。随着我志愿军部队在战场上节节胜利，特别是志愿军发动的五次大规模的战役之后，以美军为主的"联合国军"已处于守势，战线基本上沿"三八线"稳定下来。美国空军飞机遭到志愿军防空部队和年轻的志愿军空军的沉重打击，其嚣张气焰已得到有效的遏制，交通运输条件大为改观，战俘营的物资供应、战俘的生活条件大大改善。从 1951 年春夏间起，志愿军战俘营各俘管团、队、中队陆续建起了俱乐部，各种文化娱乐和体育比赛活动广泛地开展了起来。应战俘俱乐部委员会的要求，经志愿军战俘营领导层批准，于 1952 年 11 月 15 日至 27 日，在战俘营总部所在地碧潼举办一次大型的战俘运动会，名为"中国人民志愿军朝鲜碧潼战俘营营际奥运会"。

运动会的筹备委员会迅速成立。筹委会决定：成立后勤、竞赛、裁判、秘书 4 个组，5 个俘管团、1 个俘管队共选出 14 个国家的战俘运动员代表 500 多人参加，共设置田径、球类、体操、拳击、摔跤、拔河等 27 个项目的比赛，一切均按照国际奥林匹克运动会的规程和模式进行。

运动大会主会场设在碧潼中学操场。巨大的彩门上方悬挂着运动大会的会徽及一只展翅欲飞的和平鸽，下方是一块用中、朝、英文书写的"和平之门"巨匾，主席台上方是一幅"中国人民志愿军朝鲜碧潼战俘营营际奥运会"的横幅。"运动会是通向友谊之路"、"和平是人们共同的目标"等巨幅标语在会场上方高高挂起，到处彩旗迎风招展，人们喜气洋洋。

运动会开幕那天，举行了隆重的开幕式，大会主席团主席由志愿军俘管处主任王央公亲自担任。运动场上奏起了《友谊进行曲》、《保卫世界和平》等乐曲，运动员、裁判员列队入场。美军战俘小威利斯·斯通手持火炬跑步进入会场，将火炬呈交大会主席王央公。王央公主席点燃了主席台上的主火炬，奥林匹克五环旗在运动场上冉冉升起。王央公主席致词说："为了体育运动的发展，为了有一个幸福和安全的环境，和平是必须的和最基本的，未来终将属于和平。"他预祝大家把运动会开成一个增强体质、增进友谊、拥护和平的大会，并祝大家赛得愉快，赛出好成绩。会场上响起了经久不息的掌声，随后，运动员、裁判员庄严地举行了宣誓仪式。

开幕式结束后，27 个项目的比赛正式开始，一切都是按计划有条不紊地进行的。在运动场上，竞争激烈，精彩纷呈。战俘啦啦队不停地敲锣打鼓，呐喊助威。

经过 12 天紧张而热烈的角逐，俘管 5 团获团体总分优胜第一名，俘管 1 团获第二名，俘管 3 团获第三名。在比赛中，还决出了个人总分第一、二、三名，以及单项比赛的冠、亚、季军。

运动会在和谐、友好、欢快的气氛中举行了隆重的闭幕式。大会主席团主席王央公给优胜的集体和个人颁发了奖旗、奖牌和各种精美的奖品，其中有从北京、上海、沈阳等地采购的景泰兰花瓶、丝质雨伞、檀香木扇子、玉石项链、丝巾及其他名贵的手工艺品。每个优胜者都领到了奖品，每个参赛运动员得到了一份纪念品和一枚纪念章，颁奖时，处处欢声笑语，歌声、呐喊声此起彼伏，一浪接着一浪。有的获奖运动员在领奖时激动地振臂高呼："中国人民志愿军万岁！""毛泽东主席万岁！"

运动大会期间，志愿军战俘营文艺工作队以及各俘管团队的战俘文艺活动组举办了7场文艺晚会、5场电影晚会。伙食也调剂得好，运动员们吃得香、睡得足。运动会期间，每天都会餐一次。一日三餐，都是由战俘们推选出的厨师自己精心烹调的，有炸鸡、炸鱼、卷心菜、火腿、色拉、肉包、水果等，还有白酒和啤酒，丰盛和热闹的情景，如同欢度年节一般。

整个运动大会自始至终，从制订计划、组织比赛、比赛裁判，到新闻报道，都是战俘们自主办理的，志愿军工作人员为运动大会提供全面服务和充分协助。

在闭幕式上，许多战俘抑制不住心头的激动，争相登上主席台发表热情洋溢的讲话。战俘们普遍认为，志愿军战俘营举办这样盛大的运动会，是"前所未有的壮举"，这次运动会"将载入史册，令人永远难忘"。

二

让人意想不到的是，正在志愿军战俘营举办大型营际奥运会的同时（1952年11月15日至27日），由美国侵略军发动的一场血与火的大拼搏"金化攻势"（1952年10月14日至11月25日，上甘岭在金化地区，我们称"上甘岭战役"）正在紧张地进行。原来，停战谈判正在进行之中，美方在停战谈判桌上得不到的东西，就想从战场上捞回来。一些迷信武力的美国先生们狂妄地宣称：让飞机、大炮、机关枪去"辩论"吧。他们发动了无数次的军事挑衅、战役、攻势，其中最猛烈的一次要数"金化攻势"，即"上甘岭战役"。美方投入了一个美军师又一个团、2个南朝鲜师、埃塞俄比亚和哥伦比亚各一个营，大炮300余门、坦克170余辆，出动飞机3000余架次，总兵力达6万余人，对我志愿军驻守的不足4平方公里的阵地发动猛烈攻击，把上甘岭地区的597.9高地和537.7高地北山削掉了几米，但是我自岿然不动。我志愿军防守部队奋起反击,彻底粉碎了美方的"金化攻势"。在历时43天的战役战斗中,共毙、伤、俘敌2.5万余人。美方由于伤亡惨重,因而把上甘岭称作又一个"伤心岭"。

当时笔者和几位战友先后从碧潼等地紧急赶往志愿军总部桧仓,打算转赴上甘岭前沿阵地,了解火线开展瓦解敌军工作及抓捕俘虏的情况。先行一步的两位战友刚到达师部,师的领导就劝说:"战斗一旦打响,战场形势瞬息万变,那时作战部队恐怕很难周全地照顾你们。你们是领导机关派来的,我们必须对你们的安全负责。因此,绝不能再往前去了。"于是,为避免给前线作战部队增加额外负担,我们就报请领导批准,止步在桧仓志愿军总部,密切关注着上甘岭前线战局的变化发展。因此,尽管我们没有能够深入到上甘岭前沿阵地亲历血与火的战斗场景,也没有在碧潼现场亲眼目睹那场特殊的战俘运动会的盛况,但是,当上甘岭战役伟大胜利的喜讯电波传到志愿军总部桧仓时,我们全都沉浸在无比欢欣之中。这是笔者和几位战友在抗美援朝战争中的一个插曲。

三

话说回来,中国人民志愿军碧潼战俘营营际奥运会胜利结束后,参赛的运动员代表队、裁判员、啦啦队以及为运动会提供各种服务的战俘们,从碧潼陆续回到了各自的营地。这次特殊运动会的成功举办,在战俘中留下了极其深刻的印象。在很长一段时间里,碧潼战俘营运动会的盛况成了人们难以忘怀的话题,战俘们一直沉浸在兴奋和欢快的氛围之中。战俘们强烈要求,编辑出版一本纪念册,并认为这将是一份值得永久珍藏的纪念品。以王央公为首的志愿军战俘营领导层研究并批准了这项要求,正在碧潼志愿军战俘营抱病坚持工作的女翻译应琳,自告奋勇,承担起了主编运动会纪念册的任务。

肩负着志愿军战俘营领导层的委任,以及战俘们的热切期盼,应琳往来于各俘管团队之间,收集了大量有关战俘运动会的资料、图片、战俘们撰写的文章、感言、诗歌等等。战俘运动会结束后不到一个月的时间,应琳就将所有收集到的资料精挑细选,编辑成册。1953 年初,一本题为"中国人民志愿军朝鲜碧潼战俘营营际奥运会纪念册"就正式出版发行了。这本纪念册一经面世,在志愿军战俘营内外受到了广泛的欢迎。

纪念册以 35 页的篇幅,刊载了 109 幅图片,26 篇专题报道、感言、诗歌和文章,反映了运动会紧张而热烈的全过程。

乔治·R. 埃特金斯在纪念册的前言中写道:"这本纪念册运用照片展示了营际奥运会的精彩场景,引领人们重温那激动人心、感人肺腑的故事:运动场上那精湛的竞赛、兴奋的场面、饱满的热情、真诚而执著的运动精神,以及洋溢于多国运动员之间的友好情谊。"埃特金斯在前言中指出:"这次盛会的成功举办,一个极其重要的因素就是中国人民志愿军和朝鲜人民军的积极支持,俘虏我们的人自始至终表现出无可挑剔的协作、包容、热情与无私的精神。对于我们被俘者来说,宽大政策早已超出了宽大的界线,而被兄弟之情所取代。为运动会提供物资保证和丰富的奖品,足以表明志愿军和人民军支持运动会是诚心诚意的。"前言说:"这本纪念册是用金钱难以买到的真正的纪念品,是不会随时间的流逝而失去的一项宝贵财富。"

在 35 页的运动会纪念册中,有 22 页用图文记述了竞争激烈的比赛情景和优秀成绩。

例如:德尔马·G. 米勒以 14 分又 5 秒的成绩获得障碍赛的冠军,撑杆跳高他也是第一名,他因此被誉为"双料冠军"和"全能冠军"。纪念册刊登的一幅图片显示:雅克·W. 博普雷兴高采烈地将德尔马·G. 米勒背了起来,劳伦斯·P. 达姆斯和格伦·D. 哈蒙德从两侧予以协助,他们戏说:"这就是我们给予米勒的'冠军待遇'。"

又如:俘管 4 团的运动员代表诺曼·克拉夫德是成绩最好的"明星运动员"之一,他从 1936 年起就参加田径赛。他以前的纪录是 100 米跑为 9.8 秒,比当时的世界纪录只差 0.4 秒,他还是 1949

年美国陆海空军运动会100米跑的冠军；他的跳远纪录是23英尺又8英寸，与世界纪录仅差2英寸；他还是橄榄球队的教练和队长。在此次运动会上，29岁的诺曼·克拉夫德获套袋跑第一、100米跑第二、跳远第三，他获得了个人全能第二名。纪念册中的一幅图片显示：诺曼·克拉夫德和他的好友、英国人乔治·E.格林撑着他们各自获得的精美奖品——丝绸遮阳伞显得格外开心。

战俘运动会的成功举办和胜利结束，使战俘们兴奋不已。许多战俘都拿起笔，写成文章、诗歌或感言，抒发自己的感怀，向战俘营的报纸或墙报投稿。收录在纪念册中的26篇报道、文章和诗歌，异口同声地赞扬这次运动会开得好，史无前例。

比利·J.莱斯曼以"史无前例"为题撰文说："（志愿军）战俘营被允许举办真正意义上的营际奥运会，这在历史上是第一次。"

肯尼斯·L.西尔科在《感觉真好》的文章中说："看到这么多国家的战俘在这里参加各种运动项目的比赛，我感到非常惊讶。我天天微笑着入梦，微笑着醒来。"他写道："我感到又回到了幸福的世界，我怀抱着对中国人民志愿军的无限感激，我将永远记住他们是如何善待我们的。"

纪念册刊登了小勒鲁瓦·卡特的感怀长诗《奥运颂》。他在诗中写道：

> 战争中的俘虏，除非是在梦中，
> 谁见到过这样的场面？
> 各国的人们来测试他们的能力，
> 不是在战争的杀戮中，而是在体育竞赛中。
>
> 运动会在进行，
> 我们的友谊在成长。
> 大家欢乐地在一起，
> 我们不是朋友吗？

紧接着,中国人民志愿军政治部俘虏管理处于1953年初出版了另一本画册,题目是"联合国军战俘在朝鲜"。画册以94页的篇幅、232幅图片、37篇报道和文章,反映美英等国战俘在志愿军战俘营享受宽待政策、生活活动方方面面的情况,应琳带病继续参加了画册《联合国军战俘在朝鲜》的编辑工作。

刚刚完成了她的任务,备受心脏病折磨的虚弱之躯再也不能在战地工作下去了,应琳不得不听从俘管领导和战友们的劝说,从碧潼回国治病疗养。

四

1922年出生的应琳,祖籍上海,南朝鲜归国华侨,中国民主同盟盟员。曾先后就读于北平辅仁大学社会经济系、燕京大学社会学系,1944年毕业于北京大学经济系,曾任中学教员、幼儿园园长等职。美国大举入侵朝鲜,并且迅速将战火烧向中朝接壤的边境地区,中华人民共和国的安全受到严重威胁时,应琳不顾自己体弱多病,积极报名参军参干,投入到"抗美援朝、保家卫国"的洪流中去。她被批准短暂留在中央军委总政治部工作,随即如愿以偿地跨过鸭绿江,去到碧潼中国人民志愿军政治部俘虏管理处,承担起了对美英等多国俘虏管理方面的任务。她运用自己熟练掌握英语、朝鲜语等多种外语的优势,经常同美英俘虏谈话,了解他们的思想动态以及生活方面的问题,向俘管领导提出改进管理工作的建议。她运用各种机会和方式,向俘虏宣讲中国人民志愿军宽待俘虏的政策,解除他们的疑虑,稳定他们的情绪。她参加了战俘名单、资料、档案的收集和整理工作,她帮助俘虏解决他们在与其国内亲友通信联系中遇到的种种困难和问题。她全力以赴地主编《中国人民志愿军朝鲜碧潼战俘营营际奥运会纪念册》,任务刚刚完成,又参与《联合国军战俘在朝鲜》画册的编辑工作。她认真负责的态度和一丝不苟的精神,受到领导和战友们的一致赞扬和钦佩,由于她在抗美援朝的知识青年中年龄较长,大家都尊称她"应大姐"。

然而，紧张的工作，战地的生活，使应琳有病的身躯越来越支撑不下去了。在领导和战友们的劝说和敦促下，在抗美援朝尚未胜利结束的时候，她极不情愿地离开她的战斗岗位，提前返回国内。

<h2 style="text-align:center">五</h2>

有北京、上海优良的医疗条件，经过一段时间的精心治疗和调养，应琳终于恢复了健康。其时，《朝鲜停战协定》已经签订，抗美援朝战争胜利结束。她听从组织的安排，到全国科学联合会上海分会担任学术干事，从事少数民族语言的研究工作。随后进入中国科学院少数民族语言研究所任助理研究员、副译审，兼任中国社会科学院研究生院副教授，成长为一位享受政府特殊津贴的专家学者，对少数民族语言研究方面做出了新的贡献。

应琳知识渊博，治学严谨，研究范围宽广。她在研究苗语的过程中，曾参加中国少数民族语言调查工作队深入贵州苗语地区进行实地调查研究。她于1962年发表的了《苗语中的汉语借词》，是相关领域的早期成果之一，被广泛地认为具有开创性的意义。1994年她应日本东京外语大学亚非语言文化研究所的邀请出访日本，并协助我国著名的少数民族语言专家王辅世先生完成《苗语古音构拟》、《宣化方言地图》两部重要论著。及至80高龄，应琳仍笔耕不辍，先后完成了《中国的语言》专著中《苗语》词条的修订，遴选、整理、编辑了《王辅世民族研究文集》的全部稿件。

应琳还进行过西夏文等的研究，著有《西夏文金刚般若波罗密经译释》、《西夏文研究及其他古文字综合介绍》，翻译作品有《西夏语的浊塞音》（龚煌城著）、《阿尔泰语理论》（尼·波普著）等论著。此外，她撰写和发表了的专著还有《"风曰字缆"考》、《结构主义学派综合介绍》等。她还参加了中国社会科学院重点项目《中国少数民族语言文字使用情况调查》的社会调查研究工作，并撰写调查报告。

"应琳先生这些成果和工作显示了她广阔的学术视野和深厚的

治学功底。她积极倡导少数民族语言社会使用发展的调查研究,是我国少数民族社会语言学研究的开创者之一,为学科的实践与理论创新发挥了积极的推动作用。"这是应琳所在的工作单位中国社会科学院民族学与人类学研究所对她的业绩所作的切合实际而又恰如其分的评价。

凭借其坚实的国学基础、广博的学识、掌握和熟练运用英、法、日、朝鲜等多种外语的优势,应琳的大量专著和译作具有很高的水平,特别是她参与编辑出版的《民族语文研究情报资料集》(共14集),在国内外曾产生重要的学术影响。她还承担了《人类学词典》、《中国大百科全书》、《简明不列颠百科全书》之中的民族学、语言学等词条的撰写和译审工作,主持完成了《建国三十年民族语文工作纪要》、《英汉对照语文学用语》等重要文章、文集和工具书,为民族语言研究资料的积累和学术情报的建设发挥了奠基作用。她非常关注青年研究人员的成长,热心帮助他们提高外语水平,曾担任对青年研究人员的外语培训工作;她还曾担任硕士研究生导师,讲授社会语言学等课程,深受青年学子的欢迎和尊敬。

六

北京的抗美援朝战友们经常举行聚会,应琳总是积极参加。大家欢聚一堂,畅叙当年在朝鲜战场并肩战斗的日日夜夜,深感今天的和平、幸福生活来之不易,战友们的心里是无限欣慰的。

1995年11月15日,包括笔者在内的10多位抗美援朝战友相约,到应琳寓所去看望她。在午餐席上,战友们杯觥交错,十分热闹。她虽不能饮酒,也和战友们一道频频举杯,极为高兴。一直到第二天晚,夜不能眠,欣然命笔:

调寄忆江南(两首)

乙亥重九之后十五日故人来会安贞寓所述怀记事。

（其一）

东来早，重逢美心头。飒爽当年情未老，逍遥垂暮忱无忧。笑语话春秋。

（其二）

时过午，欢聚正绸缪。漫忆硝烟连故土，更祈活水绝浊流。话别日西收

应琳一时之作
一九九五年十一月十六日夜

然而，应琳累了。2009 年 2 月 11 日，她因旧病复发，医治无效，在北京与世长辞，享年 86 岁。应琳同志离开了我们，她那爱国爱民、助人为乐、淡泊名利、襟怀坦荡的崇高品德和治学的严谨精神，堪称学习的榜样。作为老战友，我们怀念着她，应琳大姐！

刘禄曾：从大城市的名门闺秀 到志愿军的坚强战士

"上甘岭战役正在激烈地进行。为了加强对敌政治攻势，领导研究决定：派你参加广播小分队，运用你流畅的英语口语优势，开展火线对敌广播喊话，宣讲我志愿军的政策，瓦解敌军。你有什么意见？"1952年11月的一天，中国人民志愿军第9兵团所辖第24军政治部敌军工作科汤文林科长同英文翻译刘禄曾谈话说。

"是！科长。坚决服从命令，一切行动听指挥！"刘禄曾起立，毫不迟疑地回应汤文林科长的话说。有谁会想到，就在上海解放前夕，还是大城市娇小姐的刘禄曾，经过严酷的战争环境的锻炼与考验，在很短的时间里，就成长为中国人民志愿军的坚强战士。

一

刘禄曾是一位名门闺秀，1928年出生不久移居上海。她的曾祖父刘秉璋，曾任清朝的浙江巡抚、四川总督，是反对帝国主义侵略的民族英雄。刘禄曾从小学、中学到大学都是在美国人办的教会学校里度过的。1950年她在上海东吴大学法学院毕业的时候，美国入侵朝鲜的战争爆发，它纠集16个国家出兵，打起"联合国军"的旗号，迅速将战火烧到鸭绿江边，诞生仅八个半月的中华人民共和国的安全受到严重威胁。在这严峻的时刻，刘禄曾毅然决然地响应党和人民政府的号召，同广大的知识青年和全国人民一道，投身于汹涌澎湃的"抗美援朝、保家卫国"的洪流中去。

刚刚离开校门的刘禄曾，穿上厚重的中国人民志愿军棉军服，跨过鸭绿江，奔赴朝鲜战场，被分配在志愿军第9兵团政治部敌军工作部担任英文翻译。她离开了江南水乡，很快就适应了冰天雪地、战火纷飞的战地生活。

瓦解敌军，宽待俘虏，这是我人民军队的政治工作三大原则之一。中国人民志愿军继承和发扬我人民军队的光荣传统，对美、英等国战俘实行人道主义的宽待政策，即：保证战俘生命安全；保留战俘个人财物；不侮辱战俘人格，不虐待战俘；如战俘有伤、有病，及时给予治疗。

刘禄曾积极学习和领会此项政策精神，并在工作中不折不扣地认真贯彻。

作为一名敌军工作干部和英文翻译，刘禄曾在战地首先接触到的是缴获的大量美军文件资料，必须以最快的速度译成中文，供有关部门和领导参阅。刘禄曾英文基础好，口语流利，但对军事术语和专业词汇知之不多，尤其是美军中流行的俚语和略语，更是一大难点。怎么办？她想方设法查找参考资料和工具书，夜以继日地学习和研究。恰在此时，志愿军战俘营总部组织力量突击编印的《英中军事术语小辞汇》、《英汉军语辞典》等工具书，发到志愿军的师以上部队及机关英语干部手上，很有用处，帮助她和从事翻译工作的战友们解决了工作中的许多疑难问题。

二

随着前线部队不断打胜仗，以及防空部队在对空作战中取得一个又一个胜利，被俘的美、英军官兵越来越多。兵团政治部有规定，战俘在兵团部滞留不得超过天。必须尽快将战俘送往后方志愿军战俘营。因此，对撤离火线的美、英等战俘基本情况的了解和造册登记等事项，就是一项急迫的任务。

起初，刘禄曾只是给领导做一些笔译和口译工作，但很快就独立地担负起了问讯战俘的任务。她耐心地向战俘们一个个讲解志愿军宽待俘虏的政策，晓之以理，动之以情，启发他们如实地说清自己的情况。

"你放下了武器,不必担心害怕。中国人民志愿军宽待俘虏。"刘禄曾同一名美军战俘谈话时对他说。

"你为什么离开自己温暖的家,不远万里,来到这小小的朝鲜半岛,破坏别人的家呢?"她接着问这个美军俘虏。俘虏低头不语。

刘禄曾问讯过的有被俘的美军官兵、黑人俘虏,还有被击落的美国空军飞行员,以及投掷过细菌弹的战俘。他们一般都能老实回答问题,但是也有个别的美军战俘傲气未消,不服气,喃喃自语地说"我怎么会落到一个黄毛丫头手里了呢!"一个美国空军被俘人员就是这样。他是一名美国空军上校,30多岁,大学文化,是参加第二次世界大战的老牌飞行员。他骄傲自大,态度嚣张,只说自己的姓名、军号、军阶,其他什么也不说。当问他"美国为什么要发动侵朝战争"时,他说:"这是(美国)政府的决定。政府无论做对、做错,总是我们自己的政府。我总不能说它的坏话吧!"他那一幅傲慢和狂妄自大的姿态,溢于言表。

遇到这种情况,刘禄曾总是不愠不火,也不着急。按照我志愿军宽大政策的精神,该怎么办还是怎么办。事隔一天,这个美国空军上校自己转弯了。他写了一张纸条给刘禄曾说:"对不起,刘尉官(志愿军没有实行军衔制)!昨天我心情不好,表现糟透了。现在我愿意回答你提出的所有问题。"他终于以口述与写书面材料相结合的方式,满足了刘禄曾的问讯要求。此时此刻,刘禄曾忽然感到,作为一名大城市的热血青年,来到这血与火的战地,历经复杂多样的工作的磨练,自己逐渐成熟起来了。她无疑是非常高兴的。

三

美国侵略者付出了极其高昂的代价,却打不赢这场战争,黔驴技穷,竟冒天下之大不韪,在朝鲜北部地区发动了大规模的细菌战。许多参与投掷细菌弹的美国空军飞机被志愿军空军和防空部队击落,大批美国空军飞行员被俘虏。

1952 年 2 月的一天,美国空军飞机在志愿军第 9 兵团驻地附近投掷细菌弹,一架美军飞机被击落,一名美国空军飞行员被朝鲜老百姓团团包围。刘禄曾奉命带领几名战士冒着零下 30 多摄氏度的严寒,紧急赶往离驻地 30 多公里的小山村,去接收这名被俘的美国空军飞行员。由于这名美军俘虏对我志愿军宽待俘虏的政策不了解,害怕得很,加上天寒地冻,他急得直哭,说自己名叫依克斯。其实这个名字是假的,他的真名叫伊纳克;并且趁我方管理宽松的间隙,从后门逃跑了。我警卫战士在一个小山上找到他时,发现他手里还拿着一片破镜子,企图用镜子的反射光,与美军飞机联络,前来搭救他。他的目的没有实现。按照领导指示,没有对这名被俘的美国空军人员施加处罚。他被送往志愿军俘管处总部统一管理。

在我志愿军宽待政策的感召下,先后有 25 名被俘的美国空军飞行员打消顾虑,交代了自己参与美国发动的细菌战、投掷细菌弹的事实,并且写出了书面交代材料,进行了录音。首先作出交代的是美国空军中尉飞行员约翰 S. 奎恩(John S. Quinn,军号 A17993),还有一名,就是美国空军中尉领航员肯尼斯 L. 伊纳克(Kenneth L. Enoch,军号 02069988)。

美国公然违反国际公约、在朝鲜发动细菌战的事实一经公布,激起了全世界人民极大的愤慨,国际舆论同声谴责,一致声讨,并且冷嘲热讽地指斥他们发动了一场"肮脏的战争"。

所有奉命投掷过细菌弹、参与细菌战的美国空军被俘人员都没有受到任何惩罚。《朝鲜停战协定》签字后,朝、中方面将他们同其他的战俘一道,全部予以遣返,使他们实现了返回美国与亲人团聚、过和平生活的愿望。

四

正当上甘岭战役激烈进行的时候,刘禄曾被从志愿军第 9 兵团政治部敌军工作部调到兵团所辖第 24 军政治部敌军工作科,随即派到广播小分队,在前沿阵地开展对敌政治攻势。

　　美国侵略者打不赢这场战争,不得不坐下来进行停战谈判。他们在谈判桌上得不到的东西,就想在战场上捞回来。一些迷信武力的美国先生们狂妄地宣称:"让飞机、大炮、机关枪去'辩论'吧!"于是,美军发动了无数次的军事挑衅、战役、攻势,其中最猛烈的攻势之一要数"金化攻势"。上甘岭在金化地区,我方称为"上甘岭战役"。

　　上甘岭位于金化以北的五圣山南麓约4公里处,是开城东北部的一个山村。

　　五圣山海拔1061.7米,俯瞰兔山、金化、平康地区,是通往东海岸公路交通的要冲,南距"联合国军"占据的金化仅7公里,是我志愿军中部战线的战略要地,也是朝鲜中部平康平原的天然屏障。志愿军第3兵团所辖第15军在秦基伟军长率领下在五圣山掘壕据守。五圣山的前沿即上甘岭地区有两个山头:597.9高地、537.7高地北山,对金化地区之敌的防线构成直接威胁。

　　美方先后投入美军第7师、空降第187团,南朝鲜李承晚军第2、8、9师,埃塞俄比亚营、哥伦比亚营,大炮300余门,坦克170余辆,出动飞机3000余架次,总兵力达6万余人。妄图首先夺取597.9高地和537.7高地北山,继而夺取五圣山,在我志愿军防御部队的中央平康平原打开一个缺口,利用其机械化部队的优势,继续向北进犯,借以在战场上为美方在谈判桌上捞取一些筹码。

　　为此,美方发射的炮弹达190余万发,美军飞机投掷的炸弹达5000余枚。"上甘岭的两个山头被削平了两米,山上的石头被轰击成一米多厚的粉末,走在高地上就像踩在灰土堆上一般,松土没膝。整个高地不仅树木光了,就连草根也找不到。

　　刘禄曾参加的火线对敌广播小分队共有9人:一名干事、二名朝鲜人民军广播员、四名手摇机发电员、一名英文翻译,由敌工科长汤文林率领。小分队从第24军军部出发,要通过从军部到团部、再从团部到连部两道敌军的火炮封锁线。小分队到了团指挥所,不仅可以听到隆隆的炮声,还能看到炮弹爆炸的火光,听到敌坦克行进时履带发出的声响。团指挥所前面是一片开阔地,敌军每隔7分钟就向这一带发射几排炮弹。小分队的岗位设在连指挥所,必须冒着生命危险穿过这道封锁线,才能到达那里。刘禄曾回忆当年的情景时说:"我们与运输兵一起穿过这条开阔地,头一次看到如同倾盆大雨般的炮弹呼啸而下,还真有些紧张。炮弹爆炸声刚刚停息,只听得哨兵一声'快跑',我赶紧背起10多公斤的行装,跟着战友们的脚步往前冲。几十分钟之后,我们终于到达目的地740高地的最前沿坑道,距美军阵地不过一二百米。"

五

夜幕降临。在我作战部队火力戒备下,小分队立即调试机器,开始进行对敌广播。

时值圣诞节前夕,这是美军官兵思想起伏波动最大的时刻。刘禄曾首先播放了一些名曲,如:《欢乐颂》、《平安夜》、《铃儿响叮当》,继而播放《圣诞快乐》、《友谊地久天长》、《故乡的亲人》等思乡曲;还播放了一些俘虏的家信,宣传中国人民志愿军宽待俘虏政策的讲话;以及争取和平、反对战争的短语等。广播从每晚8时开始,到凌晨1时结束。开始广播时,美军还零零星星地发射一些炮弹,随着圣诞之夜越来越近,炮火声也越来越稀疏,终至一片寂静,只听得广播喇叭放送的音乐和刘禄曾声音洪亮、吐字清晰的英文短语喊话声在夜空中回响。

白天,美国军队不停地开炮盲目轰击,美国飞机到处滥施轰炸。然而,一到傍晚,就成了我志愿军的天下。我军的行军、运输、补给、进击,等等,大都是在夜幕掩护下进行的。

因此,广播小分队也是在夜间才开展对敌广播的;白天就在坑道里休息。说是休息,哪能闲得住!

广播小分队所在地的坑道里,有近百人,刘禄为是唯一的女性。

"唱支歌吧!要不就播放几段音乐我们听听。今晚我们又要去'摸老虎屁股了'!"坑道的战士们乐呵呵地对刘禄曾要求说。老虎很凶猛,老虎屁股是摸不得的。战士们把美国侵略者比作凶狠的老虎。"老虎屁股摸不得,我们偏要摸!"战士们豪迈地说。所谓去"摸老虎屁股",就是去向美国侵略军出击,去战斗,去打败它,去歼灭它!

对于战士们这种真诚而又纯朴的要求,刘禄曾和广播小分队的战友们总是尽量予以满足,以鼓舞士气。白天,小分队将安放在山顶掩体洞内的大喇叭拉回到坑道里,为战士们播放唱片,诸如《志愿军战歌》《中朝人民团结紧》《打败美帝野心狼》;有时也演播侯宝林的相声、高元钧的山东快书;有时刘禄曾也和战友们唱一两支歌曲,或表演几个文娱节目。战士们十分高兴,士气更加高昂。

六

我志愿军前沿的坑道,既是对敌作战的阵地,也是战士们生活的场所,被誉为"地下钢铁长城"。但平日生活是极其艰苦的。

刘禄曾和广播小分队所在的坑道,是连部所在地。坑道很长,弯弯曲曲,有多个出口。生活方面,以班为单位,煤炉摆放在各出口处,粮食油盐由运输战士穿过封锁线运送到坑道。水是由战士冒生命危险从山下的炮弹坑里背来的。从来不洗脸洗手。坑道里唯一的水源就是从壁缝里滴下的水,一天可以接到一大酒杯。因此,每餐饭后,一碗开水,既是汤,又是饮水,此外就没有喝的了。坑道里格外潮湿,光线昏暗,空气浑浊。拐弯处有小油灯照明,工作时就点蜡烛。坑道里有战备厕所,但一般情况下并不启用。战士们要到天黑之后到坑道口外去方便,白天尽量忍着。女同志就更加困难了。尽管生活如此艰苦,战士们总是寻找机会出击歼灭敌人。

在刘禄曾的记忆里,就有这样一个战例。

一天清晨,侦察兵向连长报告:"阵地附近有敌情。"连长问:"有多少敌人?"回答说:"有一个排。"连长果断地说:"继续侦察!"夜晚,连长命令一个排的兵力出击,深入敌前沿,消灭那股胆敢白天来犯之敌。随即枪声大作。黎明时分,寂静无声。原来战斗结束时,天已大亮。战士们就在阵地的山脚下隐蔽,等待天黑,返回己方阵地。这次出击,敌一个排被全歼。我方牺牲2人、伤3人。

上甘岭战役从1952年10月14日至11月25日,历时43天。我志愿军先后投入总兵力4万余人、大炮138门、高射炮47门,发射炮弹40余万发。斗志昂扬的志愿军战士凭借坚固的坑道工事,坚守阵地,击溃了美国侵略军无数次的进攻和反扑,取得了毙、伤、俘敌军官兵2.5万余人,击落、击伤敌机270余架,击毁、击伤和缴获敌火炮102门,击毁敌坦克41辆的重大战绩。这是一个了不起的辉煌胜利。这一仗同整个抗美援朝的作战一样,打出了中国人民的志气,打出了我人民军队的威风。我志愿军防御部队不畏强敌、不怕牺牲、英勇战斗、夺取胜利的"上甘岭精神",激励着一代又一代的中国青年和全中国人民。

刘禄曾和广播小分队在上甘岭战役中,在前沿坑道里工作、生活了一个多月,于1953年春节之前,奉命返回到志愿军第24军军部。亲身经历了这血与火的严酷的洗礼,经受住了考验,胜利地完成了火线对敌广播任务,刘禄曾感奋不已。

七

马拉松式的谈判终于有了希望。然而,就在停战协定即将签字的时候,南朝鲜李承晚竟跳出来进行捣乱和破坏。他为了达到无理扣留朝、中被俘人员的目的,居然利用其军队看管战俘营的便利条件,将朝鲜人民军被俘人员2.7万人"就地释放",严重破坏了战俘问题的谈判和停战协定的签订。为了教训李承晚,需要敲打他几下。1953年7月13日,朝、中方面调集5个军的优势兵力,1000余门火炮,以排山倒海之势,发起了凌厉的金城战役。

我志愿军第24军敌工部门根据上级决定,加强政治攻势,以配合我军事行动。为此,广播小分队奉命再次奔赴前线。这次朝鲜女播音员较多,她们专对左右山头的李承晚军广播。英语播音员仍只有刘禄曾1人。有了第一次上火线的经验,刘禄曾的勇气与胆量倍增,炮弹落在近处,子弹从身边飞过,她也不再担心害怕了。在坑道里,战友们对刘禄曾格外爱护,让她一个人睡在 3 个炮弹箱上,以减低潮气。广播点对着美军阵地,相距不过一、二百米。刘禄曾用一个长柄喇叭,从坑道的洞眼里伸出去,直接对着美军阵地广播喊话,以促进美军怀乡和厌战思绪,瓦解其士气。敌我之间似乎有一种默契,即刘禄曾广播喊话时,美军一般都不开枪打炮。周围一片静寂,美军官兵似是在专注地倾听。

持续两星期的金城战役,我志愿军给予了南朝鲜李承晚军 4 个防守师以歼灭性打击,并粉碎了美军 10 个师 1000 多次的反扑。战役至 7 月 27 日胜利结束,计毙、伤、俘敌 7.8 万余人。这是朝鲜战争的最后一击,从而扫清了障碍,有力地配合了谈判斗争,促成了停战的实现。

1953 年 7 月 27 日,美方和朝中方分别在《朝鲜停战协定》上签字。美国陆军上将、"联合国军"总司令克拉克在签字之后慨叹曰:"我是美国历史上第一个在没有取得胜利的停战协定上签字的司令官。我感到沮丧。我想我的两位前任将军麦克阿瑟和李奇微也会有同感的。"

八

《朝鲜停战协定》于 1953 年 7 月 27 日上午 10 时签字,当晚 10 时生效。全线停火的时刻一到,我志愿军所有部队前沿阵地顿时锣鼓喧天,各色信号弹齐射,和平鸽、彩色气球齐放。有的志愿军部队还在前沿扎起了彩门,插上了彩旗。

拂晓,志愿军战士们情绪昂扬,一个个从坑道里往外爬,刘禄曾也跟着战友们爬上了山顶。此时此刻,美方的探照灯已不再指向我方照射,飞机也不再飞向我方阵地了。但见对面山头上几个大个子美国兵也爬上山顶,看到刘禄曾的身影,大感惊奇。似是在说,原来每天在炮火连天的前沿坑道用流畅的英语进行广播的竟是一位志愿军女战士,而不是使用的录音机!

我前沿部队抓紧在协定签字后 72 小时内双方作战部队均撤出非军事区的时机全线开展以联欢为主要形式的、声势浩大的政治攻势。笔者当时正在开城,亲眼目睹了双方官兵火线大联欢的盛况。扩音器里不停地广播停战消息,宣传我志愿军遵守停战协定、坚决维护和平的诚意,祝愿美、英等军官兵回家团聚,一路平安。热闹的情景,犹如过节一般。

抗美援朝战争期间,开展火线联欢活动,是我志愿军政治攻势和瓦解敌军工作的一个组成部分。时间一般选在重要节日,或是战斗的间隙进行。先由我方通过广播,邀请美、英军官兵出来参加联欢活动,并且许诺:我方绝不打枪打炮,保证安全;希望对方也不要打枪打炮。美、英军官兵打消顾虑后,陆续走出工事。我志愿军官兵有时唱一两首歌曲,或者是送一些纪念品,放在对方前沿阵地,由美、英军官兵取走。作为回应,对方官兵有时也唱一两首歌。时间一般都不长,却起到了减消敌对情绪、促进敌军官兵怀乡思亲和期盼和平的思想。

规模最大的火线联欢活动,要数停战协定签字后的这一次。我志愿军部队共与美、英军官兵联欢 73 次,每次短则几分钟,长的达到 5 个小时,参加联欢活动的美、英军官兵共计 950 余人。由我志愿军鼓动起来的双方火线联欢,对方参加人数之多、规模之大、情形之热烈、影响之深远,是抗美援朝战争中所没有过的。

九

刘禄曾胜利地结束了抗美援朝任务,回到国内,她荣获军功章,被批准加入中国共产党。起先,她被分配到江苏省委宣传部,后来到省属南京国际旅行社担任美大部经理。1979 年 4 月,她陪同 86 岁高龄的著名教育家吴贻芳博士,到美国领取其母校密执安大学的杰出成就荣誉奖,并到各地访问。在纽约的一次餐会上,刘禄曾与当年在朝鲜志愿军部队担任翻译时管理过的美军战俘詹姆斯·柏特纳不期而遇。

"请问你是从中国来的吧？如果我没有记错,你姓刘,是前中国人民志愿军的一位翻译官。"餐会上来自美国各方的宾客中,一位美国男士走到刘禄曾跟前,很有礼貌地说。

"你是詹姆斯·柏特纳。"刘禄曾也记起来了。26年前的往事涌上了心头。两双手紧紧地握在了一起。

中国人民志愿军入朝参战后,歼灭了以美国为首的侵略军大量有生力量,一批又一批被解除武装的战俘从火线押解下来。

在志愿军第9兵团俘管团收容所,刘禄曾和战友们同战俘们逐一谈话,其中有一名战俘名叫詹姆斯·柏特纳,他是美国海军陆战第1师的一名新兵。

"现在,你放下了武器,不必担心害怕。中国人民志愿军宽待俘虏。我问你,你为什么要入伍当兵?"刘禄曾用流利的英语问詹姆斯·柏特纳。

"我喜欢旅游,但是没有钱买车;因偷了别人的车,被抓住了,要判刑坐牢。正在这个时候,朝鲜战争爆发。政府当局和军方都说,入伍去朝鲜,可以免除刑罚坐监牢。还说,朝鲜的苹果很好吃,女人很漂亮;在军队里,有喝不完的美酒,薪酬也高。这就是所谓的'3W',工资(Wages)、醇酒(Wine)、女人(Woman)3个英文单词的第1个字母都是'W',所以叫'3W'。我还多一条,即可免'牢狱之苦'。我听了很乐意,就答应了。"詹姆斯·柏特纳不加隐讳地回答说。

"美国同朝鲜关山阻隔,相距万里。美国派那么多军队到小小的朝鲜半岛来干什么?"刘禄曾初步感到这个美军战俘还比较老实。她又问。

"军方说是'执行联合国的警察任务'。随军牧师也说:'上帝与你同在,我每天都为你祈祷。你在朝鲜战场上是平安的。'哪知道我们美国陆战1师和志愿军刚一交手就遭到惨败。我头一回上战场就当了俘虏。"詹姆斯·柏特纳沮丧地说。

刘禄曾积极学习、领会我志愿军宽待俘虏的政策精神,并认真贯彻。在往志愿军战俘营转送时,詹姆斯·柏特纳病了,刘禄曾及时请志愿军医生为他检查治疗,并特地请示领导批准他在后送途中乘车。有小战士刮他鼻子逗乐,刘禄曾当即劝阻说:"刮鼻子是对人不尊重,不能开这样的玩笑。"这些事给詹姆斯·柏特纳思想上很大的触动,印象深刻。他感到中国人民志愿军和刘禄曾翻译办事认真,尊重战俘人格。他感谢志愿军宽待俘虏的政策。

朝鲜停战后,詹姆斯·柏特纳被遣返回美国。他不再给别人打工,自己开了一家餐馆,生意兴隆。

"当年在朝鲜战场上,在志愿军战俘营里,你和你的志愿军战友们对我这个美军战俘很和气、很友善。圣诞节时,你还发给我们每人一枚圣诞礼物——红底上写着白色'和平'字样的小别针,我至今还保存在家里。"詹姆斯·柏特纳含着激动的泪花,对刘禄曾说。他邀请刘禄曾到他家做客。刘禄曾感谢詹姆斯·柏特纳的盛情邀请。但因公务在身,纽约距他家佛罗里达州路途遥远,未能应邀。

"没有想到,我们会在纽约相会。真让人高兴! 人与人之间本来就应该这样友好交往的。"刘禄曾对詹姆斯·柏特纳说。

"我现在过上了和平生活,但是我没有忘记战争给我和我的家庭带来的不幸。现在,我懂得了,中国人民是爱好和平的,是我们真正的朋友。"詹姆斯·柏特纳同刘禄曾握别时感慨系之地说。他们并互道珍重。

十

作为一名老战士,1988年,60岁的刘禄曾从她的战斗岗位上退休了。但是她退而不休,继续干着她的国际旅游事业。从1994年起,她还兼任另一家国际旅行社的总经理助理。并且,她经江苏省司法厅批准,担任江苏省商务律师事务所的特邀律师,因为她是上海东吴大学法学院的毕业生。她还受到多所旅游专业学校英语系的聘请兼职授课。1998年,70岁的刘禄曾先后应聘到金陵老年大学和江苏省老年大学任教,深受师生们的欢迎。

刘禄曾有一个美满的家庭。比她年长一岁的丈夫艾奇是山东人,出生于农村一个贫困家庭。1944 年,17 岁时参加八路军,1946 年加入中国共产党。在抗日战争和解放战争中,他参加了许多著名的战役战斗,身负重伤,仍坚持参加抗美援朝,获得多枚勋章、奖章。艾奇在中国人民志愿军第 9 兵团政治部青年科任干事,刘禄曾是兵团政治部文娱委员。两人在工作中常相往来,由相遇到相知。但是,在炮火连天的战场上,有谁能顾得上儿女情长的私事!并且,上甘岭战役期间,刘禄曾被从部队机关紧急调往上甘岭阵地前沿坑道去开展对敌广播工作,从此,两人虽在同一战场,却连见面的机会也没有了。

朝鲜的战火停息了,硝烟渐渐散去。志愿军作战部队陆续凯旋回国。艾奇被从志愿军第 9 兵团调到中国人民解放军南京军区政治部青年部工作;刘禄曾先到南京军区政治部,随后进入到南京国际旅行社工作。"有缘千里来相会",他们得以从相知到相爱,终于喜结连理。1953 年 11 月 14 日,刘禄曾和艾奇在众多亲友们的热情祝福中,组建起了一个幸福的小家庭。

由于身体健康原因,艾奇奉命于 1980 年提前离职休养。从此,他便以写作为己任,笔耕不辍。先后出版了 10 多部报告文学和长篇小说。艾奇曾经参加刘禄曾的旅游团队,到外地参观游览。他们的晚年生活是充实而充满欢乐的。

不幸的是,艾奇身患胰腺癌,医治无效,于 2005 年 5 月 4 日溘然与世长辞,终年 79 岁。刘禄曾失去了相依相伴 52 个春秋的人生伴侣,极为悲伤。她写了一幅悼念亡夫的挽联:

驰骋疆场忘死舍生豪气荡军旅,
播火寰宇呕心沥血激情燃九天。

后 记

宽待俘虏，历来是我人民军队的光荣传统和一贯政策。中国人民志愿军入朝参战后，继承和发扬我人民军队的这一光荣传统，并严格遵循《日内瓦公约》的原则精神，对大量被俘的美、英等国军队官兵实行人道主义的宽带政策。

今年7月27日，是《朝鲜停战协定》签订暨抗美援朝战争胜利60周年。在此值得纪念的时刻，华艺出版社决定再版十年前我们撰写的《美军战俘》，我们感到十分高兴。

本书于2003年8月首发时，承蒙老领导柴成文、杨斯德二位将军作序，许多老战友多方鼓励并鼎力相助；此次再版，又得到了华艺出版社石永奇社长，郑再帅、郑实、殷芳责任编辑等同志的热忱帮助和大力支持，谨在此一并致谢。

著 者
2013年3月17日